娘子別落跑 1

文創風 1097

折蘭 著

風文創 1097

目錄

序文

折蘭

寫下這篇序文前，可以說直到此刻都有些忐忑。出版小說一直是我兒時一個可望而不可及的夢，現在這個夢想實現了，卻有些不敢相信。

這本小說的構思其實從十幾歲的時候就開始了。青少年時期，總喜歡躲在被窩裡偷偷看小說，看得久了，書荒了，便會萌生出自己寫的想法。只是小時候學業繁忙，總是沒有時間寫；即使寫了，也是片段式的。

這本小說男主角與女主角的人設就是這麼被記錄下來，寫在高中時期的筆記本上。那時候，比起電腦打字更喜歡寫在紙上的感覺。曾經試過一小時寫一千五百字，下筆時一氣呵成，等停下來才發覺手腕發痠。

創作這本小說的時候，看了許多女主角是外科醫生的小說，覺得現代醫學到了古代一定能大放異彩，可動手查閱資料之後，發現是根本不可能的事情。因為現代醫學大多依賴儀器檢查，沒有儀器，再專業的外科醫生到了古代也只能做個屠戶。

再三斟酌之下，我將女主角設定成了中醫，雖然還是有虛構成分，但在能掌控的情況下，怎樣使邏輯合理是我努力最多的地方。我甚至諮詢中醫朋友，在她的幫助下，小說中涉及專業的部分才不至於鬧出笑話。

再者，這是一篇穿越小說，必然會產生古代與現代人思想的碰撞，於是有些時候，男主角並不能理解女主角的想法，以至於做出一些傷害她的事情。但後來，當他漸漸理解女主角，便試著去接受她的思想，了解她堅持自我的心。

寫這本小說的時候經歷了許多困難，因為數據不理想，每天都會懷疑是不是自己寫得真的很差，沒有人看。但即使這樣，還是每天繼續寫，因為我知道，只有寫了才會有收穫，如果一直陷入自我懷疑，是一定不會有進步的。

也只有自己動筆了，才知道小時候的想法是多麼幼稚。寫完一本小說，比寫許多片段困難得多。我從寫大綱開始慢慢添加主線、支線，以及各種細枝末節。主線就是軀幹，支線就是四肢，各種細枝末節就是血肉和筋骨。每一本成功的小說都有不同的骨架和筋骨，千人千面，小說也是一樣。

第一章

天色漸晚，餘暉將大地染成暖金色，浮槎院裡的梧桐葉打著旋地落下。

月楹揹著藍布包裹從靜安堂到了浮槎院。帶路的李嬤嬤被人半途喚走，她獨自一人站在浮槎院門前。

紅木門大開著，從她站的地方能看見裡面有數個小廝在走動。月楹拿著包裹的手緊了緊。

世子的院子……她想不通這好差事怎麼就落到自己頭上了，旁人爭著想要來的福地於她卻是個是非之地。

月楹輕嘆了一口氣。想不通的事情又何止這一件，左右沒有什麼事比她穿越了還令人驚奇。

她是中醫世家傳人，但卻得了絕症，爺爺和爸爸傾其所有辦法治療她的病，然而事與願違，她的生命還是中止了。

也許因為醫生身分，也許等待的時間太久，死亡真正來臨的那一刻，她早已經不害怕了。她清晰感受到了窒息的痛苦，但恍惚之間，又似聽見了強而有力的心跳聲。

再睜眼時，她已經成了京城最大的牙行裡，一個十六歲的小女孩。女孩因為一場風寒去世，讓她鑽了這個空子。

能活著，對於月楹已經是莫大的恩賜。不過眼下這身分，王府規矩森嚴，莫說贖身開醫館，就連能不能活下去都是問題。

月楹抬腳往裡走，灑掃的小廝見她來，奇怪地看了她一眼，笤帚一扔就去裡面報信了。

月楹睜了睜眼。這人怎麼奇奇怪怪的？

不多時，有個著豆綠色衣服的丫鬟出來了，臉上掛著笑。「月楹妹妹吧？妳可來了，老王妃終於憐我，送了個姊妹過來。」明露興奮不已，拉著月楹的手不肯鬆。

月楹被這熱情驚訝了。這位應該就是孫嬤嬤提起過的浮槎院大丫鬟明露，可這……未免也太熱情了些。

「明露姊姊好。」月楹乖巧行禮。

她還未蹲下去，就被明露結結實實扶住了。「妳我以後便是同住一房的姊妹了，不必多禮。走，我帶妳去屋裡。」說著還想替月楹拿包袱，月楹哪敢，趕緊將包袱抱在懷裡。

王府氣派，世子住的浮槎院自然也是頂頂好的，景致雖不似靜安堂那般堂皇，也是秀麗別致，如水墨畫般賞心悅目。

明露帶著月楹穿過半月門，這便算是進入內堂了，繼續往前是抄手遊廊，穿過遊廊，才顯出兩側的廂房來。

見明露往廂房走去，月楹壓下心底疑慮，到底沒有多問。

廂房寬敞，擺了兩張床也絲毫不顯擁擠，明露早已替她鋪好了床。

「快些坐吧。」明露一眼就看出她有些疑惑。「不必奇怪，這浮槎院的下人房裡都是男人，世子寬仁，特意撥了間廂房予丫鬟住。」

月楹更不解了，見明露性子直爽，直接問了。「姊姊方才說，下人房裡都是男人是什麼意思？」

明露微微瞪大了眼，有些驚訝道：「呀！妳進府多久了，姑母竟沒同妳說嗎？」

「不到兩月。」月楹垂下頭，有些尷尬。

「才兩月！」明露難掩詫異之色，圍著月楹上下打量了許久。

月楹身量不高，皮膚算不上白皙，五官唯有一雙眼含波，有些惑人。且她身量未開，才到明露的眉頭，連個小家碧玉都算不上，瘦瘦小小，明露實在沒找出來她有何特異之處。

月楹也知道進府兩月就被選來浮槎院當大丫鬟有些不可思議，其實她到現在也還是不能適應。可重獲新生自是惜命，好好吃飯，好好學技藝，死過一回的人，只要能活，什麼都無所謂了。

那日，王府來選丫鬟，讓牙婆挑三十個上好的送去，可前些日子剛巧也有大戶選了好些好貨色走，一時人有些不夠，月楹幾個雖不夠格也被塞進去湊了個數。左右不會全部留下，就是去走個過場，月楹拉著剛認識的小姊妹就去了。

王府水深複雜，她是斷斷不想去的。

那日眼看著孫嬷嬷挑了前頭六個丫鬟，她們剩下的正準備打道回府，卻半路殺出個程咬金來。

王府十三歲的小郡主正巧下學回府，往人堆裡瞟了一眼，這一眼就相中了月楹——身邊的小姊妹。

「嬷嬷，她好可愛啊，我想要她做個玩伴。」

小姊妹將將十歲，臉兒圓圓，看著就喜氣，只是膽子極小，一直拉著月楹的手不肯放。

牙婆生怕惹貴人不快，趕緊帶著月楹就想走，可小姊妹死活不放手還哭了起來，一時氣氛有些僵。

最後還是小郡主發話。「她們既姊妹情深，就一併留下吧。」

牙婆自是千恩萬謝，月楹就這麼被留了下來。

小姊妹跟著小郡主回了滿庭閣，而月楹卻是被孫嬷嬷帶到了靜安堂，給了她月楹這個名字。

月楹本來以為可以和小姊妹在一塊兒，卻不想分開了。在這兒待了幾天，她就明白了，原來這小郡主有個毛病，就喜歡可愛漂亮的丫鬟，看上了就往屋裡帶，滿庭閣已經人滿為患了。

月楹在靜安堂做了個四等丫鬟。老王妃待下人和善，見她十六歲可瞧著才十三、四歲的身量，還特地吩咐人多照看她一點。

如此吃好喝好，氣色好了不少，不再是從前面黃肌瘦的樣子，月楹這才覺得在王府也不是太差。

尤其重要的是，府裡月銀很是豐厚，只是四等丫鬟一個月就有五錢銀子呢！贖身是二十兩，只要沈穩做事，不爭不搶、不出頭，她過不了幾年就能存夠贖身和開醫館的錢了。

一個月後，她因做事沈穩被孫嬤嬤提拔成了三等丫鬟，卻怎麼也沒想到又一個月後，老王妃會把她調去浮槎院當大丫鬟。

伺候老王妃和伺候世子可不是一回事，世子、丫鬟的風流韻事不是稀罕事，對旁人來說興許是莫大的喜訊，可她是萬萬不敢要這等福氣的。

她來府裡不久，沒少聽同屋的丫鬟唸叨世子爺如何如何出色。她們在討論這些的時候，月楹都是不參與的，以至於對世子爺知之甚少。她只想在靜安堂好好待著，一直是個四等丫鬟都不要緊。

月楹本以為老王妃是存著給世子選通房的心思，但如今到了這浮槎院便明白了是自己想多了。也是，就現在這副乾癟豆芽菜身材確實算不上美人，選通房也不能選她呀。

不過這也讓她更疑惑了。老王妃怎麼就挑中了她？難道是上次幫孫嬤嬤看風濕，念了她的恩情嗎？

「老王妃與姑母選人自有她們的道理，妳也不必再惶恐了。妳進府才兩月，那應是沒有見過世子的吧？」

世子蕭沂已經三月不在府中了。

「的確沒有，還請明露姊姊指教。」月楹真心求教。主子忌諱不同，多知道一點沒壞處。

明露端了茶點過來，看樣子像是要與她長談。「指教談不上，提點幾句而已。我們這世子爺啊，是個和尚。」

「啊？」是她理解的那個和尚嗎？

當年睿王妃早產，蕭沂胎裡有些不足，三歲前一直體弱，一度到了藥石罔效的地步，無奈之下只得上白馬寺求佛保佑。

也是奇了，生病的蕭沂一聽到佛門梵音便不哭了，病情也漸漸好轉。白馬寺的了懷大師看出此子有佛緣，要收他做個關門弟子。

若是別人的弟子，睿王夫婦定還要猶豫一番，這了懷大師是高祖皇帝幼子，從小佛性極佳，後遁入空門，算起來還是當今聖上的祖父輩，給蕭沂當師父自然夠格。

只是睿王夫婦捨不得讓孩子出家，了懷大師只說無妨，只要在白馬寺待到十二歲便可歸紅塵，且二十歲之前都要在寺中小住幾月，才算全了這段佛緣。

十二歲的蕭沂回府後便極其自律，事事親力親為，丫鬟、婆子、小廝無用武之地。且許是在寺裡待久了的緣故，蕭沂喜靜，而女人多的地方大多不安靜，是以這浮槎院內只有明露一個貼身丫鬟。

說是貼身丫鬟，也只是端個茶、倒個水，伺候起居、守夜什麼的是一點也不用做，所以這差事清閒，明露要不是孫嬤嬤的姪女也不會被選上。

雖是清閒，可滿院沒個同齡同性的，悶得慌。她也不能日日跑到別的院子裡去，這幾月世子去白馬寺小住，明露終於能回靜安堂找姊妹玩了。

只是一想到世子回來就沒有這樣的神仙日子，她死活求了孫嬤嬤勸勸老王妃給她送個伴來。她一連求了幾年了，終於等來了月楹。

當然還有另一個原因，明露去歲訂了親，再過一年便要嫁人了，自然不適合待在蕭沂身邊。

明露抱著月楹大吐苦水。「人人都羨慕我在浮槎院，可她們哪知道我的苦啊！」

兩個姑娘越聊越投機，多數是明露在說話，後來聊盡興了，她乾脆賴在月楹床上不走了。

如此過了幾天，明露嘴上就沒停過，並非全是閒聊，也給月楹講了許多浮槎院的規矩。比如書房重地，只能由貼身僕人灑掃；比如世子喜好如何，茶水是喜歡七分燙還是八分燙……林林總總、事無鉅細地教給了月楹。

月楹從來都只是安靜聽著，低眉屈膝，沒有絲毫不耐煩，腦海中對蕭沂也有了個初步想像。

明露調侃道：「我大概知道老王妃和姑母為何選妳了，妳與世子一樣都喜靜。世子要是不回來就好了，我們還能多鬆快兩天。」

明露的願望終歸不會實現，白馬寺來人報，世子三日後回府。

「趕緊將落葉掃了，那邊柱子也擦乾淨些，世子最喜愛的那套白瓷茶具可洗了？記得要用熱水燙過……」明露難得拿出大丫鬟的氣勢指揮人做事，冷清的浮槎院頓時熱鬧起來，月楹被她分去監工。

是夜，明露腰瘦背疼，月楹在一旁為她捏肩鬆骨。

她從前是中醫，自會一套捏穴放鬆之法。明露本就累了，不久便睏了，腦袋一點一點的，迷迷糊糊地就上床睡去。

浮槎院雖不用守夜，巡夜卻是要的。月楹晚間沐了髮眼下還未乾，此時不像現代那麼方便有吹風機，全靠自然風乾。

頭髮濕著一時也不能睡，月楹乾脆提了個氣死風燈巡夜去了。王府守衛森嚴又有侍衛半個時辰一巡，很是安全，巡夜不過是走個過場。

浮槎院很大，約莫走了一刻鐘才巡完內堂，月楹覺得髮絲稍乾便想回房。

月上中天卻並不很黑，明明才初八，月光卻格外明亮，將院子灑滿銀屑。夜裡很靜，唯有秋風乍起吹得梧桐葉沙沙作響，簌簌地落了滿地。

「吱呀——」

靜謐的夜晚突然傳來木頭卯榫摩擦的聲音。因只有一聲，又極輕，月楹怕自己聽錯了，不好大聲呼喊。

她輕皺起眉。王府守衛如此森嚴，應該是自己聽錯了吧？

胡思亂想著，人已經到了書房門邊。

月楹將耳朵貼在門上側耳聽了會兒，沒聽出什麼動靜來，喃喃道：「果然是聽錯了……」

她快步離書房遠了些，正打算喊人，書房裡突然閃出好大一個黑影。電光石火間，一隻冰涼的大手扼住了月楹的咽喉，將她挾持進了書房。

大手漸漸用力，月楹覺得自己胸腔裡的空氣越來越少。

「妳很聰明。」

月楹無法開口。她的確沒聽到動靜，但是聞到了血腥味。

第二章

他的聲音如冷泉叮咚，清澈且悅耳。

這男人定是受了傷。不知哪裡來的蟊賊跑來了睿王府，月楹抓緊了手中的氣死風燈等待時機。

咽喉處的手並未再加重力道，月楹得以喘氣，全身緊繃，心如擂鼓。這人來做什麼？偷東西嗎？明露說過書房裡有重要的東西嗎？

血腥味是從左邊飄來的，那說明他的右邊受了傷，只要一擊能擊中他的傷口……

「行了，手中的東西別捏那麼緊，傷不了我。」男人語氣輕鬆，另一隻手拿走了她手中的風燈。「新來的？倒是比明露那丫頭機警許多。」

這話的意思是……怎麼還認識明露？

男人將氣死風燈提起至面龐高度，燭光混著月光，半明半暗、半冷半暖之間，月楹看清了男人的容貌。

那是怎樣的好顏色，瀲灩丹鳳眼，眉如遠山黛，月華在他身上鋪了一層薄霜，更襯其遺世朗朗之氣質。

她忽地想起一句詩：宗之瀟灑美少年，舉觴白眼望青天，皎如玉樹臨風前。杜甫那時見到的美少年，便是如此吧！

郎豔獨絕，公子無雙。且這張臉像極了睿王夫婦，此人再不會有別的身分了。

男人的大手不知何時輕了力道，月楹福身行禮。「見過世子爺。」

蕭沂很是滿意她的反應。「點燈吧，莫驚動了旁人，動作快些。」

月楹雖不知道這位世子爺回個家還偷偷摸摸的，是什麼特殊愛好，可主子發話，下人只能照做。

蕭沂撐著手坐在書桌旁的太師椅上，眼神若有所思。這丫鬟長得不算多美，身上的恬淡氣質倒是難得。

「妳叫什麼名字？幾時來的浮槎院？原是哪兒的？」

月楹點完了燈，一一回答。「奴婢月楹，五日前來的，原來是老王妃身邊的三等丫鬟。」

蕭沂疑惑了一瞬，便又釋然。「祖母看人向來準，妳雖是三等丫鬟，卻格外機警。」

月楹道：「可您還是發現了。」

蕭沂上下打量她一眼，解了她的疑惑。「腳步聲不對。」

原來是腳步聲露了破綻。她走開時，下意識加快了腳步。月楹心頭微震，這位世子爺……心細如塵。

月楹低著頭，蕭沂微微抬頭，問道：「我確定並未發出聲響，妳如何得知屋內有人？」

「奴婢嗅覺靈敏，聞到了世子身上的血腥味。」

其實蕭沂身上的檀香味更重，只是她對血腥味實在太敏感。

月楹早就注意到了蕭沂右肩受了傷，血已經凝結，應該傷了有些時辰。也許是身為醫生的使命感吧，她的眼神控制不住地往他傷口上瞟。

蕭沂看了一眼右肩的傷口。「去取藥箱來。」

月楹應聲，轉身出門去取東西。明露都提過東西在哪裡，找起來不難。

待她回來還順便端了盆溫水來。蕭沂已經解了外衣，裡衣浸了血與皮肉黏合在了一起，看蕭沂動作，竟是要直接扯下來。

「等等！」身為醫生，月楹實在看不過去這種自虐的處理方法。

蕭沂抬頭看她。「怎麼，妳會？」

月楹點頭。「會，奴婢幼時學過些醫。」

蕭沂上下打量她一眼，良久才道：「妳來。」傷在肩上，自己包紮確實有些不方便。

蕭沂將剪子遞給她。本是試探她夠不夠膽大，沒想到這小丫頭絲毫不怵，乾淨俐落地剪了他的裡衣。他肩頭陡然一涼，月楹輕柔地以溫水浸濕的帕子將結塊的血痂熱化，分開布料與傷口。

月楹仔細地擦淨了他的傷口，血色漸漸浸染了乾淨的水。

桌子上不知何時擺了壺酒，月楹記得本是放在書架裡側的。這位世子爺有小酌幾杯的愛好，書房的幾個櫃子裡都是酒。

蕭沂見她順手拿起酒壺，就要往他的傷口上倒。

「您忍著些，有點疼。」

蕭沂看著她，深沈如潭水一般的眸子有了一絲閃動。「妳懂消毒？」

消毒？好現代的詞彙！若非月楹之前發現這裡有很多不屬於這個時代的東西，她一定會以為世子爺也是個穿越而來的。

譬如她手上拿的這個酒杯，通體透明晶瑩，是現代司空見慣的玻璃製品，不過這裡稱它為琉璃，還有洗手用的洗手皂也是經過改良的。

月楹打聽過這些東西的來歷，大家只說是自小就有的，猜想是有穿越的先人將這些東西在這裡做了出來。所以蕭沂知道消毒，她並不奇怪。

蕭沂目光銳利地盯著她，似要將她看穿。

月楹垂著眼，思忖道：「從前教奴婢醫術的赤腳大夫給人處理傷口前就是這麼做的。」

蕭沂微微瞇起眼，然後道：「繼續。」

月楹編好的人設是和赤腳大夫學過幾年醫術，治療孫嬤嬤的風濕時，她就是這麼說的。她有原主的記憶，記得自己是從南邊買來的，家中不算富裕但也並非十分貧窮，只是失了雙親，被濫賭的大伯父賣給了人牙。而且她家屋後確實住過一個走方的游醫，這番說辭即便是找人調查也查不出錯來。

月楹知道蕭沂心裡恐怕有些疑慮，但她眼中只有未處理好的傷口。傷口不深，大約只有半寸，傷口邊緣整齊，呈刺入狀，應該是劍傷。

月楹往他傷口上倒著白酒，劇烈的疼痛讓蕭沂沒有時間思索更深。

蕭沂觀察她，不僅手上很穩，臉上的表情都不曾變，不禁有些好奇。祖母這是給他送了個什麼人來？

王府的金瘡藥算得上上品，在月楹卻是不夠看的。這也提醒了她，下次出府定要去買些藥材配些傷藥以防萬一才好。

上藥時難免有些疼，蕭沂咬緊牙關，額頭滲出細密的汗珠，月楹順手從懷中拿出手帕替他擦了。

溫熱的指腹擦過蕭沂的額間，轉瞬即逝。

灑完了金瘡藥，然後便是包紮。因傷在肩上，紗布需在胸口纏繞以便固定。裡衣被她剪破，蕭沂幾乎是赤裸著上身，寬厚的脊背、勁窄的腰腹袒露無疑，月楹能秉著職業操守目不斜視，蕭沂卻無法做到心無旁騖。

少女馨香瀰漫，曼妙身形就在眼前，她並未挽髮，髮絲拂過他的鼻尖，是清新的艾葉香；目光所及是她的唇瓣，唇色粉嫩嫩的，很好看。

蕭沂轉頭不去看她，偏本人還在行使醫生職責，一臉正色，毫無察覺這姿勢是否太過親密。

蕭沂從小在佛寺長大，身邊不是和尚就是小廝，這般讓女子近身，還是第一次，待月楹打完紗布結，耳根、面頰竟隱隱有些發紅，連帶著整個身子都有些發燙。

「這幾日傷口不要碰水，海鮮、發物什麼的不要入口，飲食清淡些，記得按時換藥……」話一出口便反應過來不對，可惜已經收不回來了。

蕭沂正心猿意馬，根本沒仔細聽她說的話。

月楹知道此時應該跪地然後大喊一句奴婢該死，可興許是穿來的時間還太短，奴性未養成，只磕磕絆絆說了句。「奴婢只是、只是為了世子身體著想。」

這話更不對了，怎麼還有些曖昧？月楹恨自己這一緊張就口不擇言的毛病，越描越黑，她還是閉嘴吧！

蕭沂將一切盡收眼底。原來她也不是如表現得那般毫無波瀾。他微微翹起唇角。「無妨。」

月楹長吁一口氣。幸好面前這是半個和尚，沒那麼多彎彎繞繞的心思。

蕭沂換好乾淨裡衣和外服，輕倚在桌旁。他的氣質似乎在舉手投足之間變了，微瞇起眼看她，目光如電，又似山間冷泉撞入了波濤大海，危險而神秘。

他淡笑著，眼中淡漠，如死水般透著無盡疏離，周身氣勢迫人。

「記著，今夜從未見過我。」

「是。」月楹應聲。

他站起來，視線往下掃過被剪破的裡衣與外衫，負著手道：「處理掉。」

月楹繼續點頭。

話音剛落，眼前再無身影，只餘一扇開著的窗。月楹緊繃的身子放鬆下來，心有餘悸地拍拍胸口，直起身子，驚覺背後已經被冷汗浸濕。

她趕緊收拾起血衣。巡查的人就要來了，蕭沂說今夜就當沒有見過他，便說明不想讓巡查的人發現。

月楹吹滅了蠟燭，將一切恢復原樣。明露雖看上去大剌剌，記性還是不錯的，東西放在哪裡，她都記得清楚。

只是這多出來的血衣不好處理，她又不是什麼專業人士，說處理就處理了。她能想到的辦法不是燒了就是埋了，但這大晚上的不管是挖坑還是燒火，不被發現才怪。

月楹抱著衣服有些犯難。說是血衣，也只是裡衣上染的血稍微多一些，外袍只有肩上有一點血跡。她把衣服摺好，藏在自己的櫃子裡，準備以後再處理。外袍的衣料不錯，說不定還能拿出去賣點錢。

回房後，明露依舊睡得香甜，夜已深，一切都如她出門前一樣，只是髮絲乾了。

月楹這一覺睡得並不安穩。夢中有個人一直在追，她忙著跑並未看清那人的面容，只知道是個光頭。

等她跑得沒了力氣，那光頭追到她，月楹定睛一看，此人身披袈裟，腦頂戒疤，是個和尚，最可怕的是這和尚長得與蕭沂一般模樣。

月楹被嚇醒，睜開眼滿目是刺眼的陽光。

這夢太可怕了！

第三章

明露已經起床，能聽到外間的她的聲音，月楹心安了些，起床漱洗。

「月楹、月楹！」明露一路小跑，與剛準備出門的月楹撞了滿懷。

「什麼事，這麼著急？」

明露雖在她面前很是跳脫，但一貫沈穩，如此急切，難道……月楹想到了昨夜。

「世子提前回來了，再過一個時辰就快到了，前院已經忙起來了！」

果然是因為蕭沂。

「知道了，我們不是早就準備好了嗎？慌什麼。」經過昨夜，月楹很淡定。

明露笑了。「我還不是怕妳慌，畢竟妳沒見過世子。咱們世子啊，那可是神仙似的人物！」

月楹忍住翻白眼的衝動。「我怎麼記得有人說，不想讓世子回來啊？」

因為被明露誤導，她一直以為蕭沂長得不怎麼樣，還奇怪睿王夫婦皆容貌姣好，怎會生出個醜的來。

明露作勢要去捂她的嘴。「誰說的，可不准亂說！」

月楹笑起來，作了噩夢的陰霾一掃而空。

世子回府，大丫鬟照例要去大門前迎人。王府地廣，從浮槎院到大門口有好些距離，明露捋了捋袖子。「走吧。」

月楹奇怪。「妳這架勢不像去迎人，像打仗。」

明露神秘一笑。「待會兒妳就知道了。」

明露與月楹一路行來，每十步便能遇見幾個丫鬟，衣裳、首飾看樣子都是精心挑選的。待行至門口，看見王府門前圍著的丫鬟更多，不僅如此，府外也有不少假裝路過的姑娘。如此陣仗，月楹聯想到出門前明露那一笑，瞬間了然。

王府規矩雖嚴，可難免有些想飛上枝頭的，不過也不是全部人都存了這樣的心思，但能一飽眼福也是好的。像明露這般，的確是異類了。

脂粉香氣漸濃，對嗅覺靈敏的月楹來說是種折磨。她本已經十分難受了，忽然又聞到了一陣濃烈的百合香，忍不住咳了幾聲。

她往香氣來源一看，倒是個熟人。

是借住在王府的兩位表小姐之一。那日買丫鬟就是替這兩個表小姐添人，兩個表小姐都是王妃的母家人，明面上說是來照看姑母，實際就是託王妃挑個好夫婿，將兩人嫁出去。

明露輕撞了下月楹的肩，向白婧瑤方向努努嘴。「來了。」低聲與她咬耳朵。「這白二小姐怎麼那麼沈不住氣，她一個閨閣女兒如此堂而皇之迎接一個外男，王妃又不在府中，更是不合禮節，還是白四小姐好些。」

「興許只是來瞧熱鬧。」

本朝對女子出門並不嚴苛，外出經商也是有的，但白婧瑤與蕭沂未見過面，初次見面確實該由王妃引見。

「妳沒見過世子，不知道他那張臉有多勾人。待會兒我去絆住她，妳帶著世子先走。」

這說得倒真有幾分並肩作戰的意味。月楹不太懂明露為何如此躍躍欲試，想了想蕭沂那張臉，確實勾人。

她哪裡想得到，老王爺與王爺都未納妾，府中後院清靜，好不容易來了這麼個犯蠢的人，明露準備拿人解悶呢！

馬車緩緩駛來，所有人的眼神都集中在了馬車上，唯有明露，死死盯著白婧瑤，蓄勢待發。

月楹拽緊了她的袖口，生怕她衝早了。

門房趕緊準備好。馬車外，侍衛燕風將車簾挑起，首先映入眼簾的是一件月白色錦袍，袖口有銀邊暗紋，下襬繡了一支竹葉。

清雋秀雅，光風霽月。

蕭沂款款下車，只簡單撩袍的動作便引得周圍私語聲漸起，撩亂了姑娘們的一池春水。

月楹卻變了臉色。這廝不換衣服一定是故意的。這是提醒，也是警告。

蕭沂目不斜視走過，恍若真沒見過她一樣。

白婧瑤絞著帕子，面色有些羞紅。若之前她還怕父親誇大，有些不願，在見過蕭沂之後，就只有一個念頭——她一定得留在睿王府。

白婧瑤扶了扶鬢，看準時機，朝蕭沂走去，忽地腳下一絆，失去了重心。

「白二小姐小心些，別摔倒了。」明露皺著眉頭將人扶住。這香粉味真真是要嗆死人！

等白婧瑤再抬頭，蕭沂已經走遠了，她一瞬間變了臉色。「妳……」見是明露，心頭憤恨，面上卻仍須端著閨秀的架子，擠出一個笑來。「多謝明露姊姊。」該死的丫鬟！

明露笑咪咪地行了個禮。「不敢不敢，白二小姐若是無事，便回房吧，我們王府啊，規矩多。」

這逐客令很明顯了。白婧瑤也不是真蠢。罷了！現在得罪世子身邊的人，不值當。

蕭沂要先去靜安堂拜見老王妃。她邁步子的腳抬起又放下。

若是去王妃屋子裡，她還能厚著臉皮跟去，但老王妃向來不喜歡白家人，一點面子功夫都不做。白婧瑤想起上次去請安卻在屋外站了幾個時辰，現在還心有餘悸，只得先回了自己院子。

「嘖嘖，可惜小郡主出門訪友去了，不然還有好戲看。」明露可惜道。

月楹還有些顧慮。「她畢竟是王妃母家人，妳也不要表露得太明顯。」

明露冷笑一聲。「呵，若是讓王妃知道白婧瑤有勾引世子的心思，第一個扒了她的皮！」

這話說得就有些重了，看來還有隱情。

月楹試探道：「白家與王府相比門第確實低了些，但在寧遠也是名門望族。」

「狗屁望族！表面看著光鮮罷了，內裡不知多少骯髒事。」

明露說得越來越難聽，月楹扯了扯她的袖子。「妳糊塗了，這話也能隨便說！」這可是把王妃也一同罵進去了。緊張地瞧了瞧左右，確定四下無人。「妳平日裡並不莽撞，怎麼提起白家就不對勁了？」

明露見她一臉關切，笑道：「妳進府才兩月，不知其中關竅。」

百年前白家確實是望族，可幾代人過去，又遠在寧遠，早已不是當初般顯赫。上一任白家家主是個善鑽營的，有了將家中女眷送往京城的想法，睿王妃當年便是被當作禮物送來的一個。

送上門去的能有什麼好下場，做妾還算運氣好的，若非當年睿王妃半路跑了，又遇上睿王，如今在哪兒都不知道。這事情也不算王府秘辛，只是過去多年，除了明露這樣的家生子，也只有老人才知道了。

「那白家還敢將女兒送來？」月楹挑了挑眉。

「不要臉唄！就欺負我們王妃仁善。不想聊那家人了。」明露一擺手。「世子那件月白色錦袍，我怎麼好似前幾日在衣櫃裡見過？」

「定是妳記錯了，世子月白色的錦袍又不只這一件。」這話題轉得突兀，月楹有些心虛。

「是嗎？」

兩人並肩而行，月楹狀似無意瞥她兩眼，見她沒有深究，這才鬆了一口氣。

月楹不免埋怨起蕭沂來，攤上這麼一位不簡單的主子，她有種預感自己接下來的日子不會平靜——如果可以，她真希望昨夜沒有出門。

靜安堂，主位上端坐著一位美婦，年逾花甲卻不見一絲白髮，觀其眉眼依稀可見當年豔色，右手拄著一根龍頭枴，通體碧玉，龍頭上還掛著根明黃色穗子。

孫嬤嬤端上早已準備好的香茗，笑著說：「世子爺可算是回來了，小姐、姑爺可是想您想得緊呢！」

孫嬤嬤是老王妃的陪嫁丫鬟，滿府上下也只有她這麼稱呼老王爺、老王妃，數十年不曾改。

「勞祖父、祖母記掛。」蕭沂伸手接過，飲了口茶。「祖父這是又跑到哪裡去了，是去找商相下棋還是去找孔將軍比武了？」

「他個老頑童，閒不住的，都告訴他你今日提前回來，還非要出門，說是與商相約了棋，爽約非大丈夫風範。」老王妃語氣雖是責怪，卻眉眼帶笑，話中處處透著親暱。

蕭沂淺笑。「祖父這是好不容易等到了商相鬆口，怎會放過？」

老王妃笑罵道：「他個臭棋簍子，也好意思纏著大雍棋壇聖手，商相是被他煩怕了。」

「爹娘可有信來？」

睿王夫婦自兒子、女兒長大能離人後，時常遠遊在外，說是要彌補年少時光，看看大雍大好山水風光。

「他們不日便回了。」

蕭沂奇道：「三月前我出門時爹娘還未走，此次出門滿打滿算也不過一月有餘，平素他們不會這麼早回府……」

老王妃也有同樣疑問。「你這雙父母向來不著調，我瞧他們信中似乎是出了點事，但未曾言明，應不是什麼大事，等到他們回府再問問吧，你也不必擔心。」

「孫兒才不擔憂他們。」能傷得了他父親的人，這世上掰著手指也數不出來幾個。

老王妃頓了頓，提起另一件事來。「白家送來兩個姑娘，你願意搭理就搭理，不願意便不去管。等你母妃回來，我得讓她趕緊將人打發走。這麼多年我替她掌管中饋就算了，如今還要替她操心娘家人。你既回來，也好好管管你妹妹。」

聊起白家，氣氛一時間不像之前那般熱切。蕭沂知道老王妃並非真的生氣，不然也不會放任夫婦倆這麼多年遊山玩水。「娘躲懶這麼多年了，確實該讓她管點事了。」

不過白家，留著他們已是恩惠，得寸進尺可不是什麼好現象，確實該整頓一下了。

老王妃抬手扶額，閉了閉眼，似乎有些睏倦，孫嬤嬤趕緊上前替她按穴位。「年紀大了，就是容易犯睏，你先回去吧，晚間再過來一同用晚膳。」
「是，孫兒告退，祖母也須多顧惜些身子。」
待蕭沂出了院門，老王妃才道：「行了，停吧。」她緩緩睜開眼，神色清明，哪有半分睏倦之意。
「小姐，您這是？」孫嬤嬤不解。
老王妃拄著龍頭枴慢悠悠走了幾步，眼中若有所思。「妳沒發現不言今日進門，右手一直沒動過嗎？」
孫嬤嬤仔細一想。「確實是。世子是受了傷？」
老王妃淡淡道：「他不願讓我知道，我便裝作不知道。」
孫嬤嬤嘆了口氣，扶著老王妃的手臂。「唉，您當年就不該答應聖上讓世子接手飛羽衛。」
飛羽衛乃帝王親衛，不受任何管轄，不涉黨爭，只聽命於皇帝，監察百官，掌管詔獄，因權力太大，除初代外，歷任飛羽衛指揮使皆由皇帝信任的皇室子弟接任，且身分絕對保密。
老王妃走到窗邊停下，眺望遠方。「皇室子弟，大多身不由己。」

第四章

藍天上，白雲散開，陽光斜斜地照進院子裡。

蕭沂回了院子裡，明露和月楹都等在院門口，他微笑道：「幾日不見，妳倒多了個姊妹。」

明露異常驕傲，拉著月楹說：「當然是去找老王妃求來的。」

「恭喜得償所願。」他是真不想院子裡下人太多，若非祖母說女孩心細，明露他也是不會留的。這丫頭來了後，日日喊著要個伴喊了好幾年了。

明露笑笑。「可當不起世子的恭喜。」

月楹屬實沒想到對話是這樣，不似主僕，更像是朋友閒話。蕭沂是個愛笑的，從進院門開始臉上就帶著溫和的笑，不熱烈，給人如沐春風之感。她卻總覺得，那和煦的笑容背後沒那麼簡單。

蕭沂轉身看向她。「叫什麼名字？」

月楹行禮回話。「奴婢月楹。」她面上不顯，內心腹誹：這戲真好，要不是他身上的月白錦袍，她真會懷疑昨天見到的可能是個鬼。

白日的陽光正好，能將人照得更清楚些。一如昨日的單薄身子，恬靜面容，五官並不出色，唯有一雙大眼炯炯有神。蕭沂想起昨日竟是被這樣還未長開的小姑娘勾起旖念，不自覺摸了摸鼻尖。

「行了，都散了吧。」

月楹與明露退下，回了房。

書房緊閉著門，蕭沂面前鋪著一張乾淨的宣紙，他提筆正在練字。

「查清楚了嗎？是鐘厚尋還是徐國公府？」

燕風回話道：「您猜得沒錯，是徐國公府。」

蕭沂輕笑出聲，紙上筆墨未斷。「徐晃這個老狐狸，自以為扳倒了老五的左膀右臂，這朝堂上就他一家獨大了。敢與飛羽衛作對，愚蠢。」

眼下太子未立，朝堂上，五皇子蕭澈與九皇子蕭浴呈分庭抗禮之勢，兩派相爭已久。徐國公是蕭浴的母舅，前陣子好不容易捉住了五皇子黨的一個錯處，讓蕭澈折了一個戶部尚書。

「估計是兩淮真有什麼貓膩怕被查出來，想來個先下手為強。」

蕭沂笑道，紙上的詞賦已經寫到了最後一個字。「陛下還沒把這事放在心上，徐晃這舉動，無異於不打自招。讓去兩淮的人抓緊些動作。」

「是。」燕風答道。聊完正事，他轉了轉眼珠，問道：「您的傷沒事吧？是屬下失職。」

蕭沂放下筆。「與你無關。徐冕派了二十死士出來截殺，打的就是有來無回的主意，只是他沒想到我會去。有金蠶絲甲護身，皮肉傷而已，不虧。」

燕風其實還想問，這傷口是誰包紮的？昨日他忙著處理後續事情，知道世子爺回了趟府，照世子爺的性子是不會驚動旁人的，但那包紮的手法與往常不一樣。

蕭沂掀起眼皮。「還有事？」

燕風怔了怔。「沒……沒有了。」

蕭沂淺笑。「你是沒事了，但旁人可不一定這麼想。」笑得意味深長。

燕風沒聽懂。

屋外突然傳來一聲呼喚。「大哥！」

蕭沂抬頭。「來了。」

院裡來了兩個年輕人，一個月楹認識，老王妃生了兩個兒子，蕭汾是二房長子，二房的府邸就在睿王府邊上，牆上開了小門，兩家人時常互通有無。不過照月楹在靜安堂這一個月看下來，睿王府的這兩房並不似表面和善。

另一位有些臉生應該不是王府的人，明露悄悄提醒她道：「那是徐國公世子徐落。」

月楹對蕭汾還算有些了解，還在靜安堂的時候，蕭汾常去靜安堂請安，風雨無阻，也常看著他對老王妃撒嬌，每次撒嬌完了，出門時荷包就鼓了。

蕭汾是個標準的紈袴，房裡美婢無數，成日裡遊手好閒，二老爺夫婦興許也是覺察出來這個兒子養廢了，便一心撲在小兒子蕭渃的身上。

「大哥，出門許久，小弟惦念得很。」

蕭汾與蕭沂兩人是隔了房的，又自小不長在一處，其實沒什麼情分，無事獻殷勤，分明是此地無銀。

蕭汾要裝這個兄弟情深，蕭沂閒來無事也陪他演一演。兄弟倆聊得熱切，冷落了一旁的徐落。

月楹端茶進去時，看到的便是這樣一個場景，徐落一副欲言又止的模樣，想開口卻沒有地方插話。

兩兄弟天南地北聊了許久，也不知是無意還是故意，等茶都不再冒熱氣了，蕭沂才想起來有徐落這個人似的，笑著問道：「景鴻此來有事？」

月楹在一旁看著，只覺得蕭沂笑得有些假。

徐落道：「不言離家許久，敘敘舊都不許了嗎？」

蕭沂看他一眼。兩人不過點頭之交，哪有什麼舊可敘。

徐落扯了幾句閒，狀似無意道：「前兒練了套劍法，一直想找人練練招，不知不言可願相陪。」

聊了這麼久，蕭沂早就沒了耐心，見徐落終於暴露了目的，欣然應之。「好。」

月楹瞥了蕭沂一眼，皺了皺眉。受著傷還要比劍？蕭沂的傷並未進行縫合，稍微有些大動作定會使傷口開裂，他這是想做什麼？還有徐落也很奇怪，滿京城誰不能找，偏偏要找個受了傷的人。

月楹想了想，忽然睜大了眼。沒有人知道蕭沂受了傷，徐落這一齣，更像是故意的，是為了試探！

蕭沂脫去外面的寬袖袍，月楹趕緊上前，伸出雙臂。蕭沂將衣服放上去時，視線在她臉上停留了幾瞬。

月楹收好那件月白外袍，望了眼蕭沂的背影。為什麼要試探蕭沂呢？難道他還有別的身分不成？

月楹越想越心驚，努力遏制自己的想法。她從小便是如此，求知慾旺盛，有些事情一定要打破砂鍋問到底，小學老師、中學老師都因為她這較真的性子頭疼不已。

以前多想可能只是挨幾句唸叨就行，現在可不行，知道太多，可能會丟命。

但腦子裡的思想一點也不聽話，越控制不去思考，腦子裡各種推測成堆地往外冒。月楹敲了幾下自己的腦袋，警告自己不許想了，抬頭見蕭沂的視線掃過來。

她心頭一跳。

外頭，比武的架勢擺開，明露拉著她看熱鬧，見她沒什麼笑模樣，明露還以為是擔心蕭沂，便說道：「世子的功夫可好了，而且比武，點到為止。」

燕風遞上兩把木劍，蕭沂笑起來。「景鴻可要手下留情。」

蕭沂師承了懷大師，眾人只知他去佛寺是養病，並不知曉他的武功到底如何。

蕭汾也道：「景鴻，你為何非要與大哥比試呢，他身子向來不好……」蕭汾裝模作樣地阻止了下。徐落的伯父是威遠大將軍可謂出身將門，蕭沂哪裡是對手！

月楹莫名覺得蕭汾這話有點茶。

徐落拿著木劍在空中揮舞了幾下道：「若是你會武藝，我也就不麻煩不言了。」

蕭沂道：「行了，出手吧。」這兩人一唱一和的，冠冕堂皇的理由也夠多了。

他劍尖直指徐落，隨手挽了個劍花，徐落也不客氣了，提劍上前。

月楹目不轉睛地盯著場上局勢，只聽木頭「砰」的一聲，兩劍交鋒。

她斂眉，蕭沂右手持劍，就憑剛才兩人碰撞上的力度，她敢肯定，蕭沂的傷口一定裂開了。

她對自己包紮的技術很自信，但碰上這樣的患者也是沒辦法。不過蕭沂若是她的患者，恐怕早就已經被她罵得狗血淋頭了。

「徐世子這招數，怎麼看著有些怪？」明露學過拳腳，懂一些武功路數。

徐落專攻蕭沂右側，連月楹這個不懂武功的人都看出來了，這下她可以確定，徐落此來就是為了試探。

思索間，徐落的劍猛然敲在了蕭沂右肩，力道並不重，但對於右肩受了傷的人，卻是夠了。蕭沂捂著肩，木劍脫手。

「大哥！」蕭汾表面關心地跑上去攙扶，心底卻嗤笑，連這麼簡單的劍招都躲不過，也不過如此！

蕭沂不著痕跡地避開他的手。「無事，景鴻並未下重手。」

徐落收了劍，走到蕭沂面前。「不言可還好，我並未下重手。」說話時，眼神一直停留在他的肩膀上。

蕭沂隨意地拿下捂著右肩的手，活動了一下筋骨。「無妨。」

徐落見蕭沂真的不像受傷的樣子，消了心頭疑慮。「刀劍無眼，還望不言不要怪罪。」徐落是世家公子，禮數最是周到，試探下蕭沂是於公，私下裡他並不想得罪蕭沂這個睿王世子。

「景鴻，本就是大哥技不如人，沒什麼好道歉的。」蕭汾壓不住上揚的嘴角。這話說得一點也沒腦子，月楹猜到這是對塑料兄弟，沒想到這麼塑料。

蕭沂道：「我有些累了。」

蕭汾撇了撇嘴。「大哥身子不好就快去歇著吧。」

只有月楹知道，蕭沂打發他們走，是因為傷口快撐不住了。她又聞到了淡淡的血腥味。

徐落一走，蕭沂便進了書房，一進門就變了臉色，五官緊皺。燕風立馬去拿藥箱。

蕭沂捂住傷口，脫去了外衫。月楹是纏了好幾層紗布的，眼下紗布最外層已經能窺見鮮血了。

燕風罵道：「還真是沒完沒了。」

蕭沂卻笑。「折了那麼多個死士，好不容易讓我受了傷，他們自然不會放過試探我身分的機會。」

飛羽衛指揮使常年戴著面具示人，知道他真實身分的人屈指可數。越神秘越會有人探究，尤其是歷來參與黨爭的人，更對飛羽衛指揮使的真實身分好奇。飛羽衛勢力龐大，知道他的真實身分，就等於占了先機。

徐落這幾天，應該要到處找人比劍了。

燕風是個粗人，蕭沂又極少受傷，包紮實在是不精通。紗布慢慢解開，血跡凝固把最裡層的紗布黏在了皮肉上，燕風的辦法自然是直接扯下來。

蕭沂對燕風粗魯的做法很是嫌棄。「等等！」

燕風的手一頓。「怎麼了？」

蕭沂攏了攏衣服。「去把月楹叫來。」

「啊，那個新來的丫鬟？」燕風以為自己聽錯了。

「快去。」蕭沂篤定道。

燕風帶著滿腹疑惑去把月楹找了來。

月楹進門前抿了抿唇，不等蕭沂吩咐便細緻地處理起他的傷口。

血痂都黏住了很難處理，幸好沒有再流血了。

蕭沂聽見了她的輕嘆，瞄了她一眼，她神色認真一如昨日，與昨日不同的是垂下來的頭髮挽成了個雙丫髻，更顯幼態。她神情嚴肅，稚氣的五官驀地散發出些老氣橫秋來。

不等吩咐就動手，規矩的確還沒學好。

燕風不知昨晚的事情，有些目瞪口呆，才反應過來這姑娘應該就是幫世子包紮傷口的人。

「勞駕燕侍衛去打盆溫水來。」

第五章

燕風沒有立即動作，而是等蕭沂的眼神示意。見蕭沂微微頷首，他才轉身出了門。

月楹當作沒看見兩人的互動，低頭準備著等會兒要消毒的東西。

蕭沂看著她的動作，問道：「妳的醫術師承何處？」

月楹拿出一早準備好的說辭。「鄉下人家哪裡有什麼師承，確實不知那位游醫的來歷，他見我於醫道有幾分天賦，教了奴婢一些皮毛而已。」

院子裡忽傳來明露的聲音，過了一會兒又回歸平靜。

燕風端著盆進來，月楹接過溫水，打濕帕子後蓋在凝固的血痂上，血痂化開，紗布很輕易便脫落下來。

蕭沂問了句。「外面什麼動靜？」

燕風道：「白二小姐想來拜見您，被明露打發了。」

蕭沂冷笑一聲。「這麼沈不住氣？」

與昨日一樣的治療流程又來了一遍。蕭沂的中衣被月楹自然地脫去，蕭沂的皮膚白皙，腹部隱隱有人魚線，月楹有一瞬間的晃眼。

肩上的傷口如果縫合能好得更快，但現在的月楹可不敢提出要在蕭沂的身上動針線。撒了藥粉，固定好傷口後，月楹只顧著收拾藥箱。藥箱裡，藥品與工具都很齊全，讓她很是眼饞。她得攢多久的銀子才能有這麼一個藥箱啊？給世子治了傷，有沒有獎勵呢？

蕭沂繫好衣帶。「下去吧。」

好吧，沒有。

蕭沂摸著肩上的紗布，良久道：「去查清楚她的底細。」

月楹去打水洗乾淨了手才回了房，一進門，明露就靠上來。

「世子竟讓妳去書房伺候筆墨？我在浮槎院這麼多年了，也沒遇見過一回！」

明露對蕭沂太過了解，其他人好糊弄，她確實不好瞞。月楹抿抿唇，蕭沂又給她出難題。

她做出個無辜的模樣。「是嗎？世子從前不讓人進去伺候筆墨嗎？」

明露回道：「以前都是燕風做的。」

月楹隨口胡扯。「也許燕侍衛不方便吧，主子的心思我們哪裡知道。」

明露若有所思，還是覺得不對。

月楹連忙轉移話題道：「方才白二小姐來了？」

說起這個，明露有了勁頭，顯而易見地興奮起來。「妳方才沒有看見，她臉都快氣綠了。明明是個閨秀，卻甘願自輕自賤來世子院子裡。」

白婧瑤確實太過輕浮，稍微有點廉恥心的女子都不會這麼做。雖說兩人掛了個表兄妹的名頭，但並不熟悉，她來這一齣，真是司馬昭之心。

「那香粉真是不要錢地往身上撲，隔著一條街都能聞見。」明露不忘吐槽白婧瑤的品味。

月楹給她倒了杯茶。「喝口水潤潤嗓子。她今日被姊姊打發走了，明日會不會再來？」

明露欣慰一笑，覺得貼心。「這話妳算說對了，就看她臉皮有多厚。」

月楹想著今日蕭沂的反應，對白家也是不喜的，這位白二小姐恐怕在浮槎院討不到什麼好果子吃。

月楹問起另一個。「白四小姐似乎不太出門？」她來了兩個月一次也未曾遇見過。

明露道：「白四小姐比她姊姊聰明。王妃仁厚，上一輩的事情不會牽連到她們小輩，只要她們安分守己，王妃是不會介意給她們挑一個好夫婿的。」

月楹懂了，白婧瑤野心太大肖想蕭沂，無異於自毀前程。

「二公子與世子似乎不睦？」

明露眨眨眼。「妳猜出來了？」

這還需要猜？蕭汾根本不會掩飾自己的情緒。

月楹對二房的情況知道不多，只知曉二老爺在兵部謀了一個閒職，二夫人寇氏是尚書府嫡女，兩人有二兒一女，女兒早些年遠嫁並不在府中。睿王與王妃不在府中，所以也看不出來兩房的關係。

明露道：「二公子不常來，遇見他躲著點就是了。」關於蕭汾的風流韻事，她是說一夜也說不完，蕭汾自己是個扶不起的阿斗，卻嫉妒蕭沂有才幹。

蕭沂沒回來之前，蕭汾是家裡最受寵的男丁；蕭沂一回來，又是如此出色，老王妃和老王爺自然疼愛，蕭汾的心裡不平衡。

「也就在老王爺、老王妃面前裝個和睦，私底下二公子幾乎不來浮槎院。」

月楹微微點頭。就是個沒本事的二世祖，幸好自己長得不算美貌。

浮槎院的活計很輕鬆，即便蕭沂回來，她們兩個大丫鬟要忙活的地方也不多。蕭沂事少，吃飯不須人布菜，晚間不須人守夜，月楹在這裡倒是找回幾分工作期間摸魚的快樂。

晚間，睿王府的小郡主訪友歸來，聽說蕭沂回來了，立馬跑到了浮槎院。

「大哥，可給我帶好東西了嗎？」蕭汐拽著蕭沂的手。

蕭沂把小妹從自己身上扒拉下來，寵溺道：「不會少了妳的東西。」

蕭汐笑咪咪的。

等蕭汐與蕭沂進門去用晚膳，蕭汐身後的一個胖丫鬟蠢蠢欲動，蹦躂到月楹面前，甜甜地叫了聲。「月楹姊姊。」

月楹摸摸她的頭。「近來可好？」面前的小丫鬟就是導致她進王府的人，得小郡主賜了個名，叫喜寶。

喜寶正在換牙，說話有些漏風。「小郡主待我可好了，天天給我好吃的。」

月楹笑著掐她的臉。「確實更圓潤了一些。」喜寶才十歲，沒到抽條的年紀，現在胖一些也不要緊，看著還喜慶。

「我房裡有些點心，要吃嗎？」兩人是一個牙行裡出來的情分，月楹把她當親妹妹看。

喜寶乖巧點點頭。「要的。」

前面有明露頂著，她開溜一會兒也沒關係。月楹帶著喜寶到了自己的房間。作為大丫鬟，她能得的分例多，浮槎院就蕭沂一個正經主子，小廚房不常開伙，月楹作為唯二的丫鬟，自有人與她方便。

核桃酥、雲片糕、豆沙餅，喜寶吃得不亦樂乎。「真好吃，姊姊當了大丫鬟真好！」喜寶是小郡主房裡的二等丫鬟，小郡主本來要她回去就是看她可愛，討回去當吉祥物看的，不讓她幹什麼重活。

月楹之前在靜安堂的時候，日子沒有她過得順遂，這小丫頭就時不時帶些糕點來看她。

「餓壞了？」月楹遞過去一碗茶。

丫鬟用飯一般比主子要略晚一些，喜寶道：「沒有，不知怎的，最近容易餓。」

月楹笑著去捉她的手，把了個脈，心中有了計較。「最近是否覺得口乾，時常有冷汗？」

「對的。」

月楹思忖道：「張開嘴我看看。」
喜寶照做。月楹果然看見口腔內部有個小瘡，典型的脾胃不運，胃陰不足。
喜寶知道月楹是會醫術的，之前在牙行裡有人發高燒，就是月楹穩定了病情。「姊姊，我生病了嗎？」
月楹道：「不是什麼大病，脾胃有些虛而已，喝兩服四君子湯就行。」
一聽要吃藥，小丫頭的五官都皺在了一起。「能不喝藥嗎？」
月楹無奈一笑。「行，給妳做丸藥。」王府有自帶的藥房，丫鬟、小廝有什麼頭疼腦熱的都去藥房拿藥，不過丸藥還是要自己動手。
月楹囑咐著。「記得多喝水，生冷的東西不要吃，炒貨也少吃。」
喜寶委委屈屈答應著。
蕭汐陪蕭沂吃了晚飯，走時帶著一個大木匣子。
月楹跟著蕭沂送人到了院門口，蕭沂目送完人，轉身看著她道：「去哪兒了？」
月楹有些摸魚被抓的心虛。「小郡主的一個丫鬟是與我……奴婢一同被賣進來的，奴婢與她說了幾句閒話。」
蕭沂回憶了下。「那個圓臉的丫鬟？」
「是。」
「確是汐兒喜歡的。」蕭沂斂眉，說完話便走了。

月楹不明所以。所以是……沒事了嗎？不扣例銀就行。

一個下午的時間，燕風已經將月楹的來歷調查得差不多了。

蕭沂盯著書桌上的幾張紙。上面是月楹進牙行到現在的全部資料，從目前的線索來看，月楹進府怎麼看都是個意外。

那日汐兒是碰巧撞上挑丫鬟，看上的也不是月楹，但月楹的醫術……是他想多了，還是她隱藏得太好？

「全部都在這兒了嗎？」

燕風道：「再細查便要去江南，月楹姑娘的老家。」

蕭沂雙指將紙張夾起放在蠟燭上，蠟燭的火焰將紙張吞噬殆盡。「不必。」

祖母能將她放心安排到浮槎院，應該已經調查了她的身分。想起月楹那一雙澄澈的眸子與治病時正經的表情，蕭沂捏了捏眉心。或許真是自己草木皆兵。

翌日，月楹漱洗完畢正要去藥房，卻被明露告知，世子讓她過去一趟。

月楹問道：「明露姊姊可知是什麼事？」

明露也是丈二金剛摸不著頭腦。「這個時辰，應當是伺候漱洗，但……」蕭沂從未讓丫鬟伺候過漱洗。

已經是第二次了，明露轉著圈端詳起了月楹，猜測道：「世子是不是看上妳了？」

月楹一陣無語。蕭沂傷在肩頭，她大概猜到了為什麼。「明露姊姊可別胡說。」

明露滿腹疑惑，往日裡那麼多大美人世子都看不上，月楹不及她們分毫……還是說，世子就喜歡這樣的？

月楹趕緊往蕭沂的屋子裡去，祈禱著蕭沂的傷趕緊好，讓她回歸本來平靜的日子吧！

燕風又被嫌棄了，被蕭沂趕出了門，見月楹過來，微微側開身子，笑道：「姑娘快進去吧。」

月楹乾笑回應，進門便看見了披散著頭髮的蕭沂。

束髮是丫鬟必備的技能，月楹在牙行的時候牙婆找過專人來教過她們。

「過來。」

她走到蕭沂身後，透過鏡子看清了他的臉，劍眉星目，這鏡子不是銅鏡，與現代的鏡子差不離，她都能看清他脖子上一顆淺淺的小痣，就長在喉結正上方。

蕭沂將梳子遞給她。月楹雙手接過，指尖觸及他的髮絲，順滑如綢緞，烏黑若鴉羽。梳著髮，她思維亂想的壞毛病又犯了，忽然想起那日作的「噩夢」來。想像著面前的腦袋沒了頭髮，只留一個光頭，月楹無意識笑起來。

蕭沂的這個相貌，剃了光頭也是個俊俏和尚，不入空門是對的，否則啊，佛門清淨地，指不定因他鬧出些什麼事來。

細長的手指在他髮間穿梭，月楹的動作很輕柔。

「笑什麼？」

月楹的思緒被打斷，抬頭見鏡子裡蕭沂正眼含笑意地看著她，手上一鬆，梳子掉落在地。

第六章

「沒、沒笑什麼。」月楹垂下眼，蹲下來在地上亂摸，碰到了他的錦靴。

蕭沂挪了挪腳，月楹恍如觸電般收回手，入目不見梳子，有些焦急。這梳子鑽哪兒去了……

蕭沂垂眸看見她轉著小腦袋，鼓著腮幫，似在為找不到梳子而焦急，目光微微一動，唇角微勾。

月楹終於在櫃子腳邊發現了木梳，拿出手帕擦乾淨。男子髮髻就那麼幾種，並不複雜，月楹照著昨日看的給他梳了一個，最後戴上一個玉製髮冠，插上弁才算好了。

做完這一切後，她告了退，急急忙忙地走了，頗有些落荒而逃的意味。

門外，月楹急匆匆的步伐差點撞上了燕風。「月楹姑娘當心腳下。」

月楹道：「多謝提醒。」隨後加快步伐回了房。

燕風眸子閃了閃，推門進去，蕭沂已經漱洗完畢。他唇邊帶笑，心情不錯的模樣。卻說月楹回房還要再接受明露的一番拷問。

「妳真給世子束髮了？」

「是。」

明露激動地抓住了月楹的胳膊。「月楹，妳的福氣來了！」

月楹苦笑。這是福氣嗎？伺候得如履薄冰。明露的誤解越來越深，真實的原因又不能說，只好道：「好姊姊，妳可別亂說。我沒有那個意思，許是世子爺嫌自己束髮麻煩，才讓人幫忙的。」

明露才不信她的說辭。若說世子爺想讓人伺候了，為何偏叫月楹去，她服侍的日子更久，怎麼著也是找她更合理吧？

明露沒有攀高枝的心思，這麼多年世子爺身邊也沒個可心人，老王妃和王妃雖然不催但心裡也是惦記的，生怕世子爺真成了個和尚。月楹若是能得了世子爺青眼，算是了卻老王妃與王妃一番心事。

明露向她擠擠眼睛道：「這又不是壞事。」

月楹又道：「我只想辦好差。」

明露笑起來，半開玩笑道：「咱們世子神仙人物，月楹真的沒心思？」

府裡想走捷徑的人不少，有表現在明面上的，有暗地裡下功夫的，世子身邊早晚要有人。與其讓別人撿了便宜，明露還真就希望是月楹。雖說相處時間不算長久，但看得出來月楹不是什麼心術不正之人。

月楹懶得理她。「明露姊姊不也沒心思？」說完徑直出了門，去了藥房。

明露覷著她的臉色。真生氣了？她不過調侃幾句，等會兒哄哄她吧。

月楹到了藥房，藥房裡拿藥的僕人遠遠迎了上來。「月楹姑娘來了，可還是為孫嬤嬤拿藥？」

她時常來藥房，也混成了熟臉，此一時、彼一時，想起她還是個三等丫鬟時，來取些藥可是難得很。

月楹要取的藥每次都是那麼幾種，小廝殷勤地幫她把藥配好了送過來。

月楹淡淡道：「可否借用一下藥房裡的器具？」

小廝堆笑道：「姑娘儘管用，需不需要給您搭把手？」

月楹拒絕了，自己取了木香、黨參、白朮、陳皮等藥材想配個六君子丸。製這藥不費工夫，一個下午的時間就差不多了。

她還得趕著時辰去給孫嬤嬤送藥，近日下了兩場秋雨，孫嬤嬤的風濕不知是不是又犯了？

月楹來到靜安堂，孫嬤嬤的房間是靜安堂裡最向陽的一間。

「孫嬤嬤，您在嗎？」

孫嬤嬤聽見動靜，笑盈盈地出來開門。「想著妳要來給我送藥，等著妳呢！」

月楹拿出前幾日做好的幾帖藥膏，還有方才拿來的藥。「您可好，膝蓋還疼嗎？」

孫嬤嬤溫和笑道：「用了妳的藥，好多了。」她接過藥包。「又去了藥房，那裡的人可有為難妳？」

月楹微笑。「誰不知道我是給您治病，沒有人敢為難我的。」

「好孩子。」

月楹扶著孫嬤嬤坐下，像從前那般給她按摩膝蓋。給孫嬤嬤治病也是誤打誤撞，還未入秋時，總有雷陣雨，孫嬤嬤的風濕是年輕時落下的病根，陰雨天氣發作得厲害。

那日疼得都不能走路了，孫嬤嬤捂著膝蓋在花園裡歇息，月楹碰巧撞見，一看她的模樣就猜到了大概是為什麼，上去給孫嬤嬤按摩。風濕的主要原因還在於氣血不暢，舒筋活絡一番自然能舒服一些。

只靠按摩當然是不夠的，還須配合膏藥和藥方，風濕這病一時不能根治，尤其是上了年紀的人，只能靠養著。那時，月楹剛進府不久，知道藥房能拿藥，便想著去拿些給孫嬤嬤治一治。

不料被藥房的人為難了好一陣，藥房的人趾高氣揚的嘴臉實在難看，恰巧那日又遇見了一個咳嗽了好幾日的丫鬟去領些枇杷露都不給。

月楹頭一次向孫嬤嬤告了狀，這事情後來還驚動了老王妃，好好整治了這群見風使舵的刁奴。

不過如此一來，孫嬤嬤的風濕發作的事情也瞞不住了。老王妃一直輕信了孫嬤嬤的話認為只是小毛病，卻不想這麼嚴重了，還要替孫嬤嬤請太醫。孫嬤嬤身為奴婢，自然連連拒絕，聲稱月楹治得就很好。

「在浮槎院如何？明露吵得很，妳性子安靜，不要嫌她聒噪。」孫嬤嬤損起自家姪女來毫不嘴軟。

月楹按壓著孫嬤嬤的雙腿。「明露姊姊提點了我很多，待我很好。」

「世子是個和善的，妳好好辦差，少不了賞。」

月楹表面點頭，心想給他治了兩回傷，可一個子兒都沒看見呢。

成為大丫鬟之後，一個月有了二兩銀子的月例不少了，贖身也只要二十兩就夠了，問題是出王府之後該怎麼生活。

她一個年輕小姑娘，即便出去了也沒人敢用她吧，在這人生地不熟的古代，靠自己有些艱難。王府雖然複雜，卻是個賺銀子的好地方，貴人們指縫漏一些下來，就夠她一個小目標了。

快月底了，又要到發月例的日子，月楹以前也沒有想過，有朝一日會為了銀子發愁。

「嬤嬤，我去浮槎院，是不是有您的手筆？」月楹想問很久了。她思來想去也只有孫嬤嬤有這個能力，否則她一個平凡的小丫鬟哪裡能越過那些大丫鬟被選中。

孫嬤嬤道：「我的確替妳說了幾句話，但最後還是小姐決定的。」孫嬤嬤挺喜歡月楹，不過她左右不了老王妃的想法。選中月楹時，她也覺得奇怪，畢竟月楹進府不久。

老王妃只是說：「不久有不久的好處。」

孫嬤嬤大概能猜到一些，在府裡能做到大丫鬟的，多少都有些自己的心思，蕭沂最不喜歡心思深沈的。月楹正好，難得眼神澄澈，性子夠沈穩。

給孫嬤嬤敷完了藥，月楹便回去了。

靜安堂到浮槎院要經過花園，花園裡種植著幾株臘梅，還未到開放的時節，掛著枯葉，滿樹金黃。

月楹抓緊步伐，攏了攏袖口。小郡主今日又出了門，不知喜寶在不在府裡……她正想著，旁邊傳來一聲輕喚。

「月楹姑娘。」嗓音帶著明顯做作，偏生發出這聲音的人覺得十分好聽。

月楹不著痕跡地遮了遮鼻子，行了個禮。「表小姐。」

白婧瑤露出一個和善的笑。「月楹姑娘這是要去哪兒？」

「回浮槎院。」月楹淡淡道。

月楹的冷漠應對並沒有澆滅白婧瑤想要尬聊的熱情，她莞爾道：「世子表哥可還在院中？我做了些桂花糕想給他送去。」

月楹看了眼她過來的方向，就是從浮槎院來的，顯然是已經去過一趟，大概又被明露擋了回來。

而且問她一個還沒回院子裡的人，月楹忽覺有些好笑。這位白二小姐，是把旁人都當成沒有腦子的蠢貨不成？

白婧瑤也是沒了辦法，幾次找藉口去浮槎院都被明露擋了下來，她的耐心快告罄。等她成了世子妃，定要好好教訓一下明露這個小蹄子！

她打聽過了，月楹是新去浮槎院的人，應該沒有明露那麼老道。

白婧瑤左右瞧了瞧沒看見什麼人，上前一步，將繡帕裡的東西塞給了月楹。「月楹姑娘行個方便，讓我將這碟子桂花糕送予世子表哥。」

月楹感受了下塞過來這塊銀錁子的大小，估計得有二兩重。唉，可惜啊可惜，君子愛財取之有道……這銀子要是收了，會有無窮無盡的麻煩。

她握緊了拳，把銀子又推回了白婧瑤掌心。白婧瑤見她拒絕，臉色肉眼可見地沈了下來。

白婧瑤氣極，一天連吃了兩個閉門羹，有些控制不住自己的情緒。

月楹道：「表小姐與其給我塞銀子，不如留著銀錢治一治臉上的斑。」

「妳……妳說什麼！」白婧瑤捂住兩邊臉頰，心慌道。她是怎麼看出來的？

白婧瑤臉上塗了粉，但這時的粉持妝效果不長久，她出來這麼久了，也掉得差不多了。

「您這斑已經長了有十數天了吧？」月楹壓低了聲音。「表小姐近月來的癸水是否也不準？」

白婧瑤瞪大了眼。「妳……怎麼都知道！」

中醫講究望聞問切，臉上長斑，除了遺傳和慢性病，最有可能的便是內分泌紊亂，結合白婧瑤這幾天不太美妙的心情，很容易猜。

白婧瑤轉了轉眼珠，想起聽聞到的月楹給孫嬤嬤治病的事。「月楹姑娘會醫術，知曉該怎麼治嗎？不瞞姑娘說，我請過大夫來看，開了藥也吃著，只是一連吃了幾天都沒什麼成效。」

「這個嘛……」月楹故意拖長了音。

白婧瑤察言觀色的本事還不錯，把銀子又塞給了她，堆笑道：「月楹姑娘若治好了我這斑，還有好處，這便算是診金。」

月楹捏了捏掌心，假笑道：「表小姐哪需這麼客氣。您要心平氣和，戒驕戒躁，不可輕易動怒。氣順了，身體才會好。至於臉上的斑，每日再以剁碎的香芹葉混以牛乳敷臉，再以蒲公英花水洗淨，不出半月便會有成效。」

白婧瑤將信將疑，只是月楹既然能將她的症狀說得這麼準，勢必有點本事，她說的東西也不是什麼稀罕物，試試也無妨。臉上的斑已經困擾她好些日子，如今有了治療的法子，自然喜不自勝，將方才的不愉快都扔在了腦後。

她喜孜孜道謝。「多謝月楹姑娘指點。」

月楹又強調了一遍。「尤其不可動怒，否則藥效不好。」

「我記著了。」白婧瑤點點頭。關於臉的事情，她向來鄭重，沒有這張臉，她還拿什麼勾引蕭沂。

月楹目送白婧瑤離開，微微福了福身，將掌心裡的銀子輕輕拋起又接住，這嬌小姐的銀子真好賺。

她淺笑著抬頭，猝不及防撞上一雙似笑非笑的眸子。

他什麼時候站在那裡的？

第七章

月楹與燕風跟在蕭沂的身後，亦步亦趨。她低著頭，這個視角只能看見他湖水藍衣袍的後襬。

蕭沂的臉上看不出什麼表情。月楹心頭打鼓，這是看到了多少？若看到了全程倒也無妨，倘使只看到了她收白婧瑤銀子的那一段，就有些麻煩了。

月楹腳步慢了些，想從燕風那裡打聽些狀況，可還未等她走近，蕭沂就像是後背長了眼睛似的，突然轉過頭來，月楹還沒來得及伸出去的腳被迫縮了回來。

書房門口，月楹轉身想走，卻聽見他道：「進來。」

蕭沂叫人進來，卻沒吩咐人做事，只讓她靜靜地站立在一旁，自顧自在書架前徘徊，尋起了書。

月楹吃不準蕭沂的想法。雖然她收了白婧瑤的銀子，但那銀子可是她憑本事得來的，她這不算違反規矩吧，蕭沂想做什麼？沒收她的銀子嗎？只好盯著眼前的地，似要把地盯出一個洞來，書房裡安靜得只有他翻動書頁的聲音。

良久，蕭沂走到她眼前。「妳的醫術，似乎並不像妳說得一般，只是皮毛。」

月楹並未抬頭。「醫道無窮，博大精深。這世上治不好的病遠比治好的要多，既如此，自然只通皮毛。」

蕭沂淺笑。「醫道無窮，這話倒是不錯。」只扯關於皮毛的理解，卻避而不談她醫術不錯的事實。

月楹有些後悔在白婧瑤面前賣弄了，蕭沂太敏銳，隻言片語之間就捉住了她話裡的破綻。「月楹」會皮毛醫術不奇怪，若會高深醫術，就有些不對了。

她察覺到蕭沂的視線一直在自己身上，心就像被一根細線提著，搖搖晃晃不能落地，倏忽間視野中出現了幾本書。「拿著。」

月楹看見封面上的字，只一眼，她的眼睛倏地亮起來，輕呼出聲。「《懸壺衣案》、《命門考》、《五腑圖繪》，這……這些醫書……」都已經失傳了呀！

她難掩自己的激動，抬起頭來，大眼睛直勾勾地盯著他。「給我的？」

蕭沂挑了挑眉。「妳既在醫道上有些天賦，應當不被埋沒。」

月楹笑起來，還以為蕭沂要罰她，原來是想獎勵她！瞬間她看蕭沂覺得更俊朗了幾分。

俗話說學無止境，現代大家的醫術大多都是透過一個又一個病例去累積經驗，能沈靜下來做研究看古醫書的，少之又少。

這些書太珍貴，月楹小心翼翼地捧著，仍有些不可置信，試探問道：「世子是給我還是借我？假如是借，有時效嗎？」

蕭沂猜到她的意圖。「想謄抄？妳會寫字？」他若有所思。窮苦人家的女子會寫字的可不多啊……

月楹被醫書的喜悅沖昏了頭腦，全然不知道自己已經露出了馬腳。「會的。」她小時候便被爺爺逼著認藥材，家裡藥材櫃上的名字都是她一筆一劃寫上去的。且現代的古醫書大多都是繁體字，這麼多年看下來，看這邊的書也沒什麼障礙。

蕭沂原本不打算讓她還的，只是她這麼問了，他勾了勾唇。「五日一本，可夠？」

「夠的！」不就是抄書嘛！

月楹抱著書如獲珍寶，笑逐顏開地回了房。

蕭沂卻在她踏出房門的那一刻，唇邊笑意消失，臉色沈靜肅穆。

燕風不解。「公子不是懷疑她是……為何還要送她醫書？」細作這兩個字，他沒有說出口。

「證據呢？」蕭沂反問。

燕風低下了頭。他的確沒有查到實質證據，誠然月楹有些與眾不同。

「派人去江南，平時讓人盯著她點。」

「是。」

之前只是覺得這個丫鬟有些異於常人的冷靜，他本以為是性格使然，今日再看，似乎又不像了，且身懷不錯的醫術……

有疑惑便要去查，王府樹大招風，透過各個管道想塞人進來的人不少。

蕭沂摩挲著下巴，眺望了眼廂房的位置。但願是他想多了。

夜晚，月楹挑燈夜戰。

明露看她像打了雞血一般奮筆疾書，湊過來問：「世子讓妳抄的？」

月楹只顧著抄書，也沒怎麼聽清她的話，順勢點了點頭。

明露問道：「妳做錯了什麼，世子要這麼罰妳！」明露抄寫過佛經，那抄完真是胳膊、脖子和腰都疼。

月楹笑笑。「這可不是罰，這是賞！」

明露自然不了解月楹的興奮，她搖搖頭，這姑娘已經抄書抄傻了！

明露還想再問她到底做錯了什麼，想著能不能去求求情，但見月楹勁頭十足的模樣，張了張口還是沒問。抄書雖然累也沒別的壞處，比起其他懲罰算不錯了。

「妳早些睡吧，我還要一會兒呢。」

明露也懶得管她，蒙頭睡去。房裡的油燈一直點到子時。

翌日，月楹腰痠背痛，起了個大早，在房裡做了套體操疏鬆筋骨。白日裡要當值，晚間就回去抄書。蕭沂出門時，白天偶爾摸個魚，一連好幾天都是如此。

燕風給蕭沂匯報月楹的動向。「九月十日卯時出門去滿庭閣給一個叫喜寶的丫鬟送了藥，隨後回了房抄書，除去用飯的時辰，月楹姑娘都在房裡……九月十一日，九月十二曰……」

「停。」蕭沂修長的手指有一下、沒一下地在桌子上輕敲。「揀點不一樣的說說。」

燕風翻了翻手裡的小冊子，翻過來又翻過去。「不一樣的……沒了。」

燕風收好小冊子，問道：「月楹姑娘似乎十分醉心醫道，還盯嗎？」派去盯梢的兄弟都說這活很輕鬆，讓以後有這種活還找他。

「盯。」蕭沂道：「每十日回報一次。」這麼短的時間說明不了什麼問題，這個結果在意料之中，得真的證明她與外邊人無關才好。

幾本醫書放在他這裡也無用，月楹若真的沒問題，身邊有個會醫術的丫鬟也不是什麼壞事。

月楹全然不知自己被盯梢，沈浸在抄醫書的快樂裡。她最盼望的就是蕭沂出門，那就不用當值，可以愉快抄書看書。

蕭沂沒有官職，卻時常被召進宮，皇家的小輩裡，皇帝最喜歡的就是蕭沂，因為他的棋藝。蕭沂聖眷正濃，又是睿王府世子，想巴結他的人不會少。

這個賞花會、那個生辰宴都給他送了帖子。蕭沂其實是不怎麼熱衷於參加的，但他還無正妻，京城裡有心思的閨秀不少，蕭沂不願出門，便從蕭汐下手。

蕭沂穩重，老王妃總怕蕭汐闖禍，蕭汐就拉著蕭沂做藉口，說是有大哥能管著，但大多數時候，蕭沂只將蕭汐送到門口就走了。

月楹覺得蕭沂這個大哥當得也不是很容易。

「月楹，替我送個茶。」明露急著小解，將茶盤塞給了月楹。

今日蕭沂並未出門，而是在房裡與友人對弈。

月楹端著茶盤進去。房裡很安靜，只偶爾有棋子碰撞棋盤的聲音。月楹放下茶點，侍立在一旁，眼神不自覺被棋盤上的黑白吸引。

除了醫術，她還有一個愛好便是下棋。同樣是在爺爺的耳濡目染下，只是下棋與學醫一樣，不進則退，她上了醫學院後便很少有時間下棋了。直到病情發作，她有無數的時間，又把這下棋的愛好撿了起來。

興許是心無雜念的緣故，她的棋術突飛猛進，在還能走路的時候參加了好幾場線下的比賽，有了約莫業餘五段的水準。

古棋與今棋下法的差異還是有一些的，不過問題不大，月楹基本都能看懂。

這盤棋，黑棋誘敵深入，已經呈現了一個包圍圈，白棋的氣數將盡了。

未幾，商胥之丟了白棋子。「你又贏了。」

蕭沂淡笑。「承讓。」

商胥之是商相最小的兒子，不愛文、不愛武，唯獨對做生意情有獨鍾。商相嫌他不務正業，但這個兒子卻是唯一繼承了他下棋天分。

當今皇帝酷愛下棋，正所謂上行下效，民間也掀起了一股下棋之風，世家公子的交流間，多數以棋會友。閨閣女子學琴棋書畫，其他三種可以不擅長，但下棋一定要會。

商相當初能得皇帝青睞，與他下棋的本事也脫不了關係。無奈前頭的這幾個兒子都不爭氣，唯一有天分的又志不在此，讓商相對商胥之是又愛又恨。

商胥之道：「了懷大師的棋藝果真高深莫測。」

「與你下棋的是我，怎麼誇起我師父來了？」

一局畢，月楹上前收拾棋子。

商胥之飲了一口茶。「你的棋藝還不是了懷大師教的，難不成不言現如今已經能下贏了懷大師了？」

蕭沂側目。「不能。」

「那不就行了，快，再來一局！」商胥之是個棋癡，棋藝高超，滿京城能與他下得有來有回的屈指可數，而這些人中，年紀與他相仿的也就蕭沂一個。

雖然與蕭沂下棋，十次有八次是輸的，可商胥之不怕輸，能輸才能有進步嘛。

月楹對商胥之這越挫越勇的精神很佩服，畢竟一直輸，心態不崩也是極少的。

月楹分完了棋子，第二局很快開始。兩人下棋都是屬於深思熟慮之後再放下棋子，這就導致他們下棋的時間很長。

他們坐著下棋的人不覺得時間過得慢，月楹卻是站得腳都有些痠軟了。

兩人沈浸棋局中，月楹見他們注意力不在自己這兒，稍稍放鬆了身體，站得不那麼筆直，觀察棋局。

蕭沂的棋風便如同他這個人一般，看著溫和平順，卻在無形中編織了一張大網，將敵人困死在其中。

下一步前，提前想好了幾十步，等到落入了他的圈套，再回想他是什麼時候下套的，才驚覺，原來那麼早就布下了局。

商胥之喜歡猛攻，卻也不是毫無章法，若是旁人碰上商胥之的這般打法已經是暈頭轉向，只是碰上蕭沂，他每一步攻都像是都打在了棉花上，不疼不癢。

棋局到了關鍵處，商胥之正要落下一字，月楹看了眼要落下的那個方位，輕搖了搖頭。又中計了！

這局棋勝負已分。月楹朝蕭沂看過去，他端起茶杯飲了一口，仍淺笑著。

不一會兒，傳來商胥之懊惱的聲音。「不言！你又騙我！」

又下了幾局還是一樣的結果，商胥之明顯從開始的興沖沖而有些蔫了。

「不下了，下不過你。」商胥之舒展了下腰。「不言也別得意，下次，下次我定能贏你。」

蕭沂道：「隨時恭候。」

月楹撿著棋子，想著終於結束了，卻聽商胥之又道：「我一月前得了個殘局，鑽研了許久都不曾有解法，不言可願一試？」

蕭沂做了個請的手勢。

在商胥之看不見的地方，月楹給了他一個白眼。就該贏不了棋！

殘局擺好，蕭沂觀察許久。「確實有些奧妙。」

月楹也瞟了一眼，目光頓時被吸引住。這局棋，還真的有點意思。

蕭沂一時半刻也找不出解法。商胥之很滿意，他下不過蕭沂，便時常拿一些殘局來難一難他。蕭沂有時候能解出來，有時候不能，若真難住了蕭沂，他便開心得像是自己贏了一般。

擺完殘局，商胥之便走了，蕭沂對著棋局靜坐許久。

明露終於來替她的崗，月楹回房休息，捶了捶自己痠軟的腿，腦海中不斷回想著那局棋。

晚間入睡前，明露從外面回來，月楹好奇那殘局的進展。「世子可解出來了？」

明露見怪不怪。「哪有那麼快？世子從前解殘局，少則三、五天，多則十天半月。」

「那棋就一直擺著？」

明露頷首道：「是啊，妳記著，那棋盤可千萬不能動！」

第八章

次日蕭沂出門，月楹心裡惦記著那局棋，便又去房裡看了一遍。棋局還如昨日的一般，一子未動。

外頭晴空高照，秋高氣爽，不知哪裡飛來的麻雀正喳喳叫著。窗戶是雕花木紋的，上頭蒙了一層厚厚的明紙，陽光透進來，照在屋內影子若隱若現。

早晨盯著看了許久，月楹也沒有看出解法，只是稍微有了些頭緒。下午時，她又去看了一回。這次與早間不同，棋盤上出現了一個光點，格外明亮。

月楹目光閃了閃，腦中的思緒瞬間被打通，她笑起來。原來是下在那裡！順著光點的方向看去，看到了窗戶上有個細微的小洞。午後陽光變了方向，光點落在棋盤上，恰好是最關鍵的一步。

解開棋局，月楹心情舒暢，昨夜真是如喉頭梗了根魚刺一般難受，連抄書帶來的疲倦也去了幾分。

明露奇怪地看她一眼，去主屋打掃了。

月楹下筆如有神，還有最後一本便大功告成了。她抄了一遍也等同於看了一遍，從前有些想不通的地方，都找到了些解釋。這些書讓她收益良多，不知蕭沂那裡還有沒有別的醫書？

「哪裡來的死麻雀！」明露突然發出一聲爆喝，聲音高昂得讓她在廂房都聽見了。

月楹一個手抖，潔白的紙張上留下一道墨跡，正想出去察看發生了什麼事，只見明露慌慌張張地跑進來，面上驚恐。

「完了！我闖禍了！」

月楹上前幾步。「別慌，發生何事了？」

明露將剛才發生的事情說了一遍。一隻麻雀不知怎麼飛進了屋內，明露伸手想趕走，那隻麻雀卻像故意與她作對一般，停在那擺了棋局的棋盤上。

結果顯而易見，麻雀一撲騰翅膀，棋子全亂了。

明露愁眉苦臉道：「世子回來，定要責罰我的。」

月楹聽完始末，拍拍她的肩。「不要緊，我記得棋子是怎麼擺的。」

明露眼裡亮起來。「妳記得？」

「是，昨日侍立在側，多看了幾眼便記下來了。」

明露拉著月楹向主屋走。「那快去擺上。」

月楹跟著到主屋，棋子已經亂成一團，棋盤上還有根麻雀毛，可以想像剛才這裡經過了怎樣的「大戰」。

明露收拾剩下的地方，月楹恢復棋局。不一會兒，便擺完了那個殘局。

明露過來看了看。「看著是挺像的，不知道是不是一模一樣，世子的記性可好了。」

月楹道：「左右都已經如此了，若世子發現了不對，妳再告罪也不遲。」

明露點點頭，覺得月楹的話有道理。「說得對。」

接下來一連幾天，明露都有些忐忑怕被發現，可蕭沂遲遲沒有來找她，她便安了心，也給月楹捏了好幾天的肩作為回報。

「月楹，明日出府，妳打算買些什麼？」明露倚在軟枕上問她。

王府每半個月就有三日的探親假，有家的便回家，沒有家的便趁著這個時候上街逛上一逛。

月楹合上醫書。「我沒出去過，京城的路也不熟悉。」她自穿過來就沒有出過門，明露這麼一提，倒是想去買些東西了。

她想要一套金針。針灸療法自古就有，在缺乏儀器的這裡，針灸能幫助她很多。但一套金針估計不便宜，月楹數了數自己的小金庫，連十兩銀子都沒有。

不過就算什麼都不買，出去逛逛街也不錯。「明露姊姊想買什麼？」

女人嘛，無例外想買些胭脂水粉，金釵首飾，綾羅衣衫等。「南沁齋的胭脂可好看了，就是太貴！」

月楹百無聊賴地聽著，等明露說完了，她問：「哪條街上有藥鋪和醫館？」

明露笑著搖了搖頭。「妳看醫書看魔怔了？還真打算當個大夫不成？」

月楹眼神暗了暗，她還真這麼打算的。明露從小在府裡長大不愁吃穿，主子又和善，自然覺得做個丫鬟挺好。可月楹不這麼想，王府太小，她想出去。

明露還是與她說了藥鋪與醫館的地址，浮槎院只有她們兩個大丫鬟，須留一個人當值，所以她們兩人不能同時出門。

月楹怕迷路，便去找了喜寶。喜寶常陪蕭汐出門，她雖年紀小，記性還不錯，周邊的地方都熟得很。

月楹買了好些小點心犒勞她，喜寶左手糖葫蘆，右手炸酥餅，吃得不亦樂乎。

月楹還是第一次上街，見著什麼都新奇，尤其是看見有家點心鋪子竟然有玻璃展示櫃時，更好奇了。

她在王府裡看到玻璃製品時，便大概猜到了還有其他的穿越同鄉。在原主的記憶中搜尋了一番，終於找到一點蛛絲馬跡。

開國時有位能人，開採了石英礦，又經過數年研製出了玻璃製品。這都是百年前的事情，大家口耳相傳，具體是誰卻並不清楚。百年過去，想來那位「同鄉」已經作古。

還有有趣的地方，便是幾乎在每家商鋪前都出現了棋盤。月楹找了個茶棚坐下，茶棚小二是個嘴快的，見月楹問，小二道：「您是外鄉人吧？」

月楹點點頭。小二又道：「姑娘也知道，當今聖上啊喜歡下棋，也喜歡微服私訪，咱們這天子腳下，自然要投其所好嘍！」

月楹聽懂了，原來是時刻準備著拍馬屁。

小二講起十年前發生的一件事，有位開客棧的老闆是個棋癡，定了個規矩，只要能下贏他就能免費住店。隨後的發展大家都能猜到，皇帝有一日恰好路過了此客棧，一時手癢，與店老闆下了一局。

後來這事傳揚出去，這家客棧也因此一躍成為了京城最好的客棧。商人逐利，見有人得了彩頭便有樣學樣，在店裡擺起了棋盤。

「只要會下棋啊，在京城裡就是這個！」小二豎起了大拇指。

喜寶聽得有趣。「那若我去點心鋪子下棋贏了，點心就隨我吃，是這個理吧？」

小二附和。「姑娘說對了。」

月楹伸手捏了捏她胖胖的臉頰。「妳呀，就想著吃！」

喜寶俏皮地吐了吐舌頭。

兩人稍作休息便繼續往前走。

「姊姊，前面就是了！」喜寶嘴裡塞滿了東西，還不忘給月楹指路。

前面是個鐵匠鋪，月楹出來的第一件事就是去買一套針刀。她詢了價，銀針五兩，金針要十兩，這東西只有醫家會買，做的人少，價錢自然也高。

金針她是買不起的，但在工具上不能省，月楹有些猶豫。

那鐵匠催促了句。「小娘子買不買啊？」

月楹道：「您稍等。」

喜寶扯了扯她的袖子，似看出了她的難處，小聲道：「姊姊是不是銀錢不夠，我這裡有！」她是二等丫鬟，一個月也有一兩銀子的月例。

喜寶愛吃，穿著打扮什麼不講究，除去買吃的，錢都存了下來。

喜寶將自己的小荷包塞給她。月楹笑著晃了晃她的荷包，銅板碰撞的聲音清脆悅耳。「妳還是自己留著買吃的吧！」一路上這買一點、那買一點，荷包裡的銀子早就所剩無幾了。

月楹想了想，還是決定買金針，等下個月月例銀子一發，就夠十兩了。

她咬了咬牙，在鐵匠那裡付了一半的定銀，掂量著空了許多的荷包感慨，賺錢真不容易！

「還想去哪兒？」月楹偏頭問她。

喜寶搖搖頭，她想去的點心鋪子都去過了。

月楹看了眼天光，打算去南沁齋轉一圈，明露託她買的胭脂還沒買。

南沁齋的胭脂都是限時販售，過了今日可就沒有了。明露交代了她好幾遍，若沒買到，恐怕要唸上好久。

南沁齋的生意確實不錯，門口的隊伍排成了長龍。一堆鶯鶯燕燕擠在裡面，月楹走到隊伍末端。

喜寶踮腳往裡面望了望。「姊姊，這是在買什麼？」

「買胭脂。」

「能吃嗎？」

月楹淺笑。「是用的，不是吃的。」

正排著隊，南沁齋出來了人朝外面吆喝。「今日還剩最後三十份點絳唇，售完即止！」

月楹側頭數了一下人數。這胭脂是限購的，前面約莫二十多人，應該能輪到她。

這小小一盒胭脂要二兩銀子，月楹看著這些趨之若鶩的女子們，對好看的東西的追求，從古至今也沒什麼不同。

喜寶看到了價錢，吐槽道：「都能買兩隻燒雞了，又不能吃，有什麼用？」

月楹被她逗笑。

運氣還不錯，輪到她時，還剩最後一盒。南沁齋的夥計將東西交給她後，對著後面高聲道：「今日的賣完了，下月請早。」

沒買到的好不後悔，臉上帶著懊惱。月楹環視了一圈，大多都是丫鬟、小廝，估計是替小姐來跑腿的。

一個神色匆匆的丫鬟疾步快走往這邊來，要不是月楹手疾眼快拉了喜寶一把，怕是要撞上。她不悅地瞪了一眼那丫鬟的背影。

「點絳唇還有嗎？」

夥計道：「賣完了。」

丫鬟有些著急的模樣，在櫃檯前來回踱步，忽然看見了月楹手裡的胭脂盒。

月楹察覺到她的視線，頓感不妙。

果然，那丫鬟向她走來，輕聲問：「姑娘，這盒點絳唇可否讓給我？」

月楹是替人辦事，自然婉拒了。

「如兒，怎麼買個東西這麼久？」女子有些惱怒的聲音響起。

月楹打量著這個剛從外面走進來的姑娘，身上是淡紫色軟煙羅紗裙，髮間插了兩支團花金步搖，體態婀娜，面容姣好。

名叫如兒的丫鬟低著頭走到了梁向影身邊。「小姐，點絳唇賣完了。」

梁向影面容明顯不豫，如兒趕緊又加了一句。「我想向這位姑娘買來著，但她不肯賣。」

梁向影朝月楹看過來，見月楹一身普通衣料，心中有了計較。「人家買到就是人家的東西，妳怎地奪人所愛呢？我平時是這麼教妳的嗎？」

如兒連忙告罪。「姑娘，奴婢錯了。」

月楹神色未變。「不知您是？」身後喜寶扯了扯她的袖子，月楹轉身，看見她有些猶豫的神情。

這是……認識？

如兒替梁向影開口。「我家姑娘是忠毅侯嫡女。」

忠毅侯？月楹這些天也知曉了不少京中的關係，忠毅侯是皇后的母家，眼前這位是五皇子的嫡親表妹，忠毅侯就這麼一個女兒，聽說是京都第一才女。

關鍵是梁向影是蕭汐的死對頭，兩人不合已久，聽聞梁向影慣會裝模作樣，讓蕭汐吃了不少暗虧。

這位梁姑娘剛才那番深明大義的話，月楹再品就有些變味了。

梁向影蹙眉道：「妳呀妳，怎麼這點小事都做不好？點絳唇是我要送母親的生辰禮，如今妳沒買著，要我如何向母親交代啊！」

「姑娘，都是奴婢的錯，請您責罰奴婢。」如兒作勢要跪。

梁向影扶住如兒。「妳知道我向來心軟，不會罰妳的，人家姑娘不願讓，也不全是妳的錯。」

倒還成她的錯了？月楹算是明白了，明面上在數落丫鬟，不經意間透露出自己的孝心。

月楹輕笑，突然覺得自己手裡的這盒點絳唇有些燙手，怪她腳步慢，被她們堵住了。

梁向影來這麼一齣，有不少目光已經聚集在她們身上。月楹不讓，倒顯得她不近人情。

看梁向影的執著程度，估計不拿到東西不會走。

罷了，還是捨東西吧，明露頂多就是多唸叨些時候。

「梁姑娘想要這點絳唇可以，但這也是我排了好久的隊伍買來的，若空著手回去，對我家姑娘不好交代。」

梁向影一擺手，如兒立即上前，給了月楹一錠銀子。

出手還挺大方，這錠銀子足足有十兩重。月楹微笑，一套金針賺回來了。

月楹爽快地把胭脂給了如兒。梁向影得了東西，心滿意足地走了。

被藏在身後的喜寶見她走了才敢探頭，輕拍著自己的胸口。「幸好沒被認出來！」

「她那麼可怕？」

喜寶誇張道：「軟刀子可怕。姊姊是沒見到梁姑娘與小郡主遇見的場面，梁小姐回回都能把小郡主氣得跳腳。」

月楹勾唇，一邊走、一邊聽喜寶說著這兩位小姐的事情，行至一家醫館門前，被一陣哭聲吸引。

「娘……您不會有事的！」

第九章

月楹循聲望過去，看見一個七、八歲的小男孩哭得傷心，鼻涕、眼淚一同滑落下來。

小男孩旁邊有個年輕婦人，正捂著腹部右側，神色痛苦，嘴唇有些發白。

小男孩跑進醫館，跪在坐堂大夫面前。「求您救救我娘！」

那大夫面帶愁容，看了一眼婦人，嘆了口氣。「孩子快起來，不是我不救你娘，是沒法救。你娘得的是腸癰啊！就是大羅神仙來了，也救不回來！」

「小松，回來，別給大夫添麻煩……」婦人氣若游絲，神情還算清醒，知道自己得的是絕症，讓孩子不要無理取鬧。

小松抿著唇，過來扶住婦人，眼淚止不住地流著。「娘，我們再去找別的大夫！」

婦人忍著劇痛。他們已經去過三家醫館了，得到的結果都是救不了，婦人已經絕望，還要哄著孩子。「小松，我們先回家，娘回去休息下就沒事了……」

「好，娘您慢點走。」

小松懂事的模樣讓婦人幾乎落下淚來。

喜寶被這對母子的情緒感染，吸了吸鼻子。「姊姊，妳能救救她嗎？」喜寶知道月楹會醫術，在牙行的時候救了好幾個人，在她眼裡，月楹一定能把人救活。

月楹皺著眉。腸癰就是所謂的急性闌尾炎，在現代開刀做個小手術就好了，在這裡卻是藥石罔效的絕症。

月楹也想救人，但她不確定能不能救。

年輕婦人走了一會兒，許是身體已經到了強弩之末，走路有些搖搖晃晃，小松矮小的身軀根本支撐不住一個成年人的重量。

月楹上前扶住了年輕婦人，婦人虛弱地看了她一眼。「多謝姑娘。」

「不必言謝。」月楹乘機摸了她的脈。脈弦滑，身體有明顯的發熱、發汗、口乾。不行！必須立刻治療！

月楹斟酌著開口。「姊姊，妳這病不能再拖了，回去就是等死。」

夏穎哪裡不知道回去就是等死，可也沒辦法治不是嗎？她苦笑了下。「姑娘也聽見了，我得的是絕症，治不好的。」

喜寶走上前。「我姊姊能治的！她醫術可厲害了！」

夏穎見喜寶稚氣未脫的模樣，權當她在說笑。

小松聞言，如同抓住了救命稻草一般，攥著月楹的衣襬。「姊姊，您真的能救我娘嗎？姊姊，求您救救我娘！」

清脆的童聲帶著濃重的鼻音。月楹定了定神，她沒有十足的把握，小孩的哭求聲還在耳邊，她實在是沒有辦法見死不救。

身為醫者，就該治病救人不是嗎？即使只有一半的把握，也該試一試！

月楹閉了閉眼，對著夏穎道：「這位姊姊，我沒有十足的把握治好，姊姊可願讓我一試？」

月楹睜著一雙明眸望著她，眼睛裡滿是真誠。她不確定眼前這個年輕婦人會不會相信，畢竟她們現在只是陌生人。其實拒絕才是正常，若易地而處，月楹也不信一個大街上遇見的年輕姑娘能治病。

夏穎有一瞬間被這眸子望著失了神，這個看著年紀不大的小姑娘，真有高明的醫術嗎？

「太好了！娘有救了！」小松已經高興地跳起來。

夏穎看了眼兒子，再看月楹，眼淚無聲流下。左右都是要死的，讓這個姑娘試一試也無妨。她點了點頭。

月楹扶穩了她。「姊姊放心，我會盡全力。」

月楹把人又帶回了方才的醫館。醫館裡有藥、有工具，施救更加方便。

方才的大夫見夏穎與小松又進來了，走上前來。「你們走吧，真沒有辦法。」醫者仁心，但凡有辦法他也不會趕人。

「大夫，借您這地方一用，還有銀針。」月楹說著就把夏穎扶到裡邊看診的病床上，拉下帷幔。

那大夫對她這無禮的態度有些不悅，但顧慮著夏穎是個病人，沒說什麼重話。「姑娘這是要做什麼？」

月楹坐下給夏穎把了下脈，皺眉不展，情況很不好，她連忙問道：「可有乾淨的外衣、布巾？」

那大夫看她把脈的架勢還有模有樣，猜到也是個會醫的，聽見月楹的話，訝然道：「姑娘要自己治？」

「是。」月楹平淡答道。

大夫吃驚道：「這可是腸癰，小姑娘不要學了幾天醫就不知天高地厚了！」

這大夫怎麼如此囉嗦！月楹煩躁起來，沒好氣道：「你既知道是腸癰，便也該知道時間不等人，這病再拖下去就真的沒治了！」

夏穎已經出現了嘔吐症狀，且高燒不退，若再高熱驚厥就更不妙了。

「那也不能胡亂診治！」

「我只借您的地方一用，這位姊姊是死是活，無論何種後果皆由我一人承擔，與你們醫館無關。」月楹以為他是怕人死在醫館對名聲有礙。

這大夫是個四十多歲的中年男子，姓杜，聽見月楹這話就不高興了，他還是有醫德的。

「妳這丫頭，怎麼說話呢！」

月楹讓喜寶帶著小松出去，開始脫夏穎的衣服。「煩請去抓一服藥，取柴胡、黃芩、川楝子、白芍、丹參、生大黃各三錢，枳殼、木香、生甘草各二錢，煎成一碗。」

杜大夫本還想再說什麼，一聽月楹開的這藥方還算對症，便知面前這位小姑娘多少有點本事。也罷，隨她折騰去吧，說不定還真能瞎貓碰上死耗子呢！

杜大夫借了銀針給月楹，出去等著了。夏穎畢竟是女眷，月楹脫了她的衣服，他留在這裡不方便。

月楹回憶著醫書所講給夏穎施針，她按壓了下夏穎右下小腹，有小包塊，不大，膿腫應當還未形成，不必抽膿。腸癰之病因乃是瘀滯於內，需行氣活血，通腑瀉熱。此病多數救不回來就是因為瘀滯化不開，炎症不能消退。

月楹以銀針刺入她合谷、小腸俞、天樞穴、中脘、陽陵泉，止住疼痛，加速化瘀的速度，能大大提高病人的生機。

月楹施完一套針，神情專注。「感覺如何？」

夏穎面色好看了些。「似乎沒有那麼疼了。」

有用就好！她呼出一口氣，症狀能緩解，就說明事情在往好的方向發展。

喜寶端著藥碗進來。「姊姊，藥好了。」

月楹示意給夏穎喝下，在一旁椅子上坐了下來。後背靠上椅背時，才感覺到一片冰涼。

夏穎喝完了藥。「姑娘，喝完藥是不是就好了？」

月楹搖頭。「還得等後續，姊姊睡一會兒吧。」又問杜大夫拿了金黃散給她外敷，做完一切，她掀簾出去透了透氣。

神情緊繃了太久，她也需要休息。

杜大夫拿著一碗茶走過來。「小丫頭喝點水。」

月楹道：「多謝大夫，方才多有得罪。」

杜大夫爽朗一笑。「沒什麼好計較的，妳也是為了救人。」他方才也想了想，即使是絕症也該治一治才是，醫者仁心，即便只有一些機會，他活到這歲數了，還不如一個小丫頭勇敢。

聊了幾句，月楹發現這杜大夫是個面冷心熱的，情緒來得快也去得快。

有人來請杜大夫出門看診，應該是個熟人。

「還喝酒，警告過他無數次了，就是不聽，吐血了才想起來找我，怎麼不進棺材了再來找我呢！」杜大夫嘴上罵罵咧咧，手裡收拾著藥箱。

這性子，倒與她爺爺有些像。

月楹每隔半個時辰就進去看一次，後面又換了個藥方給夏穎灌了下去。夏穎的脈象逐漸平穩，燒也漸漸退了，最凶險的時辰已經過去，剩下的杜大夫能處理。

天色已經擦黑，王府有下鑰的時辰，若錯過了就得住外面了，她可沒有那個閒錢。

她和小松告別，又將注意事項一一與他說了。小松年紀小卻很機靈，月楹讓他複述一遍，還能一字不漏地說出來。

臨走前，喜寶塞了幾顆松子糖給他。「下回你請我吃糖！」

月楹輕笑，小傢伙才認識多久啊，這就成好朋友了？到底是孩子！

待杜大夫回轉，已是夜深。心裡頭一直惦記著夏穎的病，見她安靜地在病床上睡著了，呼吸平穩。杜大夫摸了她的脈，緊、快的症狀已經緩解，脈象平順，剩下的炎症也不嚴重，只需再服兩服湯藥就好了。

杜大夫大驚，那丫頭竟然真的治好了腸癰！

他想去找月楹，小松卻告知姊姊早已經回家去了，再問月楹的住址，小松只是搖頭。

杜大夫一拍手，直呼可惜。「怎麼就沒問呢！」這丫頭不得了啊！

回到睿王府，月楹逛了一天，又經歷了高強度的救治，實在是疲累得很。

明露猴急地問：「買到點絳唇了沒有？」

月楹搖頭，只把那十兩銀子拿了出來，又將今日遇見梁向影的事情說了。

明露聽完後倒抽一口氣。「妳竟然遇見了那祖宗，讓給她是對的！」梁向影有多難纏，她不想多加贅述。「沒有胭脂有銀子也不錯，多出來的，咱倆一人一半。」

回答她的只有月楹淺淺的呼吸聲。月楹實在太累，脫了衣服上床，沾了枕頭就睡著了。

明露見狀放緩了聲音，悄悄退出了門。

今日商胥之又來了，這個時辰了還沒有走，大有拖著蕭沂大戰到天明的架勢，明露得去伺候。

「不言，你是怎麼想到破解之法的？這一步看似平平無奇，卻暗藏玄機，將這一片的白棋圍殺於無形，真是妙啊！妙啊！」

商胥之已經盯著這一盤殘局感慨了許久，蕭沂也是糊裡糊塗中。

這幾天事情多，老五和徐國公府又不安分了，還有兩淮的事情也有了些眉目，他忙得腳不沾地，哪有空來鑽研這殘局？

他清晰地記得自己沒有動過棋局，但面前的棋盤上確確實實多了一子。能進來這裡的只有明露與月楹，明露的水準他是知道的。

那麼，懷疑對象就只剩下了一個人。

第十章

送走了商胥之，蕭沂將明露留了下來，臉色沈靜。

他端起茶杯，手掌蓋在茶碗上。「誰動過棋盤？」

平淡的嗓音在明露心裡掀起波瀾。她臉色變了變，糟糕！還是被發現了！

明露撲通一聲跪下。「是奴婢不慎打亂了棋盤。」

蕭沂有一瞬間的錯愕。「是妳？」他猜錯了？

「是，那日一隻麻雀飛了進來，奴婢驅趕麻雀時，打亂了棋盤。請您責罰。」

蕭沂發現了她話裡的不對。「妳說妳打亂了棋局，那後來是誰復原的？」

明露本不想將月楹牽扯進來，有事情自己一力承擔就好，但現在這情況，顯然瞞不住了。

她低下頭，求饒道：「月楹是為了幫我，都是奴婢的錯，世子要罰罰奴婢一個人就好，與月楹無關！」

果然是她！蕭沂緩緩抬頭，淺笑起來。

「她幫妳復原棋局？」

「是奴婢求她的，奴婢真是不是有意欺瞞。」明露不敢抬頭，心裡奇怪，明明復原了，前幾日也並無問題，怎麼今日商公子一來就發覺了不對？

蕭沂拿著茶杯蓋，有一搭、沒一搭地刮著茶葉沫子，瓷器碰撞的聲音有節奏地響著。她還會下棋？會醫術又會下棋，還是不低的棋藝。

蕭沂笑意漸濃。他身邊的這個丫鬟，越來越有意思了……

明露正忐忑不安地等著蕭沂的懲罰，忽聽他道：「下去吧。」

明露睜大了眼。「世子，您……不罰奴婢嗎？」

蕭沂抬頭。「還想領罰？」

「不不不。」明露露了個笑，轉身急忙想走。

蕭沂蓋好茶碗。「去把月楹叫來。」

明露的笑容瞬間消失。「世子，真的與月楹無關，您還是罰奴婢吧！」

蕭沂看了她這副視死如歸的模樣，有些好笑。「不罰她也不罰妳。」

明露安下心，笑起來。「月楹睡下了，奴婢去叫她起來。」

「等等。」

明露止住了動作，偏頭道：「怎麼，世子還有什麼吩咐？」

「她睡下了？」

「是。」明露說道：「月楹今日不當值，上街了，興許是累著了，回來時滿臉疲色，一上榻就睡著了。」

蕭沂目光微動，頓了頓道：「罷了，明日再說。妳退下吧。」

明露回了房，見月楹睡得香甜。月楹已與當日進府時有了極大的不同，粗糙的皮膚在王府好吃好喝地養著，初顯白皙。

其實細看月楹，五官、模樣長得都不錯，只是年紀小，之前營養跟不上，看不出她的好相貌來。

明露篤定，世子對月楹真的有些不同。當丫鬟的，哪個不是主子什麼吩咐就去做什麼，哪裡還管底下人睡沒睡？

明露替月楹掖了掖被角，也去睡了。

主屋內卻是燈火通明，蕭沂沈聲道：「江南那邊有消息了嗎？」

燕風回稟道：「一路查到了月楹姑娘老家，也拿出月楹姑娘的畫像給她鄰居和周圍人辨認過了，確定是月楹姑娘無疑。她家屋後也住過一個赤腳大夫。」

也就是說，月楹真的只是江南鄉下的一個普通小姑娘，沒有被掉包，不是別人派來的細作。

「她今日做了什麼？」

燕風早有準備，拿出小冊子，一一唸起來。

「救治了一個腸癰病人……」燕風唸到這兒，不由得驚呼出聲。「這……怎麼可能！」

蕭沂顯然淡定得多。無論多不可思議的事情，與月楹有關，似乎也不是不可能發生的，譬如她解開了商胥之與他都無法解開的殘局。
她宛若一個寶藏，有數不盡的秘密等著他挖掘。
「去尋些醫書來。」
「啊？您是想……」燕風暗暗有了猜測。
蕭沂莞爾。「飛羽衛裡，不正缺一個會醫術的嗎？」
燕風仔細想了想他們四大飛鵠、十二大飛鸕，有善劍、有善刀、有女子，還真沒一個會醫術的。

秋雨淅淅瀝瀝地下了一夜，院裡的梧桐葉又落了許多，邊上的幾株桂花也被雨水打彎了枝椏，簌簌地落了滿地。
月楹睡飽了起來神清氣爽，心裡還擔憂著夏穎的病情，打算吃完朝食就出門看看。
「月楹，世子讓妳過去一趟。」明露的眼神有點奇怪。
月楹多問了一句。「明露姊姊可知是什麼事？」
明露道：「昨夜商公子走了之後，世子把我叫過去，發現了那棋局被動過，我沒扛住，全都說了。但世子寬仁沒罰我，他本想叫妳過去問問，知曉妳已經睡下便算了。」
商胥之走了之後？她記得沒有錯啊？月楹回憶了一下棋局，確實是按照那殘局復原的呀，怎會穿幫？

她低頭想著，忽然抬頭。那日擺棋子的時候，下意識將解出來的那一步也放上去了。

月楹一臉懊惱。失策！

到了主屋，蕭沂正等著她過來。女子清麗婉約，儀靜體閒，靠近時，身上還帶著一股淡淡的藥香。

蕭沂指了下棋盤。「解釋解釋，妳怎會破了這殘局？」

月楹來之前已經想到應對之策，打死不承認自己會下棋，會醫術還能扯謊，會下棋那可一點謊都扯不了。

她故作驚訝，疑惑道：「什麼？奴婢破了殘局？」

蕭沂見她面露吃驚，動作誇張，並沒有揭穿她稚拙的演技，挑了挑眉。「妳不知情？」

月楹解釋道：「明露姊姊打亂了棋盤，奴婢只是幫忙復原而已，興許是奴婢記憶有誤，擺錯了一子。奴婢不通棋藝，怎能破得了這殘局呢？」

她微微偏頭，睜著一雙無辜的大眼，手指卻不自覺地絞著，暴露了心虛。

蕭沂將她的小動作盡收眼底，翹起唇角。「月楹的意思是，妳誤打誤撞？」

月楹重重地點了兩下頭。

蕭沂沒有說話，嘴角掛著淡笑，那如寒潭幽深般的眸子一直望著她。

月楹被他看得有些發毛。他的眼神，似乎已經看透了她拙劣的謊言。

安靜了好一會兒，蕭沂才緩緩開口。「也是，妳一個鄉下來的丫頭，又怎會下棋。」

月楹乾笑。「世子說得對，奴婢不會，只是誤打誤撞。」她心虛地不敢直視他的臉。

「沒事了，妳下去。」

月楹如蒙大赦，快步出了房門。

蕭沂慢慢眨了眨眼，輕笑出聲。這樣的小把戲，也敢在他面前耍？

一個好的細作，會連自己的情緒都不能隱藏嗎？

第十一章

月楹覺得在蕭沂身邊待的每一天都是考驗，從前在靜安堂就沒有這麼多么蛾子，一等丫鬟的例銀雖然高，但風險也大。她情願回靜安堂做個掃地的三等丫鬟，雖然累，但至少不用把自己時時刻刻暴露在危險中。

能不能調回靜安堂呢？

月楹認真思考這個問題。而且最好是在不犯錯的情況下，估計也只有老王妃能滿足她這個願望，不過老王妃恐怕連她的名字都記不清，又怎會幫她？

唯一的希望就是孫嬤嬤了，找個機會探探孫嬤嬤的口風吧！

這日又能出府，喜寶惦記著小松這個小夥伴，早就在門口等著月楹一起出門了。

兩人來到了秋暉堂醫館，杜大夫很不巧地又不在。夏穎已經回家去了，月楹問醫館的人要了夏穎家的地址，打算上門去看看。

醫館的小大夫攔住月楹。「姑娘留個住處吧，師父想著找妳呢！」

月楹脫口便要將「安遠堂」三個字說出口，恍然間想起，自己已經不在自家的醫館裡，只是一個王府的小丫鬟。

杜大夫找她無非是想知道治療腸癰的辦法，月楹借了紙筆將方法都寫了下來。「杜大夫想知道的都在上面了。」

她倒不是嫌棄丫鬟這個身分，而是若真說了她是王府丫鬟，怕有不必要的麻煩。

月楹寫完便打算離開。小大夫拿著紙，不知要不要攔，猶豫再三還是開口。「姑娘不願留住處，至少也要告知姓名。」

月楹道：「我姓岳。」

「岳姑娘慢走。」小大夫恭敬地向她行了一個禮。

月楹回以微笑。

「是這兒嗎？」月楹看著眼前一模一樣的街道有些懵。

自從到了這兒，她的路癡屬性逐漸暴露，要不是有喜寶，她估計能把自己丟了。

喜寶張望了下左右。「就在前面了，那位小大夫說在左數第五家。」她上前去叫門。

「有人在家嗎？小松，我與姊姊來看你啦！」

不一會兒就聽見裡面蹬蹬蹬跑出來的腳步聲，小松帶著喜色探出頭來。「喜寶！大姊姊！」

小松熱情地將她們請進了門，夏穎身子還沒好索利，躺在床上休息。

夏穎家裡並不十分貧窮，有個大院子，後面也有三、四間瓦房，臥室裡還有個紅木梳妝檯，牆上掛著一張弓，應該是這家男人的。

一直都是母子兩人，月楹還以為夏穎是個喪了夫的，如今看來另有原因。

「岳妹妹真是有心了，還上門來看我，合該我上門去感謝妳才是！」夏穎感激不盡，那日的事情彷彿一場噩夢，她從鬼門關裡轉了一圈又回來了。

當時是真的抱了必死的決心，只是小松還那麼小，就這樣去世，她不放心啊！幸好遇見了岳姑娘。

夏穎不住地感謝，激動之餘還要給月楹下跪，月楹連忙將人給攔住。

夏穎擦了一把眼淚。「也對，這樣太過簡單，改日我當家的回來了，我們一家上門給妹妹道謝。」

說到這個，月楹問起。「姊姊丈夫為何不在家？」

夏穎嘆了口氣道：「他是鏢局鏢師，一年十二個月有十個月都在外邊，我們娘兒倆吃穿不愁，就是見不到他人。」

她們正說著話，外面又進來一個人。「小穎啊，身子好些了嗎？」

月楹定睛一看，是個年逾花甲的老婦人，穿一身藏青色對襟長衫，髮間花白，人很精神，天庭飽滿，瞧著就是個有福的。

夏穎喊了聲。「翁婆婆。」

翁婆婆道：「別起來，妳大病一場，該歇息。」見多了個陌生人。「這位姑娘是？」

夏穎忙介紹。「是治好我病症的那位姑娘。」

翁婆婆一驚，再看月楹的眼神便不同了，帶著訝異與欣賞。「竟然是這般年紀的女娃娃治好了腸癰！」

月楹被盯得不好意思，只能乾笑。

翁婆婆湊過來。「岳丫頭，我看了妳開的那幾張方子，是對症，卻不會有奇效，關鍵還是妳的施針。丫頭師承哪位名師？」

「婆婆也是大夫？」月楹聽她的言語判斷。

夏穎笑道：「妹妹別怪翁婆婆唐突，她知曉我沒事了，可是比小松還激動呢。」接著解釋翁婆婆是宮中放出來的醫婆。

宮裡貴人大多都是女子，太醫會有許多不方便的地方，便會養一些類似於翁婆婆這樣的醫婆在宮裡，能解決不少因男女大防帶來的麻煩。

醫婆的醫術雖然不如太醫，比起民間一般大夫也要好上不少。

翁婆婆上了年紀，不願意在宮裡待著，便在宮外買了個小院子，出來頤養天年。夏穎人不錯，經常帶著孩子去找鄰居的翁婆婆，一來二去，兩人交情漸深。

當時，翁婆婆一把脈便知情況不對，讓夏穎趕緊去秋暉堂。杜大夫有個在宮中做太醫的師兄，有時會在秋暉堂看診，若遇上了說不準還有一線生機。

夏穎被抬回來的時候，她還以為是遇上了那位宮中太醫，細問下才知是位姑娘救了人。

翁婆婆還當是個比夏穎大上不少的姑娘，沒承想月楹這麼年輕。

面對翁婆婆的問題，月楹知道說自己沒有什麼人教導，肯定是不信的，便扯了個謊說了自己爺爺的名字，並說他老人家已經去世多年。

「岳先生能有妳這樣出色的徒弟，想必醫術更是超凡絕倫，可惜無緣一見。」翁婆婆在宮中替人看了這麼多年的病，也是醉心醫道。

午間，夏穎留月楹吃飯，月楹盛情難卻。

兩個小傢伙到了飯點卻不見人，月楹還以為喜寶丟了，正要出去找人。

夏穎笑道：「不必，飯菜一上桌他們就回來了。」

事實確實如夏穎所料，兩個小傢伙聞著飯菜香就回來了。喜寶的懷裡抱著一堆糖，大方地分給了月楹一大把。

月楹笑起來，捏了捏她的小鼻子。「小吃貨今天不護食了？」

喜寶往碗裡挾著菜。「小松說了，姊姊治好了夏姨的病是大功臣，要多分一點。」

小松道：「才不是！我買了很多的，她才給妳那麼一小把！」

喜寶在桌子底下踢了小松一腳。「吃飯！」

月楹忍俊不禁。她說怎麼那麼大方，原來是藏了大頭。

「拿出來。」月楹向喜寶攤開手。

喜寶不情不願地將口袋裡的軟糖交出來，與月楹討價還價。「好姊姊，給我留一半吧。」

「不行！」別的事情都能依她，就是吃糖必須要控制了，這小傢伙不知節制，嘴裡有蛀牙的趨勢了。

喜寶癟著嘴，鼓著小腮幫，將糖都拿給了月楹。桌上的人都被她這副模樣逗笑。

第十二章

樹影重重，落葉斑駁。

月楹晚間回來，燕風又給她送了兩本醫書，沒說什麼就走了。她不懂蕭沂的意圖，也懶得猜，左右不是什麼壞事，先看著吧。

明露氣呼呼地從外面回來，坐下就開始生悶氣。

月楹見狀。「誰惹妳了？」

「能有誰，不就是水儀！」

人這一輩子總有那麼幾個宿敵，明露的宿敵就是水儀。水儀是管家的女兒，在王妃面前做大丫鬟，兩人從小就愛比，比衣著、比首飾、比能力。蕭沂的大丫鬟是在她們二人當中挑選的，明露最終勝出，水儀一直到現在還不服氣，時不時找明露的碴。

月楹捧著書問：「她又怎麼惹妳了？」

「還不是點絳唇的事，妳沒買著，她買著了，一盒胭脂稀罕得跟什麼似的，呸！」明露忿忿不平。

月楹抿唇。「這事確實怪我，沒給妳買到。」

「我哪裡是怪妳的意思，遇上忠毅侯家那位，妳能平安回來就不錯了。水儀與我不睦已久，不為點絳唇也會因為別的吵起來，不怪妳，怪我今日不該往蒺藜院走。」說完又加了一句。「不過那點絳唇的顏色確實好看，水儀那五官不出挑的人，抹上都有了幾分顏色。」

月楹凝神想了想。「別的胭脂可以嗎？」

「什麼意思？」明露沒懂她的意思。

月楹道：「自己做不就行了，想要什麼好看的顏色都有。」如果只是為了胭脂，還是好解決的。

明露走到她身邊。「妳會做胭脂？」

「會。」月楹點頭，做胭脂不用什麼複雜的工序，原材料基本都是藥材，只有要工具，做起來並不難。

明露環抱住了月楹，感覺自己撿到了寶。「月楹，妳怎麼那麼厲害！」怪不得世子喜歡她，這麼能幹，她也喜歡。

月楹被她抱得動彈不得。「別高興得太早，還要原料。這時節，玫瑰可不好尋。」她拿到點絳唇時打開看了一眼，聞見了些許玫瑰味道。製胭脂其實紅藍花也可以，但做出來的顏色沒有玫瑰深。

明露眼珠一轉。「這好辦，小郡主院裡就有。」

月楹沒去過蕭汐院裡，不知道這事情。「小郡主肯讓我們採花嗎？」

「這事情我來解決，妳只管做就好。」明露拍著胸脯保證。

「這就是妳說的解決？」

蕭汐一身紅衣勁裝，腰間繫了根軟鞭，笑得正歡。月楹咬著牙從嘴裡擠出這幾個字。

明露一臉抱歉。「我都與金寶說好了，摘些玫瑰就走，誰知道小郡主撞見了，一聽是做胭脂，非要跟來。她是主子，我又有什麼辦法。」

蕭汐正是看什麼都有趣的年紀，做胭脂這般有趣的事情怎麼可能錯過，立即下令讓金寶、銀寶摘了兩大筐玫瑰花就過來了。

「快點開始吧，什麼時候能做好啊？」蕭汐端著一簸箕玫瑰，像個好奇寶寶。

月楹只好解釋。「做胭脂真的沒什麼有趣，枯燥得很，搗花汁、蒸花露都是累人的事。」

「妳也敢拒絕本郡主！」沒想到就這麼一句話，蕭汐便變了臉色，惱怒起來，將手上簸箕裡的玫瑰花朝月楹倒過去。

月楹只看見個黑色的物體一閃而過，隨後便感覺額角一痛，下意識捂住，掌心有些黏膩。

「奴婢不敢。」

剪子應聲落地，不知是誰剪花時忘了將剪刀拿出來。眾人皆輕呼出聲。

蕭汐看見血也有些慌，這不是她的本意。「對不起，妳……沒事吧？」

月楹正欲開口，一道清冷的聲音插進來。「鬧什麼？」

廂房與他的主屋隔得不算遠，這麼大的動靜，驚動了屋裡的蕭沂。他視線落在最中心的兩人，看見月楹面前玫瑰花落了滿地，頭頂、肩頭還散落了幾片花瓣，額角流出了血色，輕皺了下眉。

「怎麼回事？」他問了聲，但禍是蕭汐闖的，沒有人敢開口。

「明露，妳說。」

明露只好硬著頭皮上前，將事情的來龍去脈說了一遍。

蕭沂轉身看著正低著頭的蕭汐。「月楹勸了妳一句，妳便動了手？」

蕭汐知道錯了。「大哥，我不是故意的，我不知道裡面有剪子……」

「不知便可隨意拿別人撒氣？從小學的規矩都到哪裡去了！」蕭沂冷著臉。

蕭汐覷著他的臉色，知道大哥是真生氣了。小姑娘似乎是嚇壞了，紅著臉說不出話來。

蕭沂冷然道：「喜歡做胭脂，那就把這些都搗成花汁，不許旁人幫忙。」

他視線掃過眾人，眾人大氣都不敢出，蕭沂雖然一貫笑咪咪的，但生氣時無人敢惹。

「月楹跟我過來。」

月楹跟在蕭沂身後。傷口可能有些深，她拿帕子蓋著才止住了血。

蕭沂從櫃子前取了個小盒。「坐下。」

月楹捂著額頭。「奴婢不敢。」

「讓妳坐妳就坐。」

月楹只好坐在雕花木椅上。「皮肉傷而已，奴婢回去敷些傷藥就好了。」

蕭沂突然走近，想去拿開她的帕子。月楹下意識往後一躲，蕭沂的手懸在當空。

「妳又看不見，怎麼知道只是皮肉傷？」蕭沂低下頭與她平視。

他的睫毛根根分明，墨色的瞳仁裡有她的倒影，眼前猛然出現一張放大的俊顏，鼻尖是檀香的味道。蕭沂對檀香情有獨鍾，不知是不是佛寺裡待久了的緣故。

月楹有一瞬的神遊太虛，愣神之際，蕭沂已經拿開了手帕。

額頭的疼痛拉回了她的神志。月楹垂眸。

「廂房裡有銅鏡，回去便可看清了。」蕭沂的舉動對她來說太過親密了，她都要自作多情地以為蕭沂要給她上藥了。

蕭沂仔細看了眼她的傷口，細長的一道血痕，割開了皮肉，露出裡面的猩紅來。傷口並不深，確實只是皮肉傷。

她似乎一點也不著急，低垂著眼，坦然自若，旁的女子臉面受了傷總是驚慌的。

蕭沂放下手中的藥盒，對外面的燕風道：「去打盆水來。」

燕風轉身就去，撓了撓頭。這話怎麼這麼耳熟？

外頭做胭脂的幾人已經開始了，金寶、銀寶將花瓣一片片摘下來，蕭汐拿著搗藥杵，一點一點地捶打花汁。

她們就在院子裡忙活，月楹一轉頭就能看見，有些於心不忍。小郡主嬌生慣養的，要將這麼多玫瑰花都搗爛，手腕恐怕得廢。

蕭沂將手中的藥盒放在她面前，順著她的視線看過去。「心疼？今日這剪刀再偏一寸，妳這眼睛就別想要了。」

月楹低聲道：「小郡主並非有意的。」

「我知道。」蕭沂負手而立。「她若是故意傷人，罰得就不只這些了。小姑娘驕縱些應該，但得有個度。她今日因為妳一句勸告就打砸東西，已是失了禮。」他是借這事治治蕭汐的傲。

月楹咕噥了句。「其實也不能怪郡主，我不勸她就好了。她做了覺得無聊，自然便不做了。」

蕭沂微笑。「妳還慣會給她找藉口。」

月楹抿唇。沒辦法，蕭汐長得好看，見到好看的小姑娘她的容忍度就高，而且蕭汐確實不是故意為之，出了事情也立刻道歉。

蕭沂坐下來。「不必擔心她，汐兒從小練鞭，搗上一、兩個時辰無事的。」

原來不是不心疼妹妹。

燕風打水回來，蕭沂道：「自己上藥。」

月楹撇撇嘴，心道，你倒是給我個鏡子啊！

第十三章

蕭沂似是猜到了她在想什麼，將方才打開的藥盒轉過來，月楹赫然在裡面看見了自己的臉。

原來這藥盒裡有面小鏡子，這倒是有點像後世的粉餅，大概又是那位「同鄉」的作品。

月楹清洗了傷口，卻不敢用藥。「這藥太過珍貴，用來治我這傷大材小用了。」

「還沒用就知道是好藥了？」蕭沂頓了頓，又反應過來。「我倒忘了，妳也算個大夫。」

什麼叫算，她本來就是個大夫。月楹只敢心底唸叨，說出來是不敢的。那藥一聞，她就聞見了好幾種好藥，用來治她的傷，太浪費了！

蕭沂卻道：「妳是我的丫鬟，代表的是我的臉面。破了相，不好看。」

月楹挑了挑眉，乖乖用了。因為沒有紗布貼，只能用紗布繞著頭圍上一圈。包紮完畢，她站起來。「多謝世子賜藥。」

幾縷碎髮垂在額頭前被紗布隔開，光潔的額頭被紗布包裹，更突出了她好看的眉眼，大眼睛忽閃忽閃，透出些乖巧來。

藥盒安靜地躺在她的掌心。她的手掌不大，藥盒幾乎占據了整個掌心。

蕭沂心念一動，脫口道：「怎麼謝？」

「啊？」月楹被問得猝不及防。這不都是客套話嗎？還能怎麼謝？

「怎麼謝？」蕭沂又問了一遍。

月楹絞盡腦汁，眼神忽然瞟到外面的蕭汐，沒過腦子道：「不如做好了胭脂，贈您一盒？」

話說出來自己都覺得有些可笑。

蕭沂低低的笑聲傳來。「那玫瑰也是王府的東西，拿王府的東西送我，妳真會做生意。」

她強詞奪理道：「玫瑰是種在小郡主院裡的，算不得世子的東西。」

蕭沂淺笑著。「我一個男子要胭脂做什麼？」

「世子沒有意中人嗎？」

蕭沂偏頭看她一眼。「沒有。」

月楹接著道：「不然等王妃回來了您送給她，老王妃也行啊。」

蕭沂良久沒有說話，月楹偷偷看他。他輕鬆的神情漸漸認真起來。「妳說得……有些道理。我要兩盒。」

嗯？瞎說也行嗎？真準備送老王妃和王妃？

月楹直到出了房門也沒懂蕭沂是怎麼想的。院子裡，蕭汐搗著花汁，金寶、銀寶想要幫忙又怕蕭沂發現，只好將花瓣撕得再碎一些，好讓小郡主不要那麼辛苦。

蕭汐的手腕很穩，速度也不慢，月楹過去的時候，一筐裡的玫瑰花已經去了一半了。

月楹便把剩下的一筐搬走了，蕭汐叫住她。「欸，妳做什麼？」

月楹朝她笑笑。「做胭脂不僅要花汁還需要花露啊，這一筐正好。」

蕭汐瞬間明白過來月楹在幫她，心下愧疚，看了眼她被紗布包裹的額頭。「妳的傷沒事了吧？若怕留疤，我那裡有好藥，我待會兒讓丫鬟給妳送來。」

月楹行了個禮，沒有拒絕。「多謝小郡主了。」

蕭汐笑起來，搗花汁的手也更有力了。

晚間，金寶給月楹送來了藥，還帶來個喜寶。

喜寶一臉不高興。「姊姊疼不疼？」

月楹搖頭。「不疼。」

金寶道：「月楹姑娘也別怪小郡主，她這幾日心情不好。」

「怎麼？」

金寶接著道：「還不是忠毅侯府那位。前日葉公子約了郡主去西郊騎馬，卻帶了梁姑娘，昨日梁姑娘又請了葉公子去賞花。」

金寶說的這位葉公子是虎威將軍的長子葉黎，睿王還有兵權的時候駐紮西北，虎威將軍是睿王的副將，蕭汐與葉黎都是在西北長大的，兩人也算是青梅竹馬。

虎威將軍府與忠毅侯府是鄰里，許是見慣了西北粗獷，葉黎更喜歡溫柔小意的女子，而梁向影正是這個類型的。

月楹懂了。兩個小姑娘在爭風吃醋，梁向影就是故意的。

連著幾日都是大太陽，月楹的玫瑰胭脂做得很順利，一共得了五盒，給明露一盒，蕭汐拿了一盒，又給蕭沂送了兩盒，自留了一盒。

她懂得固色之法，做出來的胭脂顏色與點絳唇差不離，且比之更能在唇上停留的時辰久。

明露去水儀面前晃了兩圈，回來時心情大好。「月楹可幫了我大忙，妳是沒看見水儀的臉色，哈哈！」

月楹照例手裡捧著醫書，倚在欄杆上。

有個小廝進來報。「白二小姐來了。」

明露道：「又來？她是閉門羹還沒有吃夠嗎？」說著便打算出去。

小廝又道：「白二小姐說她來找月楹姑娘。」

月楹抬起頭。「找我？」

明露看她，月楹也不知白婧瑤為什麼要找她，放下醫書出去了。

白婧瑤等在門前，笑盈盈的。「月楹姑娘。」她道：「月楹姑娘上次給我的方子，效果是真好，才用了幾天，我臉上的斑紋就已經褪了。」

月楹乾笑。「有用就好。」上次給她看病已經過去了大半個月，白婧瑤這道謝未免有些太遲，而且她們銀貨兩訖，哪裡用得著再特意過來。

白婧瑤沈不住氣，也沒多聊幾句，就問道：「月楹姑娘做的胭脂還有剩的嗎？」

月楹笑起來。原來是為了胭脂來的。

白婧瑤早間去蕭汐那裡獻殷勤，看見蕭汐的唇色很好看，襯得她原本稚氣的五官都豔麗了幾分，白婧瑤眼饞多問了一句，才知是月楹做的胭脂。

「還有一盒。」

白婧瑤掏了銀子出來。「還請姑娘賣與我。」

她懶得打扮，胭脂放在她這裡也是無用，月楹很爽快地答應了。

二兩銀子到手，倒讓她發現致富路，這可比拿月例來錢快多了呀！而且算得上是無本買賣。不過這次的原材料都是蕭汐提供的，所以她有便宜可占，若是自己做，成本可不只這一些了。玫瑰是稀罕物，紅藍花又貴，再除去人工，一點也不划算。

月楹想了一圈，做胭脂不行，還有別的成本低的可以嘗試，譬如……面霜。

於是她幾日一直都在嘗試做成現代的面霜，但沒有工具，進度有些緩慢。

明露習慣了她搗鼓奇怪的東西，初時還有興趣問，後來就隨她去了。

第十四章

蕭沂今日又要套車出門，商相孫兒滿周歲，睿王府也該有人去慶賀。

蕭沂與蕭汐兄妹倆都要去。蕭沂一身天青色圓領袍，腳踏暗紋錦靴，手中拿著一把摺扇。

月楹感受了外邊呼嘯而過的秋風，又看了眼蕭沂手裡的摺扇，抿了抿唇。

蕭汐已經在外面等著，月楹將蕭沂送到門口便回了院子，正走在路上，金寶手裡拿著披風一臉急切地向她奔來。

「月楹，替我送個披風，小郡主還等著呢！順道與小郡主說一聲，我腹痛難忍，怕是不能陪她去丞相府了。」

「腹痛可要緊？」

金寶捂著肚子，腹內一陣翻湧。「無事，人有三急。」她實在憋不住了，留下一句。「快去送給小郡主。」

月楹捧著銀灰披風到了門外，蕭汐詢問的聲音傳出來。「金寶怎麼還沒回來？」

月楹遞上披風。「金寶姊姊有些腹痛，怕是不能陪小郡主出門了。」

「這丫頭一定是吃壞了肚子！」銀寶在一旁道。

蕭汐皺了皺眉。「時辰來不及了。」銀寶也面帶愁容。

月楹大概猜到她們為何面露難色。明露與她說過，去旁人家裡赴宴畢竟不是自己的地盤，難免會有預料不及的事情發生。蕭汐出門時，都會帶兩個或者兩個以上的丫鬟，馬車上放一套備用的衣裙，以防萬一。

「何事？」蕭沂在後面的馬車上問。

蕭汐回了一句。「金寶有事，去不了了。」來回一趟滿庭閣再喊人過來太費時。

蕭沂瞥了眼馬車下方低眉垂首的月楹。「月楹，上車。」

月楹微愣。「……是。」她並不是很想出門。據她以往看小說的經驗，宴會是事故高發地點，萬一遇上什麼嫡女陷害庶女，小妾謀害主母的，做吃瓜群眾還好，發生點其他的就不好了。

月楹被銀寶拉上了馬車，銀寶知道她沒有陪主子出過門，好心地告訴她注意事項。

月楹頭上的紗布已經摘了，不仔細看看不出她額角有一道小傷疤。

蕭汐對她還是很有好感的。「月楹姊姊成日悶在府裡不無趣嗎？」

月楹忙道：「奴婢擔不起小郡主一聲姊姊。」

蕭汐笑道：「妳是大哥身邊的大丫鬟，我喊一聲姊姊不算折煞了妳。」

自從蕭沂那日罰了她之後，又拉著她說了好長時間的話，蕭汐也開始反思，王府樹大招風，父王的兵權給了出去還是有人虎視眈眈，她若克制不住自己的脾氣，就是在給家裡添亂。

蕭汐接著道：「月楹姊姊做的玫瑰膏可好用了，我那幾個小姊妹都問我是哪裡買的呢，何時再做一些？」

月楹笑起來。「郡主院子裡的玫瑰花都被您薅完了，一時半刻是沒有的。」

「這有什麼？妳想要什麼花，我都能給妳弄來。」

不愧是小郡主，說話就是豪氣！肥羊都送到門口了，不宰就有點對不起人家這麼熱情了。

月楹果斷地獅子大開口了一番，點了好幾種能染色的時令花卉。

「不僅能做胭脂，妝粉也可以。」月楹感覺自己像個誘騙小姑娘的奸商。

商府沒一會兒就到了。商相喜得金孫，來慶賀的人不會少，商胥之還沒成家，被大哥拉來幫忙，此時正站在門口迎客。

蕭沂一下車就吸引了許多人的注意，眉宇俊秀的佳公子撩袍下車，骨節分明的手拿著一把摺扇。

「不言來了。」商胥之笑著過來迎。

蕭汐提裙走過去。「只看見大哥沒有看見我嗎？」

商胥之行了個叉手禮，微笑道：「哪能看不見小郡主，小郡主一出現，旁人就再入不得眼了。」

蕭汐羞澀一笑，低下了頭默默紅了臉。

蕭沂輕咳了一聲，示意他收斂些。

月楹在一旁瞧了個分明。蕭汐的羞澀不常有，她看著商胥之的眼神也算不得清白。腦內天人交戰，想起那日金寶說的話來。小郡主不是喜歡葉黎嗎？怎麼又看上了商胥之？

來慶賀的人不少，男女賓客分開，大多數都是女賓，而且是上了年紀的夫人。要是睿王夫婦在，也用不著蕭沂、蕭汐兄妹出門。

乳母將小孩抱出來，眾人打了個照面，送上禮再添上幾句吉祥話也就是了。

小孩兒倒是不怕生，見著誰都樂呵呵的。蕭汐最喜歡這樣的娃娃，湊上前去逗。

「妳手勁大，輕點。」說話的是商相的大孫女商嫦，也是蕭汐的好友之一。

蕭汐捏著小孩的小手，軟乎乎的。「知道，我沒使勁。」

逗了一會兒孩子，乳母便把人抱了下去，小傢伙也有些累了，一會兒抓周禮時再把孩子抱回來。

商嫦與蕭汐坐在千秋亭說話。「梁家那位和葉黎可是前後腳進的門，妳不去看看？」

蕭汐撇了撇嘴。「妳弟弟的生辰日，我不想鬧出事來。」

商嫦笑了笑。「妳倒會為我著想。」

「那當然。」蕭汐捧著臉道。

「怕是醉翁之意不在酒吧！」

蕭汐笑起來。「還不快說，妳家新來的那個表小姐是怎麼回事？」

商婥飲了口茶。「也算不得什麼正經表小姐，是我祖父當年未發跡時認的一個義女，死了丈夫帶著女兒來投奔。」

「那怎麼要妳小叔叔陪著上街？」

月楹聽到這兒才算明白了，蕭汐是在拐著彎打探商胥之的情況，看來是真對他有意。那葉黎又是怎麼回事呢？

商婥提到這事就來氣。「還不是我那唯恐天下不亂的二嬸，說小叔叔與那姑娘年紀相仿，不如多接觸接觸。」

「妳小叔叔也願意？」據蕭汐對商胥之的了解，他不願意的事情即便商相拿刀逼著他也不會做。

商婥垂下眼，不好意思地笑了笑。「那姑娘……棋藝不錯。」

蕭汐呼出一口氣，有些悶悶不樂地趴在桌上。

「這也是沒法子的事呀，誰讓妳棋藝不精？」

蕭汐摸著腰間的軟鞭。「就是沒這個天分！」

兩人正聊著，假山後面遙遙地傳過來些女子談話的聲音，再過一會兒，幾個女子的身影就已經顯現。

走在前面的人，正是梁向影。

蕭汐道：「不是冤家不聚頭啊，待會兒鬧起來，可別怪我不給妳面子，我今日已經躲著她走了。」

商嫦無奈。「妳說妳又不喜歡葉黎，成天與她爭什麼呢？」

蕭汐微笑，把手放在了腰間。「替天行道，斬妖除魔。沒看見那麼大一朵白蓮成精了嗎？」

梁向影今日穿了一身白色的衣裙。月楹沒忍住笑出聲，這比喻有趣。

梁向影一群人走過來，也看見坐在這裡的商嫦和蕭汐，一群人過來見禮。

梁向影沒有品級，自然也要向蕭汐行禮。「見過郡主。」

蕭汐假笑道：「快起來吧，蹲久了，怕梁姑娘又暈倒了，這裡可沒有妳的黎哥哥扶妳。」

梁向影神情變了變，像是受了多大的委屈似的。「我身子不好，黎哥哥只是扶了我一把，郡主可不要誤會。郡主若為這事不高興，我往後離黎哥哥遠一些就是了。」

月楹簡直不敢相信自己的眼睛，這與那日她遇見的梁向影還是一個人嗎？蕭汐說得沒錯，真是好大一朵白蓮花！

蕭汐習慣了她的陰陽怪氣。「身子不好就該在家裡待著，別出來給人添亂。」

梁向影似是被蕭汐的話嚇到，抖了抖身子，像是要哭出來般。「郡主教訓得是。」

眾閨秀見此情景也不由得同情起梁向影來，覺得蕭汐欺人太甚，但畏懼蕭汐的身分，大家敢怒不敢言。

月楹站在一旁，不知是不是錯覺，她聞見了一種類似風油精的味道，味道的來源就是梁向影。

梁向影看了一眼對面，確定自己要等的那個人影出現了的時候，忽然上前幾步，臉上帶著笑。「我身子的確有些弱，家中人也想讓我如郡主一般習武強身。郡主練的鞭法甚好，這根鞭子也不錯，不知是在何處買的？」

梁向影說著就要來碰蕭汐腰間的軟鞭，蕭汐不願讓自己的鞭子被這人髒污了，下意識一抬手，後退一步。

變故發生就在一瞬間，梁向影忽然倒在了地上。

「啊！」梁向影發出一聲慘叫，再抬頭已是泫然欲泣，眼眶紅紅，模樣好不可憐。

蕭汐都沒搞明白發生了什麼事。

葉黎飛奔過來，柔聲問：「影妹妹，摔到哪兒了？」

梁向影拉著葉黎的袖子。「黎哥哥，是我不小心摔倒的，我……我……不關郡主的事。」她話一說完，眼裡一大串眼淚就掉了下來。

月楹真想罵人，說她是白蓮精還小瞧了，白蓮精都得來拜師！就這演技，還有說來就來的眼淚……嘖嘖。

她很清楚聞到了梁向影身上散發出來的風油精味道，原來白蓮精演戲也需要藉助道具。

蕭汐又一次對梁向影的無恥有了新認識，自己連梁向影的一個衣角都沒碰到，都能把錯算到她頭上？

葉黎憤怒地盯著蕭汐。「郡主是否欺人太甚？影妹妹的身子本就不好，妳為何要推她？」他從蕭汐後方走來，只看見蕭汐抬手的動作，聯想蕭汐從前的囂張作風，就給她定了罪。

蕭汐氣不打一處來。「葉黎，你哪隻眼睛看見我推她了？」

梁向影見葉黎成功入套，哭得更加可憐，抓了葉黎的衣袍下襬。「黎哥哥，真的是我自己摔倒的，不怪郡主。」面上可憐，心裡卻得意起來。

亭中有一張石桌，石桌這邊只有她與蕭汐，其餘閨秀看不清，只有商婍能看見，而商婍的話不足以取信葉黎。而且蕭汐的人緣不好，她篤定沒有人會為蕭汐說話。

「請郡主向影妹妹道歉！」葉黎義正辭嚴。

蕭汐氣得不想和他講話，商婍看不下去。「葉黎，你偏心也該偏得有點分寸，郡主分明就沒有碰到她，分明是她自己摔的！」

葉黎將梁向影扶到凳子上坐下，梁向影裝模作樣地捂著腳踝，問旁邊的其餘人。「眾位小姐可都看見是影妹妹自己摔的？」

眾閨秀也是為難。蕭汐與葉黎都不好得罪，只好推脫自己沒有看見。

葉黎見眾人都垂首不理，當作默認，更有底氣道：「郡主未免太過仗勢欺人，錯了就是錯了，難道不該道歉嗎？」

月楹很想打開葉黎的腦袋看看裡面裝的是不是都是草。她方才觀察了一番，梁向影一直緊握著右手，那類似風油精的東西，一定就在她的右手裡。

正當她想著有什麼辦法能讓她手裡的東西掉出來時，一道溫潤的男聲響起。

蕭沂輕搖摺扇。「誰說，本世子的妹妹有錯？」

第十五章

蕭沂與葉黎本就是一道過來的，與之同行的還有其他人。葉黎擔心梁向影，撇下了他們一眾人。

蕭沂走到蕭汐身邊，漫不經心道：「哥哥叫妳知禮守節，不是讓妳給人欺負的。」

梁向影的誣衊、葉黎的指責她都不放在心上，蕭沂簡單一句話，讓蕭汐一陣眼熱。

蕭沂拿著摺扇的手白皙如玉，聲音擲地有聲。「葉小將軍如此咄咄逼人讓我妹妹道歉，是否親眼看到了她推人？」

葉黎的確沒有親眼看到。「方才只有她們兩人，難不成是影妹妹自己讓自己受的傷嗎？」

蕭沂嘴角含笑，向梁向影看過去。「未嘗不可能。」

梁向影心頭猛然一跳，低下頭，攥緊了手心的帕子。

「世子不要為了護短就空口白牙地誣衊人！」葉黎氣極。

「誣衊？」蕭沂斜他一眼。「現在是誰在誣衊？」

「你……」

梁向影見勢頭不對，忙拉住葉黎。「黎哥哥，別計較了。」

她心道不好，忘了蕭沂今日也會來。蕭沂雖無實權，卻因棋藝高超很得皇帝的喜歡，她與蕭汐吵鬧可以說成女兒家的私事，對上蕭沂，就是對上了睿王府，性質就不同了。

葉黎一心要為她做主。「影妹妹別怕，睿王府也得講理。」

正好蕭沂也沒打算善罷甘休。「我睿王府自然是講理的。」他目光落在梁向影捂著的腳踝。「梁姑娘受傷了？正好我的丫鬟會點醫術，月楹。」

「在！」月楹在一旁看了這麼久的戲，早就有手撕白蓮的衝動了。

她有些興奮地向梁向影走去，手摸向梁向影的腳踝。

梁向影本就心虛，縮了縮腳，楚楚可憐道：「黎哥哥，不必了，我們回家吧！」

葉黎是真的擔心她傷勢，還哄著她道：「腳傷可大可小，切不可掉以輕心。」雖對睿王府有氣，但他對蕭沂的人品還是信得過的，他不會大庭廣眾下害人。

梁向影一陣煩躁，這人怎麼那麼蠢！

月楹看見她眼裡的一絲怨毒，冷聲道：「請梁姑娘將腳伸出給奴婢看看。」

梁向影戚戚道：「我不習慣讓陌生人觸碰，妳走。」

月楹沒有後退反而向前一步，梁向影有些慌，下意識想推她。月楹抓準時機，一把抽出了她手中的手帕，一個小巧的透明琉璃瓶應聲落地。

「啪——」

清脆的響聲，隨之而來的是一股濃烈且刺鼻的香味。

月楹功成身退，站在一旁。

商媥最先反應過來。「這不是清涼油嗎？」

清涼油也是南沁齋的東西，買這東西的人多是學子。學子讀書難免會有犯睏之時，學古人頭懸梁、錐刺股太危險，有了這清涼油提神醒腦之後便方便許多。

小姐們還在為梁向影為何手中藏著清涼油疑惑，旁的男人們卻是都看出了門道。畢竟誰都有手誤的時候，不小心將清涼油抹到眼睛上的不在少數。

但葉黎顯然不在這些反應過來的人之列，還在問：「清涼油是何物？影妹妹帶著這個做什麼？」

梁向影的臉色比鬼還難看。四面八方的目光向她射來，她渾身發抖。

不，怎麼會這樣！從前這招百試百靈，都怪那個丫鬟！梁向影惡狠狠地抬頭看月楹。

蕭汐迫不及待說起了風涼話。「這就要問問你的好妹妹了。從前我還在疑惑，妳是怎麼隨時隨地都能哭出來的，原來……呵……」她從來沒有像今天這麼暢快過！

商胥之見鬧劇快不能收場了，作為主人趕緊出來控制局面。「今日我姪兒周歲，大家都別鬧了。葉小將軍也給我們丞相府一個面子。」

商胥之都這麼說了，梁向影也一直求著他快走，葉黎不再多加糾纏。

「來幾個丫鬟、婆子扶著梁姑娘。」商胥之送兩人出去。

梁向影上了轎，商胥之拉住葉黎問了一句。「葉小將軍小時候可有不願做的事？」

葉黎不明所以。「自然有。」

商胥之似是閒話般。「我幼時最不喜讀書，先生教得我煩了便去母親面前哭訴一番，哭不出來便用清涼油，好使得很。」

商胥之說完便走，留下一臉錯愕的葉黎。

頭一次讓梁向影吃癟，蕭汐笑得合不攏嘴。「她也真是能做出來，竟然想到用清涼油。」

蕭沂見妹妹高興也沒再打擾她，走到月楹身邊，悄悄道：「妳早知她手中藏了東西？」

人人都以為月楹是無意，他卻看得分明，月楹是主動去拉梁向影的手帕。

月楹爽快承認。「是。奴婢聞見了味道。」

「做得不錯。」

然後呢？沒了？月楹還等著他下一句。一般下一句不都是賞賜嗎？

抓周快要開始，乳母抱著孩子出來。商端的母親謝氏出來，氣度不凡，但即便再怎麼遮掩，年紀已經到了那裡，臉上有些細紋。她身後跟了個年輕女子，容貌不俗，看穿著打扮應當是個妾室。

謝氏從乳母手裡接過孩子，那妾室侍立在旁，原本還在笑的孩子忽然哭起來。

謝氏趕緊輕聲哄著，孩子不僅沒有止住哭聲，反而還哭得越來越凶。

刺耳的孩童哭鬧聲綿延不斷，乳母又把孩子接過去哄，拿著他最喜歡的布老虎逗他，小孩都不理，只一味地哭。

謝氏心疼孩子，有些惱了。「怎麼回事？」

乳母急得滿頭大汗。「夫人，奴婢……奴婢也不知啊，平常都是這麼哄的。」琮哥兒剛用過飯，不會是因為餓了，下身也乾乾淨淨沒有異樣，乳母實在是不清楚，怎麼就突然哭起來了。

今日的主角是琮哥兒，滿屋子的人都等著他抓周呢，這時候安撫不了孩子，不是讓人家看笑話嗎？

商嫦也急得不行，直接把琮哥兒抱了起來。「琮哥兒乖，大姊在這兒。」

琮哥兒甩著右手，不安分地亂動，還是哇哇叫著，臉都哭得脹紅。

這時有人道：「不是生了什麼急病吧？」

「方才還好好的，不像急病，倒像是沾染了邪祟。」這話聲音低，謝氏還是聽見了。她心下一跳，忽想起孩子出生時算過命，那牛鼻子老道說兒子八字輕，不易養活。

「快去請大夫！」謝氏不敢耽擱。與兒子的性命相較，丟人又算得了什麼。

第十六章

月楹一直盯著琮哥兒的方向看。若說是急病，沒有一種急病是沒有徵兆的，這孩子一個時辰前還面色紅潤、容光煥發，不像是生了病的模樣。

她的視線在琮哥兒身上梭巡。商婍拿著他喜歡的布老虎想要塞到小孩手裡，小孩卻抓也不抓，任由東西掉在地上。

月楹的視線停在了孩子的左臂，明白了。但她一個外府的丫鬟怎麼好隨便去抱人家的孫少爺，可若看著孩子受苦，她心裡也過意不去。

月楹皺了皺眉，抬腳欲走。

「想做什麼？」蕭沂不知何時站到了她身邊。

月楹思忖道：「世子能把孩子抱過來嗎？」

蕭沂早看見了她站立不安的神情，猜測她大抵知道了孩子大哭的原因，只是不方便當眾說。

蕭沂頷首，朝孩子的方向走去，月楹連忙跟上。

「把孩子給我吧。」蕭沂直接道。

商婍一臉不可置信。「世子，琮哥兒還在哭鬧，怕是不妥。」

蕭沂道：「無妨，興許到了我手裡，他便好了呢。」

謝氏也有些不情願。蕭沂一個大男人哪裡會抱孩子，只是蕭沂的身分實在是不好拒絕。

琮哥兒似是哭累了，淚水已經不再流出，只剩弱弱的乾嚎。

蕭汐不知她哥哥此舉何意，但蕭沂不會無故做事，便也勸了一句。「大哥在了懷大師身邊多年，興許有辦法。」

大夫還沒來，商嫦與謝氏一時也不知孩子是為何哭鬧，有些病急亂投醫了。「麻煩世子了。」

蕭沂伸出雙手去抱孩子，月楹走到旁邊，托了一把琮哥兒。也不知為何，琮哥兒到了蕭沂懷裡，漸漸不哭了。

眾人嘖嘖稱奇。「怪了，世子真有辦法！」

有人老神在在。「估計是真沾染了什麼邪祟，世子在白馬寺多年身上有佛光，邪祟畏懼，孩子這才不哭了。」

眾人都覺得這說法有些玄乎，但事實擺在面前，似乎不得不信。

連商嫦都拉著蕭汐問：「妳哥哥真身懷佛光？」

蕭汐沒忍住翻了個白眼。

蕭沂回頭看了眼月楹，月楹輕點了下頭，他又把孩子還給了商嫦。

抓周宴順利開始，大家都是做表面功夫的高手，很快就當方才的事情像沒發生般，各自說笑。

宴會畢，蕭沂找了個空檔問：「孩子哭是為何？」他才不信什麼邪祟說法，只有人才能裝神弄鬼。

月楹老實說出了自己的推測。「小公子的左臂脫臼了，他又不會講話，疼了自然只一味地哭。」

蕭沂雙手環抱，若有所思地看著她。「怎麼發現的？」

月楹繼續道：「小公子是突然哭鬧起來的，之前一直很平靜，面色紅潤不像是身體有急。商大姑娘去抱他時，他只用了右手去拒絕。一般小孩子是不會有這個意識去區分左右手，他們抗拒起來，雙手都是胡亂揮舞。小公子不用左手，只有一個原因——他的左手不能動。」

小兒骨折是不容易發現的，因為他們不會表達。同時也是很危險的一件事，若不及時救治，可能會落下終身殘疾。

「妳托那一下，是在接骨？」

「是。」小孩的骨頭軟，並不需要什麼大動作，只要手法正確，一瞬間便可推回原位。

蕭沂的臉上浮現一絲笑意。「妳沒有當眾說出，是發現了加害之人？」

月楹猛然抬頭。他……是她肚裡的蛔蟲嗎？猜得這麼準。

她的確發現了可疑的人。琮哥兒是在一瞬哭起來的，那時候站在他邊上的就那麼幾個人，只要知道他哭泣的原因為何，下手之人並不難猜。

但商府自家的事情，鬧大了只會讓商府在眾人面前丟醜。

蕭沂沒有錯過她眼神裡的訝色，其他都不錯，就是這鎮定還需要練練。

宴席快結束，商胥之突然跳出來攔住了蕭沂。「琮哥兒哭是怎麼回事？」他與蕭沂多年好友，自知蕭沂沒什麼哄孩子的本事，邪祟之說也不可信。

商胥之又道：「方才你們主僕倆眉來眼去我可是看見了。」他還記得蕭沂說過這丫鬟會醫術。

什麼眉來眼去，成語能亂用嗎？蕭沂似沒聽出這話有什麼問題。「本就要告訴你的。」商家有這樣心思不軌之人，應當告知讓他們處置。

月楹上前仔細解釋了一遍。

商胥之聽罷，暗暗攥緊了拳。「大哥也是糊塗！把蛇蠍養在身邊都不知。」隨即又對蕭沂道：「多謝不言告知此事。」

蕭沂搖了搖扇。「可不是我發現的，你謝錯人了。」

商胥之轉身抱拳。「多謝月楹姑娘。」

月楹連忙後退幾步，丞相公子給她行禮，她可受不起。「奴婢不敢。商公子多禮了。」趕緊還禮。

蕭沂把玩著摺扇。「只口頭謝嗎，不預備點謝禮？」

商胥之沒好氣地看損友一眼。「你又想從我這兒拿什麼？」

商胥之經商頗有所得，掌握著京城最大的琉璃生意。蕭沂沒少打著劫富濟貧的名頭從他手裡摳銀子。

蕭沂那扇子指向月楹的方向。「不是我要什麼，是她想要什麼。」

商胥之看過來，她揮著手道：「不必，不必。」開什麼玩笑！給她要謝禮這事，他也真幹得出來！

蕭沂道：「沒事，他錢多，不用不好意思。」

商胥之笑起來。「理當要給姑娘道謝的，月楹姑娘儘管說吧！」

月楹瞥向蕭沂，蕭沂給了她一個鼓勵的眼神。「說吧。」

月楹見他不似開玩笑的樣子，也不再扭捏。說實話，她還真有想要的東西。「聽聞商公子是做琉璃生意，應該認得許多燒製琉璃的師傅？」

商胥之道：「妳想要琉璃？不要點其他名貴的東西？」他最不缺的就是琉璃，以為月楹有顧忌。

「我想要一套琉璃器具。」月楹想要一套蒸餾裝備很久了，她的面霜製不成最大的問題就是提純這一步，有一套蒸餾裝備，問題就可迎刃而解了。

「什麼樣的琉璃器具？」

月楹略微描述了一下。「我可以畫圖紙。」

商胥之驚訝道：「姑娘要自己畫圖紙？」

「是，不過我怕商公子做不出來。」

商胥之笑道：「這天下還沒有我琳琅閣做不出來的琉璃製品，若是真有，姑娘去其他地方也做不出來。」

蕭沂走過來拿扇子敲了一下他的肩，微笑道：「話別說得太早。」語畢，他帶著月楹就走。「圖紙畫好之後會送到你府上。」

第十七章

寬闊的馬車上點著醇厚的檀香。與蕭汐盡是暖色調裝飾的馬車不同，這輛馬車淡雅別致，如同它的主人一般，有股清冷味。

回程時，蕭沂一句上車，月楹不得不硬著頭皮上了這輛馬車。

蕭沂漫不經心問：「妳要那琉璃器具，是為何？」

這沒有什麼好隱瞞的，月楹如實道：「做些女兒家會用的東西。」

蕭沂看向她，素面朝天，不施粉黛，不像是會在臉上花心思的，又想起前幾日燕風稟報白婧瑤買胭脂的事情，心中有了猜測。

「妳做東西，是為了掙錢？」

月楹望他一眼。「是。」

蕭沂道：「王府短了妳吃穿嗎？還要妳賣旁的東西掙錢？」

月楹繼續道：「不是，奴婢攢銀子是為了贖身。」

蕭沂目光閃了閃，疑問道：「妳要贖身？」

月楹偏頭。「是呀，有什麼不對嗎？」她要贖身這件事很令人驚訝嗎？

蕭沂頓了頓，指尖轉著摺扇。「妳不想當丫鬟？」

「世子說笑了。」月楹釋然地笑。「若非世道艱難，誰願意當個丫鬟？」

蕭沂語氣帶著探究。「出府之後打算如何？去醫館當學徒嗎？」

月楹還真就這麼想的，實在攢不了錢就先贖身去醫館找個活幹。

她笑道：「各人自有各人的緣法，以後如何，誰也說不準。」聽蕭沂的語氣，應該不會扣留她的賣身契。

隨後又是良久的沈默。馬車裡有個小爐，爐火上煨著一壺茶，蕭沂倚著軟枕，吩咐道：「泡茶。」

月楹沒有動手。

「愣著做什麼？」

她艱難吐出幾個字。「奴婢……不會。」簡單的泡茶她當然會，但蕭沂面前擺的一整套茶具，顯然不是她想的那種把開水倒進茶葉裡的那種泡法，泡茶這項技能，她還沒來得及學就進了王府。

蕭沂微笑。「還有妳不會的？」會醫術，會下棋，再添一項茶藝也沒什麼。

月楹垂眸道：「奴婢並非完人，不會的東西有很多，不能替世子泡茶，是奴婢失職，回去便向明露姊姊學。」

蕭沂掀起眼皮。「不會便看著。」

月楹目不轉睛看著。

茶盤上，壺、盅、杯、盤、茶巾等一應俱全。這一套器具都是通體透明的白色玻璃，茶水在壺內沸騰起來時，還能看見翻滾的茶葉，茶葉一點點將純淨的水染色。

蕭沂的手生得很好看，手指修長，甲床飽滿，白皙的皮膚下隱隱可見青色血管。置茶、溫杯，高沖、低泡，一氣呵成，行雲流水，再加上好看的手加持，看蕭沂泡茶實在是一種享受。

蕭沂問她。「看明白了嗎？」

月楹道：「沒有。」光顧著看手了。

蕭沂失笑，遞給她一杯茶。「也不必急於一時。」

月楹不敢不接過來。「謝世子。」

蕭沂淺酌了一口，便倚著軟枕閉目養神。

月楹小口小口喝著茶，餘光看見蕭沂閉上了眼，才敢放鬆了身子。

她看著他，卻看不透他。明露說世子很好相處，待人和善，蕭沂表現出來的也確實如此，但她總覺得那樣看到的蕭沂隔著一層說不透的屏障。

他時常笑，如三月風也含臘月霜。

今日之事，她的小動作都被他看在眼裡，他算得準她內心的想法。

月楹不喜歡這種被看穿的感覺，卻不懂蕭沂的有些舉動，譬如送她醫書，譬如現在這杯茶……

月楹思緒紛擾，低頭喝了一大口，滾燙的茶水碰到口腔內部，她下意識吐了出來，一點不落地全吐在了下裙上，舌頭暴露在空氣中，以求降一絲溫度。

蕭沂睜眼看到的便是她這副略顯狼狽的模樣，輕笑道：「喝茶都能燙了舌頭，妳是三歲孩子不成？」

月楹無奈接受他的嘲笑，舌頭上火辣辣的感覺一陣陣傳來，她輕輕皺了下眉頭。

蕭沂關心道：「可有事？」

月楹搖了搖頭。「沒有，明日就好了。」就這點程度的燙傷，連疱都不會起，她還是有分寸的。

回了房，月楹迫不及待灌了自己兩口涼水。

明露問：「這是怎麼了？」

「燙了舌頭。」

明露不加掩飾地嘲笑。「別是貪吃席面鬧的！」

月楹不理她，自顧自上了榻，餘光看到床前那個木櫃，想起裡面還塞著蕭沂的錦袍，沒好氣地瞪了一眼。

「明露姊姊，能教我泡茶嗎？」

「學泡茶做什麼？」

月楹道：「萬一世子哪日有了吩咐，我怕伺候不周。」

明露在收拾桌凳的東西，隨口道：「泡茶之事世子向來都是自己做的，妳不必擔心。」

那今天他還要她泡茶？是知道她不會，耍她玩嗎？

月楹道：「多學一些總歸沒錯，世子用不上，倘若有別的主子需要呢？」

明露想了想她說得在理，便答應了教她。

書房裡，燭火微微地跳動，或明或暗。

燕風道：「把盯著月楹的人撤回來吧！」

「月楹姑娘……沒問題了？」

蕭沂緩緩抬頭。「嗯。」馬車上的一番談話是他無意問起，她提起贖身時，眼裡的希冀絕非作假。

若是細作，定是想留在府中的，她不但不想，反而對離府還很期待。如果是演戲……蕭沂淺笑，還沒有誰能在他眼皮子底下演戲不被察覺。

他問起正事。「兩淮那邊有消息嗎？」

燕風皺了下眉。「還沒有，我們的信鴿被半路攔截了。」

「誰幹的？老五還是老九？」蕭沂收緊手中摺扇。

「兩邊的人都有。」

蕭沂眯起眼。「這倒是有點意思。讓我們的人暗中行事，他們想鬥便讓他們鬥吧，我們只需要把人盯住就行。」

徐冕下了血本想瞞住的事情，等挖出來一定會引起朝野動盪，老五不會放過痛擊徐冕的機會，會不遺餘力去尋線索，他只須隔山觀虎鬥。

他也很好奇，到底是什麼事，讓徐冕這麼害怕。

月楹提著筆，筆尖卻遲遲不落下。她有些猶豫，覺得自己是否太衝動了，一會兒蕭沂問她是怎麼知道這工具的，她該怎麼回答？

蒸餾裝置所需的東西，其餘都能解釋，燒杯圓底燒瓶，大不了說自己想要些奇形怪狀的杯子。但冷凝管要怎麼解釋？

若放棄這唾手可得的東西，她又覺得不甘心。憑她的月俸想要買到這些東西，談何容易？

月楹躊躇許久，還是決定不能放過這個機會，大不了再扯個謊。

她拿著畫好的圖紙，在書房門口徘徊。燕風從外面回來。「月楹姑娘，找世子有事？」

「有。」

「那還不進去。」說著替她打開了書房的門。

蕭沂拿著本棋譜，身前放著黑白棋簍，正在往面前的棋盤上擺著棋局。

月楹把摺了一個對摺的宣紙遞過去。「奴婢的圖紙畫完了，還請世子轉交給商公子。」

蕭沂拿過宣紙，順手便打算打開，月楹忙阻止道：「哎——」

他抬頭。「怎麼，我不能看？」

「也不是說不能看，但這畢竟是奴婢給商公子的，您看了，不妥吧？」月楹小心地覷著他的臉色，一旦蕭沂有任何不悅，她就改口。

蕭沂將宣紙放下。「妳是在這上面寫了首給商胥之的情詩嗎？」

月楹搖頭。「當然不是。」

「那有什麼見不得人的？」

月楹垂著頭。還不是怕你問東問西。顯然不讓他看他也會問個不停，她正打算放棄掙扎，卻聽他道：「我不看就是。」

月楹笑起來。「多謝世子。」謝完便轉身告退。

「等等。」

月楹回頭。「世子還有何吩咐？」

蕭沂緩緩站起來，去書架前轉了一圈，回來時，手上多了兩本書。

「還是醫書嗎？」這些天在他這裡白拿了不少珍貴醫書，都有些不好意思了。

等她拿過來一看，書封上赫然寫著「靈千棋譜」四個大字。月楹眉梢一挑。「世子給我棋譜做什麼，奴婢又不會下棋。」

蕭沂坐下來繼續方才沒做完的事。「不會便學，這幾本都是基礎的東西。我的丫鬟，怎麼能不會下棋。」

敢情當您的丫鬟還得十八般武藝樣樣精通是吧？月楹捧著棋譜，又道了一回謝。

她踏出房門時，身後傳來蕭沂的聲音。「別想著偷懶，我定期會考校。」

蕭沂感覺到眼前這個背影加快了腳步。月楹那日說只是意外，他是半個字也不信的，小丫鬟不想暴露，逼問是問不出什麼來的，便只好使點法子。

他手中擺著棋局，眼神卻時不時落在那張摺起的宣紙上。「燕風，打開看看。」

燕風看了眼廂房的位置。「這……您不是答應了不看嗎？」

「我只說我不看，沒說旁人不能看。」蕭沂理直氣壯。

第十八章

月楹再次去找了夏穎。

她盤算過了，要在王府攢夠開醫館的錢還是太難，儘早贖身才是正道。她出來後總得有個落腳的地方，夏穎家是個很好的選擇。

不論如何，與夏穎打好關係是必要的。

夏穎見她來很歡喜，勾著她的胳膊。「岳妹妹，我家那口子正好昨日回來了，這會兒帶著小松出門去。岳妹妹別走了，留下來吃口晌午飯。」

月楹笑著應了，遞上手中的東西。「給姊姊帶的補藥。」

「來我這裡，還帶什麼東西！」夏穎怕她破費。

月楹剛坐下，鄒吏就帶著小松回來了，一進門就扯著嗓子喊：「夫人，午食做好了沒有？」

鄒吏身高八尺，皮膚黝黑，是個魁梧漢子。

「就知道吃！你們父子倆一模一樣的，還有客呢！」

鄒吏定睛一看，屋裡多了個妙齡少女。「這是誰家小娘子？」

夏穎敲了一下他的腦袋。「是救我命的岳妹妹。」

小松已然跑了過去，在附近尋了一遍，沒看見其他人。「岳姊姊，喜寶沒來嗎？」

月楹摸摸他的頭，遞給他一個小紙包。「喜寶有事不能來，託我給你帶了梨膏糖。」

鄒吏一聽是妻子的救命恩人，當即向月楹行了個大禮。「岳姑娘大恩，鄒吏沒齒難忘。」說著便要下跪，舉手投足間帶著江湖人的豪氣。

月楹道：「鄒大哥折煞了！」

鄒吏正色道：「岳姑娘救了內人的命，我這一拜妳受得起！」天知道他回家後知道妻子得了絕症求醫無門時有多擔心，幸好遇見了月楹。他無法想像失去夏穎之後，小松會如何，他又會如何，月楹對他來說就是救了他們一家子的大恩人。「合該我們一家上門拜謝才是。」

月楹笑道：「不是我不說住址，實在是寄人籬下不好多說。」

「這……」

她給自己編造了個淒慘的身世。其實也不算全然假的，很多都是原主的經歷，她自己雙親俱亡，現在住在京城的表伯父家，伯父家有個表哥對她圖謀不軌。在表伯父家，她過得如履薄冰，現在是靠幫人灑掃賺錢。

夏穎擔心道：「妹妹別住那兒了，搬來姊姊家吧。」

月楹苦笑一聲。「當初父母喪事是表伯父一家所幫，還欠著他們銀錢，不好就這麼走了。」

鄒吏提出幫她還錢，但鄒家並不富裕，夏穎大病一場，幾乎是把家底都掏空了。月楹知曉他們的家庭狀況，拒絕了。「只要我還清了銀錢後，姊姊能收留我一段時間便好。」

夏穎馬上道：「這有什麼？他常年不在家，有妹妹與我來作伴更好。」

鄒吏也表示沒問題，還拍著胸脯說：「岳姑娘想住多久都無妨。姑娘若閒此處吵鬧，我家在山上還有一間竹屋。」

月楹謝過。竹屋清幽，山間草藥又多，正合適她。

幾人正聊著，院子外有人來叫門。鄒吏開門一看，是秋暉堂的小大夫。

小大夫問：「岳姑娘可在你家？」

鄒吏往裡間喊了聲，月楹即刻便出來了。「有何事尋我？」

小大夫見到月楹，歡天喜地。「謝天謝地，姑娘終於在了！」

月楹沒有留下住址，小大夫想找人也只有透過鄒家，他已經蹲守好幾日了。

「麻煩岳姑娘隨我去趟秋暉堂，師父有些事想請教您。」

月楹欣然答應，夏穎也要去秋暉堂拿藥，正好一道前往。

路上，小大夫說起來尋人的緣故。杜大夫有個做太醫的師兄姓劉，得知有人能治好腸癰後萬般驚訝，剛巧前幾日也有一個腸癰病人，劉太醫用了月楹的方子與針法後，病人竟死了！

劉太醫大罵杜大夫，說他不該吹牛，拿假方子來糊弄人，世間哪裡有人能治腸癰，還是個年輕的姑娘，定是他胡說八道，根本就沒有被治好的人。

夏穎道：「我如今好好地站在這兒，難道是假的不成？這太醫也不過如此。」她心直口快，杜大夫與月楹皆是救她的人，夏穎見不得有人說他們不好。

說話間已經到了秋暉堂，裡面傳來激烈的爭執聲。

「這藥方定然是假的！」

「不會，第一服藥是我看著煎的。」

「那第二服呢？」

「……」

「你被那丫頭騙了！哪個大夫不藏私，更何況是治腸癰的藥！」

月楹腳踏進門，有些惱怒。竟然懷疑她藏私？

「劉太醫也太小人之心了吧！」

劉太醫望過來，卻見一嬌小女子。「妳便是治好腸癰的那個姑娘？」

「是！」

劉太醫小眼睛、山羊鬍，穿著淺灰布袍，有幾分老學究的樣子。「師弟，你糊塗了！她才這個年紀，能有多高明的醫術，而且……還是個女子。」

劉太醫輕蔑的眼神和話語讓月楹有些煩躁。「女子怎麼了？女子便不能行醫開方，治病救人了？宮中都還有醫婆，劉太醫是覺得您比當今陛下聖明不成？」

「小女子嘴尖舌巧，我何時說女子不能行醫了！」劉太醫可不敢承認她方才的那一番話。

月楹冷哼一聲。「劉太醫疑我藏私也要有證據，那日煎藥之事皆由秋暉堂夥計所做，我若真想藏私，何不自己去？」

劉太醫一時無言。

「至於針法，我一一畫了穴位圖，先後順序與下針輕重事無鉅細，這是藏私之人會做的嗎？」

醫術上的針法大多粗略寫幾個穴位，如何入針、何時入針都要行醫者自己琢磨。

「這……」劉太醫又無法反駁。

杜大夫不想場面太尷尬，忙道：「岳丫頭，我師兄不是這個意思，妳別見怪。他救不活病人，著急而已。」

「救不活便是他醫術不如人，怪我家妹妹做什麼。」說話的是夏穎。

劉太醫氣得鬍子倒豎。「妳道我醫術不如這黃毛丫頭！」

夏穎瞪過去。「我妹妹能治腸癰，你不能，難道還不能證明嗎？」

劉太醫面色脹紅，他不是個善於耍嘴皮子的，再次被噎，半天只憋出一句。「唯女子與小人難養也。」

第十九章

杜大夫這個夾板肉做得也是無奈。「行了，別吵了。師兄，你要見的腸癰病人就在面前。」

劉太醫抬起頭。「便是她？」能中氣十足地與他吵架，看來恢復得不錯。

「是我，還活著。」夏穎氣勢足。月楹拉了拉她的袖子，示意差不多行了，劉太醫畢竟是個老人家。

劉太醫平靜了不少。「讓老夫把個脈。」

夏穎起先不肯，月楹勸了句才不情不願伸出手。劉太醫一摸脈門便知她近期生過一場大病，也沒有誰會詛咒自己得了絕症，且秋暉堂當日確實收治了一個腸癰病人，心頭疑慮漸消。

劉太醫問道：「既然藥方與針法是對的，那為何人卻死了？」

月楹淡聲道：「腸癰也不能一概而論，稍有差異治法便不同。內治便有瘀滯、濕熱、熱毒三種，症狀相似。劉太醫看病，難道都是照本宣科，不特病特治？」

劉太醫捋了下山羊鬍，有些尷尬，其他的病自然是能依據病人的體質與病情稍加修改藥方，但腸癰這病是絕症，一得了這病就是讓人等死。

月楹又問：「可有脈案？」

杜大夫忙遞上。「有的、有的。」

她細細看了起來，表徵腹痛劇烈，全腹壓痛……在看到某一處時，月楹目光停下。「劉太醫可有摸過病患腹部？」

「自然有，老夫不是剛學醫術沒幾日的毛頭小子！」

月楹忽視他的語氣。「症狀如何？」

劉太醫回憶。「腹皮緊，右下腹有腫塊。」

「腫塊大小如何？」

「這麼大……不對……」劉太醫拿手比劃了一下。「應該是這麼大……」

「您確定？」

「確定！」劉太醫語氣肯定。

月楹道：「此人內有膿腫，須先行抽膿，膿腫不排，醫藥只能消外層瘀血，結膿於內，炎症不解，是故高燒不退。」

「膿腫？什麼膿腫？」

月楹無奈。「姊姊得病時並未形成膿腫，我便沒有寫。」

所以給那位病人的藥方本就不對症，又談何治好呢？

劉太醫又氣起來。「妳既知道如何治，為何不寫，白白害死了一條人命！」

月楹有些不悅。「那日夏姊姊並無此症狀，我便沒有寫。您是太醫，難道沒有發現兩例病症的不同之處，怎麼就是我害死了一條人命，這話好沒道理！」

劉太醫也察覺到方才的話說得有些過，但讓他向這個小女子道歉是萬萬不能。他梗著脖子道：「不過是運氣好看過治療腸癰的醫書，藏私也是人之常情。」

說了一圈又繞回了原點，與他講理也不聽，這老頭有點固執！

醫館大門敞開，自有人進來看病，因劉太醫今日在此坐堂，來看病的人也格外多。

不多時，進來了三個人，看模樣應當是家婆陪著一對小夫妻來的。

老婦人嘴裡還唸叨著。「吃了那麼多偏方都不見好，今兒帶妳來看看太醫，光是診金就一兩銀子了，若再生不出兒子來，就等著貴妾進門吧！」

小媳婦似含了極大的痛苦般。「都聽娘的，也是我這肚子不爭氣。」

張集扶著媳婦。「娘，我不納妾。佳佳的病能治好的，當時娶她時承諾了，大丈夫怎能食言？」

老婦人怒瞪了兒子一眼。「你胡說什麼！她若永遠不能生，你還想讓我們老張家絕後不成？這事沒得商量！」

母子倆聲音漸大，影響了劉太醫診脈，他罵了句。「再不安靜，就請出去！」

母子倆見太醫生氣了，忙噤口。很快輪到三人，老婦人催促著兒媳快將手伸出來。

劉太醫問：「什麼症狀？」

小媳婦剛想開口，老婦人就搶白道：「我家媳婦啊，進門一年了，肚子一點動靜都沒有。求太醫治一治她這不爭氣的肚子，好讓我們張家趕緊添一個金孫！」

劉太醫把了脈，輕皺起眉。「妳吃了什麼藥？」

小媳婦怯怯地看了婆婆一眼，才道：「每日都會服我婆母煮的藥，至於藥裡是什麼，我不清楚。」

「胡鬧！藥是能亂吃的嗎？」劉太醫厭惡這些一知半解的鄉野大夫，什麼生子偏方、什麼生男秘訣，都是騙人的。

老婦人不樂意了。「太醫，您就別管她之前吃了什麼藥了，最重要的是她這病怎麼治。」

劉太醫斥道：「誰說她有病了？她身體好得很，要不是妳那生子秘方，她身子還能再好些。」

小媳婦高興起來。「太醫，您的意思是我能生孩子？」

「能。」劉太醫回答。

「放屁！」老婦人惱怒起來。「我呸！你是太醫？莫不是秋暉堂為了攬客而扯的謊吧！什麼狗屁太醫，連我們村的赤腳大夫都不如！下巴上長幾根毛就當自己是老太醫了，招搖撞騙的東西！」

老婦人話罵得很難聽，兒子、兒媳攔都攔不住。可不是嘛，花了一兩銀子得到這麼個結果，她不生氣才怪了。

丟了銀子又沒得到解決辦法，老婦人索性一屁股坐在地上嚎起來。「你們秋暉堂騙人！退診金！拿個假太醫來糊弄人！」

劉太醫哪裡見過這般無賴行徑，氣得一佛出世、二佛升天。「她沒病就是沒病，妳嚎破天也沒用！」

月楹看了全程，有些想笑。碰上她這講理的，劉太醫還能爭辯幾句，面對這不講理的老婦人，他是一點辦法也沒有。

劉太醫不在乎這一兩銀子的診金，卻不能容許有人誣衊自己的醫術，兩人一個站著、一個坐著，一個說著，一個嚎著，誰也不服誰。

月楹趁這空檔靠到了小媳婦身邊。「小嫂子，我還未出師，在館中義診，小嫂子可願讓我試試？妳家夫君也可以一起。」

「啊？」小媳婦明顯沒反應過來。

「反正是義診，不要錢的，不如試試。」

月楹長得可愛，聲音又甜，小媳婦有些心動，看向自己郎君。

張集正扯著老母親。「娘，妳別鬧了，我們回家去！」

老婦人一把推開兒子。「兒子你別管，今天我非得跟這假太醫掰扯清楚！」

張集險些被推了一個踉蹌。

小媳婦見狀，拽了郎君去了月楹處。「這位姑娘說她在義診，夫君也看看吧。」有免費的便宜為什麼不占，老娘那裡一時半刻勸不住，張集索性坐下來讓月楹把脈。

一搭脈，月楹了然。

第二十章

早在張集一進門時，她便發現了他面色有些發白，冬日裡穿得比兩個女子都要厚，有些打不起精神。

她道：「張嘴，伸舌。」

張集照做。舌淡，苔薄白，脈沈細。

月楹拉過夏穎，與她耳語幾句。夏穎的臉肉眼可見地紅了起來。「真要問這個？」

月楹點頭，夏穎忸怩了一會兒，走到小媳婦身邊。「妳隨我來內室。」

「年少時是否常自瀆？」

月楹猛地一句，張集陡然臊起來，點了點頭。

「你與妻子同房之際，是否只能直一時半刻？」

張集瞳孔一縮。難道這也是病不成？

少頃，夏穎帶著小媳婦出來了。小媳婦似有些不可置信，呆呆地看著自家郎君。

夏穎所得到的消息，與月楹猜測的差不離。

那頭的吵架還在繼續，杜大夫將銀子退還給了老婦人，劉太醫卻不肯，非要老婦人承認他的診治沒錯。

「那她怎麼生不出孩子？」

「說不定是妳兒子的問題！」劉太醫被逼急了。

「你元陽早洩，是故不能生育。」月楹同時給出答案。

老婦人愣了愣，倏地一下從地上爬起。「不可能！我兒身子康健！」

「是也不是，一試便知。」劉太醫說著便走過來想把張集的脈。

張集躲了一下。男子不能生育乃是奇恥大辱，他怎能讓這太醫點破！對著母親道：「娘，妳再不起來，休怪我不認妳！」

老婦人剛安靜又嚎起來。「天殺的不孝子啊！娶了媳婦忘了親娘，老頭子啊，你得給我做主啊！」一邊喊、一邊出門走去。

月楹的耳根子總算是清靜了。

「那男子是不是真有問題？」劉太醫緩緩走過來。「別說妳不知道，我看見妳給他把脈了。」

月楹嘆了聲。「唉，小女子醫術淺薄，看不出那人得了什麼病。」

這丫頭怎這般記仇！「不說就不說！」劉太醫憋了一口氣，坐下來給後面的病人看診。

可經過那老婦人一鬧，後面看診的病人看劉太醫的神情都有些不對勁，眼神裡帶著懷疑。

還有人問：「您確定我有這個病嗎？不是誆我吧？」

「不信就去別家醫館！」

「那診金退我！」

「退！」

這診是沒法看了。劉太醫乾脆站起來，收攤了。

杜大夫看著這冷落的門庭，也有些火氣。「師兄，你這是要把我秋暉堂的名聲都毀了呀！」

「還不是那個老婦人，顛倒黑白，糾纏不清！我的診斷是沒錯的。」

杜大夫說不通劉太醫轉而來勸月楹。「丫頭消消氣，我師兄這個人啊，就是有點老古板。」

月楹說：「尊老愛幼，我不與他置氣。」

她也沒想與他計較。劉太醫雖對她有些偏見，醫德還是有的，即便那老婦人再怎麼鬧都沒有改口，換個糊塗點的，說不準就給那無辜女子開一堆藥了。

月楹道：「那男子命門火衰。」

只一句，劉太醫就聽懂了。「他不舉？」

她平淡道：「他面色蒼白，四肢畏寒，舌淡苔薄，典型的命門火衰之症。我問過那小婦人了，也不是全然不行，只是堅持不了多久早早便洩了。他年少時犯手淫，又早婚，以致精氣虧損，調理起來也不難，配個右歸丸合贊育丹吃也就是了。」

月楹看症準，下藥精，她這一番解釋，沒有幾年經驗是做不到的，劉太醫摸著山羊鬍點頭。

「您認可我說的？」

她沒有說錯的地方，劉太醫也不能指鹿為馬，又不想承認，半晌只說了一句。「小姑娘家家的，一點也不害臊！」

月楹道：「我是醫者，有什麼好害臊的？若真為了這面子功夫而耽擱了病人病情，才是大罪過。」

劉太醫咕噥道：「小姑娘就該待在家中安心待嫁才是，做什麼醫者。」

月楹徹底放棄與這老古板的溝通。

「大夫、大夫！快救命！」一下子湧進來五、六個漢子，四個抬著擔架。擔架上躺了個人，雙腿被砸得血肉模糊，血跡一路從外面滴進內室。

有個穿短打的漢子道：「大夫，他被石柱砸了，那石柱有百斤重！」

杜大夫忙讓人往裡抬，喊了聲。「岳丫頭來搭把手！」

「來了。」月楹抬步，劉太醫也跟了進去。

那被砸的漢子已然昏迷，連一聲疼都喊不出來，血汩汩地流著，杜大夫用了許多紗布都止不住血。

「腿骨全碎了，傷口太大，止不住啊！」

「您別急。」月楹拿出金針，只見素手纖纖往那漢子斷腿處扎了幾個穴位。

「流血速度真的變慢了，ㄚ頭厲害！」

劉太醫也幫忙，被這一手金針止血之法震驚，低下頭想看得更清楚一些。

「劉太醫別看了，想學我自會傾囊相授，眼下要緊。」

劉太醫瞥了眼月楹，嘴硬道：「誰想學了。」

經過一番搶救，那漢子的血成功止住。短打漢子問：「大夫，我兄弟這腿，能保得住嗎？」

杜大夫搖了搖頭。「太嚴重了，腿骨沒有一塊是好的，他這雙腿算是廢了。」

短打漢子純善。「他這雙腿不能廢啊！他家中有妻子，還有個沒斷奶的孩子，一家子人可都靠他撐著呢！」

杜大夫也沒辦法，在醫館見過了人生百態，與這漢子一般情況的，也不是沒有見過。「節哀。」

短打漢子坐下來，抹了把淚，似是自言自語道：「那綁石柱的繩子，怎麼就斷了呢？運石柱這活，大家都不樂意，偏他搶著幹，說是家裡有夫人、孩子要養，得多存些錢。」

杜大夫聽完一陣唏噓。「孩子，老夫不收你診金，但這藥錢……省不了的。」他能幫的，也只有如此了。

一起跟來的幾個漢子都掏出錢袋，銅板碎銀堆在一起，也只夠兩帖藥費的，更別說後續的治療。

月楹洗淨了手，喊了那個短打漢子出來，往他手裡塞了一兩銀子。「先拿去開藥。」

短打漢子不知這醫館的女大夫為何幫忙。「使不得，怎麼能拿姑娘的銀子。」

「救命要緊。若沒有藥，他撐不過今夜。」

短打漢子一驚，向她抱拳道：「多謝姑娘！煩請姑娘留下姓名，李大哥若醒來，我好告知與他。」

「來醫館便能找到我。」月楹沒打算要回這一兩銀子。

天色漸晚，有劉太醫在，那漢子後續治療不用操心，月楹找夏穎借了一身衣衫，換下身上被血污的衣服。

回府的路上，她捏著癟了的錢袋，無奈一笑。明明自己生活也不如意，卻還是見不得人間疾苦。

第二十一章

秋風瑟瑟，晨光微熹。

月楹醒來就被告知了一個消息，睿王與睿王妃明日午時就要回來了。

蒺藜院的人正在灑掃，其餘的地方也準備起來。

月楹對睿王、睿王妃了解不深，還在靜安堂時，因為他們來請安見過幾回，只記得睿王妃是個美人，睿王相貌也俊朗。

後來這對夫婦出門遠遊，一出門就是幾個月，聽明露說，這次還算短的，從前大半年不回來都是常有的事。

月楹笑了笑。睿王府的主子還真是奇怪，不喜歡待在家裡，先是蕭沂，又是睿王夫婦。

睿王夫婦要回來，最開心的莫過於白家姊妹了，尤其是白婧瑤，終於可以名正言順與蕭沂見面了。

白婧瑤盛裝打扮迎在門前。月楹也第一次見到了另一位白小姐，白婧璇。

兩相比對，她就素淨多了，典雅而不失清麗。白婧璇的五官不如白婧瑤出色，卻另有種恬淡之美。

眾人都在府外等著，蕭沂與蕭汐一同站著。蕭汐時不時探頭。「爹娘怎麼還不到？」

蕭沂按住她的肩頭。「爹娘向來準時，妳耐心些。」

同樣翹首盼望的還有白婧瑤，她已經不著痕跡地向蕭沂靠近，偏明露擋在中央，讓她不能更近一步。

白婧璇看見了姊姊的舉動，扯了個嘲諷的笑。

午時正，一輛馬車孤零零地從街頭出現。

下人擺好車凳，率先下來的是睿王。他身材魁梧，臉上蓄了些鬍，不似尋常武人，反而白淨好看。

「爹！」蕭汐甜甜地叫了聲。

睿王卻如沒聽到般，轉身去扶馬車裡頭的人。「程兒，慢些。」

馬車上伸出來一隻柔荑搭在睿王的手臂上，睿王小心翼翼地挪動著。「小心著些。」

只看手便可知那手的主人定是絕色。正當月楹還在感慨這才是百鍊鋼化為繞指柔啊，畫風突然一轉，那隻柔荑一把推開了睿王。

「你煩不煩，不就是懷個孕嗎？我又不是沒生過。」睿王妃一臉不高興地從馬車裡出來，自己提裙下了車。巴掌大小的臉，柳葉細眉，翦水秋瞳，看得出有些年紀，卻更添一分成熟的風韻。

睿王在後面追著。「程兒，注意身子。」

蕭汐聞言跳起來，貼在了睿王妃身上，手撫摸上她的小腹。「我這是要有小弟弟啦！」

睿王笑呵呵道：「也可能是小妹妹。」

蕭沂插話道：「爹娘，別在外面吹冷風了，進府吧。」怪道他們這次這麼點日子就回來了，原來是娘又有孕。

回了屋，白婧瑤、白婧璇齊齊上前見禮。「見過姑父、姑母。」

睿王妃淡淡地掃了她們一眼。「起來吧，都坐。」顯然睿王妃對這兩個娘家的姪女並不熱絡。

蕭汐拉著睿王妃說個不停，母女倆聊得熱切，睿王與蕭沂時不時插兩句話，白家的兩位被冷落在一旁。

識趣的便該自行退去，白婧璇就是這麼做的。她站起來。「姑母舟車勞頓又有孕在身，想必疲累不堪，婧璇先行告退。」

睿王妃一擺手。「去吧。」

白婧璇一走，眾人的視線便來到了白婧瑤身上。白婧瑤是不想走的，但白婧璇已經離開，而且說了這些話，她再不走就顯得有些不懂事了。

白婧瑤不情不願，也告退了。

白婧璇還未走遠，她快走兩步追上。「白婧璇，妳什麼意思！」都怪她，她若不走，興許自己還能和蕭沂說上兩句話呢！

白婧璇轉過身。「二姊，婧璇做錯什麼了嗎？」

能自己生悶氣。「妳不想攀高枝，也別攔著別人！」白婧璇的做法當然沒錯，白婧瑤自知無法指責，只

「二姊實在是誤會了。」白婧璇柔柔道。

白婧瑤警告她。「妳爹是個庶子，把妳養得也小家子氣。有自知之明很好，但不要當別人的絆腳石！」說完，拂袖走了。

白婧璇看著她離去的背影，低聲道了句。「蠢貨。」

睿王妃有孕的事情很快傳遍了全府，老王爺、老王妃由衷高興。

老王妃笑道：「府裡許久沒有孩子的吵鬧聲了。」

老王爺道：「孩子多好啊，熱熱鬧鬧的。」

睿王妃卻有些不好意思。她年近四十，這個年紀生孩子少有，也怕別人說她老蚌生珠，頓時有些赧然，看著旁邊笑嘻嘻的罪魁禍首，踩了他一腳。

睿王被自家媳婦踩了也不惱，仍樂呵呵的，那表情似乎在說，再踩幾腳也無妨。

月楹被這對中年夫婦甜到，睿王一個侍妾、通房也無，身邊就只有睿王妃一個，在這個時代可以說很難得了。

明露與她講過一些睿王夫婦年輕時候的故事，聽時只覺得她誇張，如今真真切切看到，才不得不信。

蕭汐最興奮。「大哥，你猜娘這一胎是男還是女？」

蕭沂瞥了她一眼。「猜是猜不準的，但我想要個弟弟。」

「為何？」

蕭沂上下打量她。「再來個妳這樣的，我可吃不消。」

「哥哥！」蕭汐揮舞著小粉拳捶了他一下。

眾人都笑起來，蕭沂也笑。

月楹詫異。他竟然也會開玩笑？而且她從他的笑中感受到了暖意，她忽然明白為何之前總覺得蕭沂的笑不太對，他從前的笑都沒有一絲溫度。

月楹倏然間覺得蕭沂也不是那麼捉摸不透了。

睿王妃有孕這麼大的喜事，二房的人也過來慶賀。

蕭二老爺和寇氏帶著蕭汾來道賀。「恭喜大哥、大嫂了。」

寇氏笑咪咪道：「大嫂這把年紀還能有孕，可得好好養著，萬不可操勞。」

睿王妃淡淡瞥她一眼。「多謝弟妹關心，我自會好好保重身體。」

在月楹看來，這三人中也就蕭二老爺是真心高興。蕭汾明顯是被他爹娘強拉來的，草草說了幾句便說自己有人相約告辭了。

寇氏道：「汾兒應酬多，大嫂不要怪罪。如今大嫂有了身孕，那些個俗事便不要操心了，儘管交給底下人去做。」

睿王妃把玩著自己的指甲。「弟妹有心了。王府的事務有娘操持著，我不憂心的。」

寇氏又說了一句。「大嫂命好，娘這麼大年紀了，還替妳操心。我就不一樣了，家裡裡外外的事情都得我操心。」

這話有點陰陽怪氣，拐著彎地在說睿王妃不孝。睿王妃被譏諷，其餘眾人卻沒什麼反應，似乎習慣了一般。

「是啊，我看弟妹頭髮都白了好幾根，確實太操勞了。」

寇氏的話被輕描淡寫擋了回來，氣得咬牙。

寇氏的身分不低，當年原本看上的是睿王，但睿王一心只有睿王妃，她便是想擠進去做個側妃都不行。

那時的寇家已放了話出去要嫁睿王府，為了家族的顏面，寇氏只好嫁給了蕭二老爺。蕭二老爺雖沒什麼大出息，這些年對寇氏也算不錯，百依百順，房裡只有兩個侍妾，也沒什麼庶子女出生。

若與其他人相較，蕭二老爺已經是頂好的，但與睿王一比，蕭二老爺就不夠看了。所以這些年寇氏一直憋著氣，即便已經生育了兩個兒子，還是看睿王妃不順眼。睿王妃不過一個沒落世家的偏房女兒，哪比得上她堂堂尚書的千金。

寇氏見討不到便宜，灰溜溜地告辭了。

天色已晚，睿王開始趕人了。「你們都回去吧，別打擾你娘休息。」

「爹真是偏心，娘肚子裡有小的，便不要我們了。」蕭汐過來抓住蕭沂的胳膊，以求拉到一個盟友。

蕭沂像是嫌棄般地推開她。「妳還沒被趕出家門，家裡還是有妳的地位的。」

睿王應和道：「妳大哥說得對。」

蕭汐向睿王妃告狀。「娘，他們父子倆欺負我！」

睿王妃笑道：「小霸王也會受欺負？」

蕭汐氣得扠腰，長嘆一聲。「這府裡真沒我的地位了，改明兒我就離家出走。」

三人齊齊道：「請自便。」

蕭汐轉身就走，出了門又退回來幾步。「才不走，這都是你們的詭計。」

月楹被這一家人的相處日常逗笑。都說大家族裡勾心鬥角，王府裡的祥和，難得啊！

等鬧夠了，蕭沂拿出了一盒玫瑰膏。「送給娘的。」

月楹看到那熟悉的小瓷盒，心頭一跳。

睿王妃有些受寵若驚。「給我的？」

「是，兒沒送過娘什麼東西，是兒的疏忽。」他自小離家，白馬寺人情簡單，回家後有種種不適應。那日月楹提起送禮，他才驚覺似乎從未給他娘與祖母送過什麼東西。

一直忙著與外人周旋，卻忘了家中人。

睿王妃鼻頭微酸。「不言可是第一次送我東西。」她寶貝似的接過來。

月楹聞言看向蕭沂。從這角度只能看見他的側臉，她瞄到了他微微紅的耳根。

蕭汐認得這小盒。「這不是月楹做的玫瑰膏胭脂嗎？我還當大哥要去送給哪家小姐，不想是送給娘。」

睿王妃打開了蓋子，用指尖抹了點在手背上。「顏色真好看。」

蕭汐激動得很。「是，可好看了！」

睿王妃嗔怪道：「旁人都說女兒是貼心的小棉襖，妳大哥都知道送我東西，妳的呢？」

「我……」蕭汐一時無言。「又不是過壽，今年您壽辰，我送您個大禮。」蕭汐面不改色地畫著大餅。

睿王妃沈吟一會兒，又問：「妳說的月楹是誰？」

「就是她呀！」蕭汐指過來。

猝不及防被提起，月楹緊繃著身子。

見她站在蕭沂身後，又不見明露，睿王妃猜測道：「是不言房裡新來的丫鬟？」

月楹走上前，恭敬行了禮。「見過王妃，奴婢是一月前調去浮槎院的。」

她從容不迫，不卑不亢，頭髮梳得整齊，指甲修剪得十分乾淨，一張小臉素面朝天，杏眼炯炯有神。睿王妃滿意地點點頭，微笑道：「看模樣是個伶俐人。」

正琢磨著跳槽的月楹心頭突然蹦出來一個念頭——睿王妃也是個不錯的老闆人選。

她不久前試探過孫嬤嬤了，孫嬤嬤只說老王妃的決定不好更改，除非世子厭棄了她。但厭棄意味著得罪蕭沂，而得罪了蕭沂不會有什麼好下場。

睿王妃這一回來給了她另一條路。睿王妃有孕，她又懂醫術，調去蒺藜院似乎不是不可能。睿王妃要她過去伺候，蕭沂也不好拒絕吧？

這孩子生下來至少還得大半年，大半年的時間足夠她存錢贖身了，之後無論是回浮槎院還是待在蒺藜院，她都可以走。

月楹美滋滋地打著小算盤，每日都想著要怎樣引起睿王妃的注意。

第二十二章

蕭沂每日只要有時間便會去蒺藜院請安，然後再被睿王一臉不悅地趕出來，美其名曰不要打擾母親休息。

月楹也只有這時候能接近王妃。這幾日一直風平浪靜，沒什麼事情發生，她也不好製造點什麼麻煩。

「兒告退了。」

「快走吧，今日陛下又召你進宮了吧？可別讓陛下等你。」

蕭沂看了父親一眼。「陛下讓我與爹一同進宮。」

睿王不是很願意的模樣。「還有我的事？」

蕭沂淺笑。「是。」

睿王嘴裡咕噥。「你們下棋，我去做什麼……」但皇帝的命令，又不能不去。

睿王妃推了他胳膊一把。「快去更衣。」

睿王一臉不情願地換了身衣服，與蕭沂一同出了門。

月楹跟在蕭沂身後，水儀從外面走進來，正好與幾人錯身。還未出院門，又遇見了白家的兩位表小姐。

白婧瑤想跑上前與蕭沂打招呼，看見睿王稍收斂了些。「見過王爺。」

她們敢叫睿王妃姑母，卻不敢稱睿王為姑父。

睿王對白家的人向來沒什麼好臉色，簡單應了聲便離開。

白婧瑤戀戀不捨地看蕭沂遠去，愣在原地許久。白婧璇無奈出聲。「二姊，該進去了。」

她們每日都這個時間來給睿王妃請安，所圖的不過就是遇見蕭沂。

其實白婧璇本不願來，但白婧瑤打著盡孝的旗號，她不來，倒顯得不懂規矩了。

「給姑母請安。」

睿王妃擺手道：「都起來吧。」昨日老王妃給她下了通牒，讓她一個月之內把這兩人嫁出去。

睿王妃道：「三日後，南興侯府有賞梅宴，給妳們都做了新衣裳，一同去吧。」

「多謝姑母。」二人齊齊道。白婧瑤皺了下眉，白婧璇神情沒什麼變化。

睿王妃淡淡道：「有些事情，我要與妳們說清楚。家裡讓妳們來，是什麼意思妳們也清楚，別肖想那些不屬於自己的東西。安守本分，姑母不會虧待妳們。」

她知道白家將二人送來是攀龍附鳳的，當年她就是如此，身為女兒家萬般不由己。睿王妃不想把父輩的事情牽連到她們這一代，何況她們只是小姑娘，與她當年差不了多少，興許也與她那時一樣，只是迫於家族，心中其實並不願。

睿王妃願意幫助身不由己的她們，只要她們是個好的。

白家姊妹聞言，皆低眉垂首。

白婧瑤率先開口賣了個乖。「姑母說得是，我們是萬萬不敢有什麼旁的心思的。」

睿王妃淡淡瞟她一眼。當自己不知道她去了浮槎院多少次嗎？

她並未理會白婧瑤，轉而問白婧璇。「璇姐兒呢？」

「璇兒知道，姑母是不會害我們的。」

睿王妃緩緩點頭。「回去吧，記得這幾天多學學規矩，別丟了我們睿王府的臉。」

南興侯府的嫡女今年十六歲了，南興侯夫人擺這一場賞梅宴明擺著是要給女兒挑夫婿，屆時去的世家子不會少。讓白家姊妹找到一個好歸宿已是對白家最後的仁慈了。睿王妃捏了捏眉心。希望白家見好就收，不然……

白婧瑤剛回房，新衣服就送到了。她不想嫁給別人，不過打扮自己討好睿王妃也是她要做的。來京城時，母親把她壓箱底的頭面給她帶上了，這次宴會，她一定要幫姑母爭一口氣。有個美貌的姪女帶出去，姑母也會覺得臉上有光吧！

出發那日，白婧瑤一身嫣紅色軟煙羅齊胸襦裙，頭上是一整套寶石頭面，整個人華貴異常。她容貌本就豔麗，這一番打扮，還真有些讓人挪不開眼。

反觀白婧璇淡黃交領衣裙，髮間只是簡單的百合花紋飾簪子點綴，淡雅素麗。

睿王妃給她們準備的衣服都是依著她們的模樣做的，衣裙已經夠繁複了，首飾就該刪繁就簡才是。

月楹實在不解，就白婧瑤這腦子，白家把她送來，圖什麼呢？

月楹是跟著蕭汐的，她說不放心睿王妃懷著孕出去，也要去賞梅宴。自上次帶月楹出門讓梁向影丟了大醜之後，蕭汐還挺喜歡帶著月楹，總覺得月楹能給她帶來好運，對付梁向影也更來勁。

睿王妃不悅地看向白婧瑤。她們這是去南興侯府做客，她這一套頭面，哪有去做客的樣子？白家也不挑個機靈點的送來。

她冷聲道：「妳這頭面，去換了。」

白婧瑤不知自己哪裡做錯了，還想解釋。「姑母……」

睿王妃不容她置喙。「快去，不然這宴會妳就別去了。」

白婧瑤輕咬了下唇瓣，轉身回院子裡去換了。只是換套首飾，不必重新梳頭，用不了多長時間。

有了白婧瑤的對比，睿王妃看白婧璇就很順眼。「妳的規矩學得還行。」得了誇讚，白婧璇也是不卑不亢。

月楹輕笑。這位白四小姐，才是聰明人啊。

南興侯府來的人不少，金寶與她咬耳朵。「聽聞五殿下與九殿下也來了。」

月楹道：「兩位皇子都來了？南興侯家的這位小姐生得很美嗎？」

金寶不可置否，搖了搖頭，正想繼續說，餘光瞥見一個胖婦人。南興侯夫人是個福氣面相，親自來迎，身後跟著一位年輕姑娘，應該就是南興侯嫡女。

看見那姑娘的樣貌時，月楹明白了為何睿王妃一定要讓白婧瑤換了那套頭面。這位嫡女的相貌著實算不上出色，她今日盛裝，人卻隱隱有被衣服壓下去的趨勢。

既然不是因為美貌，那便是權勢了。

五皇子與九皇子是奪嫡的熱門人選，這事就連月楹一個小丫鬟也知道。南興侯府本身並不怎麼出眾，但南興侯夫人的父親是當今的副相，呂副相沒有孫女，聽聞極其疼愛這位外孫女。

「多謝王妃肯賞臉。」南興侯夫人帶著女兒行了個禮。

睿王妃平淡一笑。「不必多禮，只是帶著姪女們出來見見世面。」然後開始介紹白婧瑤與白婧璇。

南興侯夫人也是人精。「王妃的姪女個個都水靈，模樣生得真是好。」

其餘的貴婦人也一人誇了一句，都是些恭維話。

月楹感覺當官太太也不簡單，學會彩虹屁和演戲才是第一步，還有就是要有異於常人的忍耐力。聽聽這些夫人誇的，她不是當事人都覺得有些不好意思了。

睿王妃仍一臉淡笑，不愧與蕭沂是母子。

眾人妳一言、我一語的，話題也換了幾輪，從衣裳首飾到了兒女親家，其樂融融之際，插進一道突兀的聲音。

「我來遲了。」

月楹循聲望去，看見一美貌婦人，環珮叮噹，眉眼間與白婧瑤有幾分相似。

白氏笑著坐在了睿王妃邊上。「妹妹甚少來赴宴，今日倒是難得。」

月楹眉頭一挑。稱呼睿王妃妹妹，她也是白家人，應當是當年白家送來京城的女子之一。

睿王妃客氣道：「帶著兩位姪女出來見見世面，她們來京城這麼久，姊姊應當還沒有見過她們吧！」

接著又對白家兩姊妹道：「還不過來拜見大姑母。」

「自家人哪用得著見外。」白氏笑呵呵走到二人身邊。「妳們在王府住得可順心，若是住膩了，也可來我寧安伯府小住。」

白婧璇應了聲是，白婧瑤則甜甜道：「王府怎麼會膩呢？大姑母費心了。」

聽完這句話的白氏，笑容僵了一瞬，塗著鮮紅蔻丹的手拍了拍白婧瑤的手。「不費心。」

月楹大抵聽明露說過這位寧安伯夫人的事跡。當年白家送睿王妃與她上京，本都是給寧安伯的，睿王妃不願，半路逃了，再次回來時，身邊多了個睿王。

當時的寧安伯是有正妻的，明露對這位寧安伯夫人介紹只說了句，十年時間從一個沒有名分的外室成了正牌夫人。寧安伯於兩年前病逝，大家都以為寧安伯世子會整治這位繼母，卻不想白氏的日子越來越滋潤。她的手段，可見一斑。

一同送來京城的姊妹，卻有截然不同的命運。

月楹深深地看了白氏一眼。她說話輕聲細語，帶著長輩的慈愛，似乎真的很關心白家兩姊妹。

這麼多年過去，即便心有不甘，也該釋然了吧？

賞梅宴畢竟是南興侯府的主場，眾人又把話題往南興侯府與豬顏身上引。

賞梅宴自然要有梅花，南興侯夫人見人到得差不多了，便將眾人往梅林帶去。

侯府別苑的梅花確實不俗，白梅與紅梅交錯，更有淡黃色的與淺碧色的不凡品種。可惜沒有下雪，這樣的景色，就該配著大雪才好。

梅林裡已經到了許多年輕男子，正揮毫作詩。

「淡淡青梅損，留得竟不生。梢頭分暗陣，飄盡月出時。」

不知誰詠了一首詩，有人叫道：「好詩！好一句梢頭分暗陣，飄盡月出時。」

「九皇子文采果然了得！」

「哪裡比得上我五哥。」

綠梅樹下置了一張案桌，有幾位公子圍著，坐著的是個白衣男子，頭頂金冠，腰間的紫玉珮彰顯著他的身分。

另一邊的紅梅林也有人聚著，當中的男子披著銀灰色斗篷站在樹下，同樣腰間有一枚紫玉珮，身邊站了個粉衣姑娘。

眾人對兩位皇子行禮，五皇子蕭澈走過來。「免禮。」

月楹隔著人群看，蕭澈臉部線條凌厲，看上去更威嚴一些，蕭浴則書卷氣更多。

「兩位殿下文采不相伯仲，綠梅清冷，紅梅孤傲，都好都好！」

南興侯夫人滿臉堆笑，叫了褚顏過去品評。褚顏看看這個又看看那個，忽然紅了臉。

蕭澈溫柔笑道：「褚姑娘覺得我與九弟的詩如何？」

蕭浴道：「五哥何必再問，弟弟自不如你。」

蕭澈一擺手。「哎，要褚姑娘說了才算。」

褚顏小臉微紅，眼含春情地看了蕭澈一眼。「二位殿下的詩，各有千秋。」

蕭澈身邊的那位粉衣姑娘冷著臉往女眷處走過來，是老熟人梁向影。

梁向影自上回丟了醜之後，在家躲了好幾日不敢出門，等風頭過了，大家將這件事情淡忘了才出來。

蕭汐見著梁向影就沒好臉色，不想當著她娘的面與梁向影吵架，扯了扯睿王妃的袖子。

「娘，我隨意去逛逛。」

睿王妃自然知道女兒在想什麼。「去吧。」

第二十三章

入了冬後，只要有風，即使是微風拂面，也若小刀颳著肉。

月楹冷得搓了搓手，皮膚乾裂得厲害。她是江南水鄉養出來的人，十分不適應乾冷的北方，若非做出了護手霜，這個冬日怕難熬了。

商胥之不愧是京城第一琉璃商人，她畫出圖紙後，商胥之原模原樣地給她做了出來，不忘吐槽說她要的東西太難做，換了好幾個琉璃師傅才做成的。

有了蒸餾裝置，她提純的效率大大增加，成功率也高了很多，面霜與護手霜什麼的，自然做了出來。

月楹趁著蕭汐歇息的工夫，拿了個小盒出來。小盒裡是淡黃色的膏狀物，摳了點抹在手上，頓覺手背舒服了不少。

「這是什麼？」蕭汐坐在長廊下，看見了她的小動作。

月楹伸手遞給她。「奴婢做的護手霜。」

蕭汐打開蓋子，淡淡的桂花味飄了出來。「護手霜？這名字我還沒聽過，是用在手上的嗎？」

「是。」月楹拉了她的手，抹了一點在她手背上，輕輕推開。「冬日裡皮膚容易乾燥，用了這個就會好一些。」

或許是常年練鞭子的緣故，蕭汐的手比尋常閨秀的要粗糙不少，這護手霜摸上去不說立即見效吧，但她的手確實滑順了一些。

蕭汐笑起來。「月楹姊姊有這樣的好東西，怎麼能藏私？」她不是沒見過護理手部的膏子，只是都沒月楹做的這個清爽細膩，也好聞。

月楹喊冤。「哪裡藏私了，才做出來不久的。郡主喜歡，便拿去吧。」她對小美人向來大方。

蕭汐很講理。「哪能白要妳的東西？」她摸上髮間，拔下一根白玉做的竹葉簪來。「喏，拿這個與妳換。」

月楹擺手想拒絕，蕭汐卻已經將簪子插到了她頭上。「不是什麼貴重的東西，我給妳，妳就收著。」

金寶也幫腔道：「妳就收了吧，小郡主時常送我們東西的。」

「多謝郡主了。」

她們出來有些時辰，蕭汐估算著那邊也該散了，便想著回去找睿王妃。

到了梅林，只看見些年輕姑娘與公子。長輩們都十分識趣，給了小姐、少爺們單獨相處的機會。

蕭汐叫住一個小廝問：「夫人們都去哪兒了？」

「夫人請了京城最大的戲班子唱戲，夫人們都去綠汀閣聽戲了。」

蕭汐點點頭，想著把剛得的護手霜給睿王妃。上次蕭沂送禮她沒有送，讓蕭沂得了先機，她一直有些不爽，等這次把這東西送給娘，看她哥還能說什麼！

蕭汐笑著又摸了摸袖口，臉色陡然一變。

「那盒子呢？我明明放在這裡的。」她摸索完了整個袖子，低頭找尋起來。

金寶猜測道：「會不會是掉在了我們過來的路上？」

「說不準。」

月楹也低頭察看。那小盒不大，她們來時經過的地方不少，不知道掉在哪裡，找起來確實困難。

她道：「要不算了吧。」反正她還能再做。

蕭汐不高興地噘著嘴。「再找找。」

金寶道：「我去來的那條路看看。」

月楹攔了攔她。「還是我去吧，妳陪著郡主。」她嗅覺靈敏，那盒子的桂花味她能聞到，找起來更方便些。

「那妳去吧，小心些。若回來沒見到我們，就去綠汀閣尋。」

月楹應了聲，想叫個認識路的小廝帶著她回方才的長廊。「我們郡主丟了東西，煩請小哥帶我回長廊處找一找。」

有個小廝站了出來。「我帶姑娘去吧。」

月楹謝過，沿途一路找過去。梅林裡梅花氣味太濃，到了小路上才好分辨了一些。

月楹繼續走著，聞見了一股清淡的墨蘭香味，她叫住前面的小廝。「小哥，去長廊是這條路嗎？」她是有些路癡，但還記得方才聞到墨蘭香味。

小廝笑了笑。「從梅林到那兒總共兩條路，姑娘若來時走的不是這條路，回去時我們走另一條道就是了。」

月楹覺得他說得有道理，安下心繼續跟著，路過一片草坪時，她還蹲下身扒拉了兩下，沒有發現盒子的蹤影。

等她再抬頭時，卻發現帶路的小哥不見了，月楹臉色微變，輕喚了兩聲。「小哥、小哥，你去哪兒了？」

空盪盪的院子，只有風吹過的沙沙聲，沒有人回應她。

月楹在原地等了許久，懷揣著一絲希望小哥只是去如廁了。但等到了雙腳失去溫度，也不見歸來的人影。

月楹找了塊乾淨的石頭坐下。她可以確定，有人在整她。

如果並非是衝著睿王府來的，只針對的是她本人，最大的嫌疑人便是梁向影，她只得罪過她。

月楹搓了把胳膊。她不認識路，這裡看著又有些荒涼，也不敢亂走。最安全的法子還是待在原地，只能寄望於蕭汐能快點發現她不見。
月楹等到天擦黑都沒看見人，而且越來越冷，冷風吹得她雞皮疙瘩全起來了。
她不得已在原地活動起了身子，同時也找找回去的路，一邊找、一邊想，南興侯府怎麼會有這麼荒涼的地方？半天了，連人影都沒見到一個。
恰此時，她聽見了一陣虛浮的腳步聲。
小路上，搖搖晃晃走來一個人，人未至，月楹已經聞到了濃烈的酒味。
她斟酌著要不要上前問路。這人醉成這樣，還能聽進去話嗎？
月楹看他打扮，衣衫不新不舊，從衣著上分辨不出是什麼身分。她猶豫了下，還是準備上前問問。實在是太冷了，天再黑下去，回去就更困難。
「請問……」
男人身上酒氣沖天，看見月楹，倏地笑起來。「秋桂，妳來了，趕緊陪少爺我耍耍。」
說著便伸手來攬月楹的肩。
「公子，您認錯人了。」月楹退後幾步。看來真是個酒鬼。
男人卻不依不饒，淫笑著追上。「秋桂，躲什麼呀？爹罰不了我多久，等我搬了回去，便抬妳做姨娘。」
月楹從他的隻言片語中大概猜出了他的身分。「褚公子，我真的不是您家丫鬟。」
褚六哪會聽她說什麼。「是誰家的不要緊，趕緊給少爺紓解紓解。」

月楹閃躲著，打掉他的手。「您別這樣。」

「還玩起欲拒還迎了？本少爺陪妳玩。」褚六張開雙臂攔住了月楹的去路。

月楹本不想惹事，但這位褚少爺顯然不能正常溝通，她也惱怒起來，被人騙到這裡吹冷風本就一肚子火，抬腳就往他子孫根踢去，又在他伸手之際，捏了他手上麻穴。

「啊——」褚六捂著下身痛呼。

月楹學過防狼術和散打，撂倒這種被酒色虧空身子的男人手到擒來。

褚六在地上打滾，她似是覺得還不解氣，又往他腹部踢了兩腳，作案後，迅速逃離現場。她隨意挑了個方向向前走著，反正那裡是不能待了。

許是運氣好，她走了一會兒還真出了院子，到了下午待過的那條長廊。

還沒等她坐下喘口氣，又聽見了有人交談的聲音。

「澈哥哥！」

「影妹，妳聽話些。」

一男一女的對話聲從假山後面傳來。女子的聲音她聽出來了，正是害她不淺的梁向影。

月楹長呼一口氣，將自己的身形隱匿在柱子後面。她這是什麼運氣，剛解決了險境，又撞上了人家私會。

梁向影一臉委屈。「澈哥哥，你是不是真的喜歡上那個褚顏了？」

蕭澈柔聲安慰著。「怎麼可能？褚顏貌若無鹽，哪有妳溫柔小意。」

梁向影偏頭。「那你對她那麼溫柔地笑。」

蕭澈捉住了她的手，將人往懷裡帶。「妳又不是不知，今日我來的目的是什麼。」

被心上人抓著小手，梁向影安心了些。「可你、你對她笑，我就是心裡不舒服。」

「影妹，再忍忍，我娶她不過是為了褚家的支持而已。即使她是正妻，等我登上皇位，皇后的位置永遠是為妳留著的。」蕭澈抱著她。

梁向影柔弱無骨地靠在他身上。「我知曉你的不易，可……可我已經等了這麼多年，還要在葉黎面前演戲。葉黎近日已經打算去府裡提親了，你再不抓緊，我就要嫁給別人了。」

蕭澈捧著她的臉，溫言道：「影妹，妳為我付出這麼多，我怎麼捨得把妳讓給別人。」

然後便是一陣濕膩的聲響，月楹背靠著柱子，臉上泛起紅來。這麼刺激地聽牆根，還是第一次。

幸好兩人並未膩歪多久，又說起了話。

蕭澈道：「葉黎那邊妳還得繼續吊著，虎威將軍手上的兵權很重要，若是他投靠了老九，就不妙了。」

「我知道的，要是沒有蕭汐，這事一點也不難，都怪她來橫插一槓子！」

「對著蕭汐小心點，她畢竟是睿王府郡主。」

梁向影冷笑道：「我有分寸，明面上我不會惹她的。不過對付不了她，她身邊的丫鬟，我還是能教訓教訓的。」

梁向影隨即把買通小廝將月楹帶去褚家那個庶子院子的事情說了。

蕭澈刮了一下她的鼻子。「影妹真聰明，一個丫鬟，蕭汐也不能拿妳怎樣。」

月楹氣得身子都在微微發顫。人心險惡這個詞，她算是有了具體認知。

月楹猛地偏了一下頭，盯著斜前方的假山。

她的髮髻在方才打褚六時便有些鬆散，蕭汐給她插的那支玉簪搖搖欲墜，猝不及防地從她髮間滑落。

她反應過來已經來不及，心都快跳到喉嚨。

一把灑金摺扇穩穩地接住了那支玉簪。淡淡的檀香縈繞在鼻尖，隨之而來的還有熟悉的低沈嗓音。

「別動。」

第二十四章

「是我。」

蕭沂倏地出現，月楹險些尖叫出聲，唇上覆上一隻大手。

他站在她面前，捂著她的唇，月光傾瀉下來，被頂上的屋簷擋住了一半，剩下另一半的月華灑在了他身上。

月楹恍然間想起他們初見面的場景，也是這樣的月色。與那日不同的是，他今日手上動作要輕柔許多，位置也從她的脖頸移到了她的唇上。

蕭沂確定她不會發出聲音後，放下了手，拿起玉簪緩緩往她的髮間插進去。

「髮髻這麼亂，去打仗了？」不僅如此，他還聞到了淡淡的酒味。

月楹梗著脖子一動不敢動，小聲回道：「遇見個酒鬼，我打了他一頓。」

蕭沂輕笑。「哦？打了誰？」

月楹正想回答，耳邊又傳來假山後面兩人親熱的聲音。

一個人聽牆根只是尷尬，但即便尷尬到腳趾扣地也沒人看見。兩個人聽牆根就完全不是這個意味了。

月楹蜷縮腳趾，無聲吐槽。這麼大聲，生怕別人發現不了嗎？她聽得臉頰有些發燙，被夜色掩蓋。

幸運的是，這樣尷尬的場面沒有持續太久，假山後面密謀的兩人終於覺得差不多了，臨走前還要膩歪一陣。

「澈哥哥，那我先走了。」

「唉，每次與妳相處的時間都覺得不夠，真想把妳快些娶回府。」

兩人先後出來，有些猝不及防，月楹二人藏身的柱子並不寬，她身量小才堪堪擋住，自然遮不住蕭沂。

蕭沂攀著月楹的肩，把人往黑暗處帶了帶。他身披雪白狐裘，月楹渾身被他的氣息所籠罩，面前就是他溫熱的胸膛。

等確定兩人走遠，她才有空詢問。「世子怎會在這兒？」

「來尋妳。」

「尋我？」月楹有一瞬的錯愕。

蕭沂解釋。「我與父親來接母親回去。汐兒見妳許久未歸，問了褚府的人說妳被叫去幫忙，她擔心妳，讓我幫著尋人。」

「原是這樣。」

蕭沂眸色漸深，他初到綠汀閣時便發現她不見了。蕭汐只說去找東西了，東西其實掉在了梅林，月楹走出不久她們就找到，想著月楹去長廊也要不了多長時間，便先去綠汀閣等了。

月楹一直沒回來，蕭汐的確問過一回，但有個丫鬟站出來說，褚府有些事，月楹被叫去搭把手。擺宴忙，主人家難免會忙不過來，有時叫人幫個忙並不是什麼稀奇事。

蕭汐也沒放在心上，直到蕭沂來了，一下就發現了問題。「月楹第一次來南興侯府，即便有人叫她幫忙，她也會先來告知妳，絕不會這樣悄無聲息。」

蕭汐這才急起來，找遍了綠汀閣也沒找到剛才那個給她傳話的丫鬟。她搜尋了一圈不見梁向影蹤跡，猜測道：「梁向影！一定是她使絆子！」

蕭汐立馬去對南興侯夫人說她丫鬟丟了的事情，南興侯夫人明顯沒把這件事情放在心上，只吩咐了幾個家丁讓他們幫蕭汐好好找找。

蕭汐惱怒，還在與南興侯夫人糾纏，蕭沂卻早已出了綠汀閣。

是夜，窗明几淨，寒風陣陣。

「妳說有人帶妳去了個荒涼的院子，還遇上個酒鬼？」

「是，那人自稱本少爺，應該是褚家的公子。」

蕭沂對南興侯的人際關係比她清楚。「是褚家庶子，褚六郎。幾個月前與人爭搶一個花魁，打破了那位世家公子的頭，得罪了人，南興侯這才發了狠管起了這個兒子，軟禁在家半年。」褚六雖是庶子，他姨娘卻十分受寵，他不通文墨，整日吃喝嫖賭。

「南興侯府還怕得罪人嗎？」

蕭沂淡淡一笑。「與褚六搶人的，是蕭汾。」

難怪知道得這麼清楚。

蕭沂眼神帶著探究。「褚六可是個急色的主，妳遇上他沒吃虧，有幾分本事。」

月楹理了理有些散亂的髮絲，鎮定自若。「這些日子的醫書奴婢可不是白看的，奴婢直接捏了他麻筋。」月楹略過那一記撩陰腿的事情。

蕭沂停下步子，忽然敲了一下她的腦袋。「有自保的能力這很好，但記得，往後不要輕信於人。」

月楹摸著被打的地方，忿忿道：「是。」心底怨懟，明明是別人害她，怎麼還要挨打，大冬天還拿著扇子，多半有病！

蕭沂卻從這個字聽出些不服氣來。「怎麼？」

月楹自然不認為這是自己的疏忽，她覺得自己已經很小心了，沒承想梁向影的氣量這麼小，買通了南興侯府的人來整她。

她撇撇嘴道：「若非有人故意陷害，奴婢不會遇險的。」

「是嗎？」蕭沂淡淡瞥她一眼。「從梅林到長廊的距離與到褚六的院子是一樣的嗎？即便不熟悉這裡的路，發現周遭不對時，還傻乎乎跟著人走？」

第二十五章

月楹啞然。誰讓她路癡呢！蕭沂說的話句句在理，她垂著頭，像個打了霜的茄子。

兩人走了一會兒就遇見了蕭汐，蕭汐看見有些狼狽的月楹，忙問道：「出了什麼事？誰欺負妳了嗎？今日定要南興侯府給我一個交代！」

月楹眼神示弱。「郡主，能回去再說嗎？」

這事情鬧大了也不一定能讓梁向影怎麼樣，即便找到了那個小廝，只要他一口咬死沒有人指使，還是徒勞。月楹斟酌過後還是覺得不能當場發作，免得將南興侯府也牽連進來。

她的眼睛水汪汪的，稍有錯覺便會覺得她雙眼含淚，蕭汐頓時覺得發生了些不能為外人道之事，握緊了她的手。「行，咱們回府，妳不要怕，本郡主會為妳做主。」

月楹的手被她握在手裡，心暖得一塌糊塗。這個十三歲的小姑娘，可比她哥哥有人情味多了。她在冷風中吹了那麼久，又險些被欺負，其實只是想要這麼一句暖心的安慰，偏有人上來就是指責。

回到睿王府，月楹說起在南興侯府的遭遇，又說了後面無意撞到梁向影與男人交談，隱去了男人的身分，並有意讓人以為是那個小廝。

蕭汐聽完了整件事的始末，氣得提著鞭子就想去忠毅侯府捉人。「好個梁向影，敢動我的人！」

睿王妃也很氣憤，梁向影動的可是睿王府的人，即便只是個丫鬟，也是在打睿王府的臉。

「汐兒，不要衝動，月楹只是聽見了對話，並沒有實質證據，妳奈何不了她。」

蕭汐氣呼呼地坐下。「娘，我可嚥不下這口氣！」

睿王妃淺笑。「誰讓妳受氣了？能出氣的法子多得是，何必選傷敵一千、自損八百的法子呢？」

蕭汐貼到她娘邊上，語氣中帶著興奮。「娘，您有好主意？」

睿王妃寵溺地摸了摸她的臉，淡笑著說了自己的法子。

月楹在旁邊聽得一愣一愣的，看向睿王妃的眼神也多了幾分敬佩。薑果然還是老的辣。

睿王一直聽著，聽完默默來了一句。「妳少思慮些，對胎教不好。」

睿王妃一把推開了睿王，繼續與女兒說著。

月楹見過許多次這樣的互動，還是會被這對夫婦可愛到。

睿王妃的計策其實很簡單，梁向影最在乎的是面子，在乎她京都第一才女的名聲。這第一才女的名頭也有不少的水分，很多人都是衝著她的身分恭維她，梁向影的內涵其實也就那麼回事。

梁向影一舉成名是因為一場曲水流觴宴，宴會中，她數次作詩皆不假思索，其實只是提前拿到了題目，有人幫忙造勢罷了。

蕭汐問道：「娘，您怎麼知道這內幕的？」

睿王妃看了一眼蕭沂，低頭對女兒道：「大家族做這些事不少，妳也該了解一些。」梁向影既然成名於曲水流觴宴，那同樣讓她在這個宴會上出醜，豈不是很有趣？

蕭汐拍起手來。「妙啊，但我擺宴，她不會來吧？」

睿王妃恨鐵不成鋼地點了一下這個一根筋女兒的頭。「笨，當然不是妳擺，得找個她無法拒絕的人。」

「無法拒絕的人……」蕭汐摩挲著下巴想著，原地轉了一圈，沒想到人選。她眼巴巴地望著母親，希望給點提示。

睿王妃有些無奈，看向睿王，兩人似乎進行了一場無聲的對話。

蕭汐見母親不理，又看向大哥與父親。這兩人不約而同地移開了視線，顯然是讓她自己想的意思。

蕭汐沒辦法，咬著手指苦思，驀地抬頭，看見月楹伸出了一隻手指，正指著旁邊的案桌，案桌上擺著進貢的雪花梨，梨……

「哦，是葉黎！」蕭汐像個得到了正確答案的小孩，開心不已。

月楹給完提示縮回手。如果蕭沂沒有看過來就更好了。

被抓包的次數多了，她覺得臉皮似乎比之前厚了不少，面對他玩味的眼神，現在已經能面不改色應對了。

梁向影現在表面還是心繫葉黎，一心想要嫁入虎威將軍府，葉家擺宴，這是表現的好機會，她不可能放過。而虎威將軍又正好是睿王的舊部，讓葉夫人辦個宴會並不是什麼難事。頭一回算計人，蕭汐有些異於常人的興奮。這事固然有些不光彩，可若非梁向影欺人在前，又想要虛名，也不會給她這個機會。

睿王妃輕易便說動了葉夫人擺宴，同時將送給梁向影的帖子做了點手腳，不讓她知道是曲水流觴宴。

蕭汐掰著指頭等宴會的到來，從來沒有這麼期待過參加一場宴會，她每日都去浮槎院。

「月楹姊姊，等著我給妳出氣！」

「好好好，奴婢知道了，這話您已經說過許多次了。」

「哥哥，宴會那日你一定要去。」

這話蕭沂聽得耳朵都起繭子了，天天來耳邊唸叨，生怕別人不知道她要害人，還沒有把她趕出去已經是蕭沂最大的溫柔了。

送走嘰嘰喳喳的蕭汐，蕭沂漫不經心道：「南興侯府傳出消息，褚六被人暗算，一輩子不能生育了，南興侯正在到處找凶手。」

月楹狐疑。她那一腳有那麼大的威力嗎？不應該啊？「是嗎？褚六公子真可憐。」這話說得沒有一絲感情。

蕭沂翹起嘴角，一字一句道：「是啊，有些可憐呢。」

身後的燕風撓了撓頭。昨夜下命令讓他去廢人家子孫根的人，是他的主子吧？

第二十六章

盼了許久的雪，終於趕在十一月末下了場。這場初雪並不冷，天空飄揚著雪花，馬車上，月楹伸手接在了手心，掌心微涼。

「在車上不要隨意伸手。」

欣賞雪景的心情瞬間被破壞，她瞥了蕭沂一眼，默默縮回手端正坐好。她總覺得蕭沂這兩天哪裡怪怪的。

他們正在去虎威將軍府的路上。蕭沂本不想來湊這個熱鬧，無奈蕭汐太過熱情。

馬車悠悠地停下，月楹率先下車，去到蕭汐的馬車前等她下來。

蕭汐眼帶笑意，催促著蕭沂。「哥哥你走快點。」

蕭沂是真的不想理這個滿臉都寫著她馬上要實名制害人的妹妹。

幾人一同往裡走，遇見了剛到的商胥之與商嫦。梁向影出醜，蕭汐怎麼會讓好姊妹錯過。

蕭沂對著好友道：「接近年關，你倒很閒。」

商胥之咧嘴笑。「彼此彼此。」

商胥之說完便朝蕭汐走去。蕭汐不知他此舉何意，捏緊了袖口，難得表露出些女兒家的嬌羞。

喜歡商胥之這件事，除了商婼，她沒有告訴過任何人，家中人也都是不知道的。商胥之時常去找蕭沂，每一次他來，她都會糾結著要不要去浮槎院見他。

她不知商胥之喜歡什麼樣的女子，但商胥之喜歡下棋，想必也喜歡棋藝高超的女子。

蕭汐努力了許久，卻連商婼都贏不了，下棋這事最後還是看天分。商相嫌他不務正業，蕭汐卻不這麼覺得，商胥之不靠家中勢力就能成為大雍最大的琉璃商人，都是他自己的本事。

面對心上人的每一次靠近，蕭汐都是緊張的。

蕭汐抬起臉，笑得溫柔，卻眼睜睜地看著商胥之掠過了她，在她身後止住了腳步。

「月楹姑娘，有些事還要請教妳。」

「啊？」月楹一頭霧水，睇了眼蕭汐。蕭汐一臉失望，拉著商婼走了。她乾笑了下。

「商公子有什麼事還須請教我？」

商胥之道：「月楹姑娘，妳之前畫的那套裝置，我可否繼續做？畢竟是妳畫的圖紙。」

月楹恍然，商胥之還挺注意版權。「當然可以，只是我能問問，是誰想要這套裝置嗎？」

商胥之解釋道：「是我的一個西洋朋友，他無意中見到了妳的圖紙，非要一套。」

月楹給的圖紙是完整的一套，甚至連哪個儀器該裝在哪裡也畫了出來，有識貨的看見也想要不稀奇。

「冒昧問一句，您這位西洋朋友，是做什麼生意的？」

「他是賣熏香的。」

月楹點點頭，這就不奇怪了。

沒走遠的蕭汐一直觀察著那邊，她鬱悶道：「為什麼月楹姊姊能與他聊得那麼開心呢？」

「妳每次見到我小叔叔就與鵪鶉似的，好好說話都不會，還怨他與別人相談甚歡？」商嫦不愧是好閨密，說出的話一針見血。

蕭汐摸著腰間軟鞭。「我……我也不知道為什麼。」

商嫦搖了搖頭。她到現在都沒明白蕭汐是怎麼喜歡上她那不著調的小叔叔。「行了，別忘了今天的正事。」

提起這個，蕭汐又開心起來，馬上尋了個絕佳觀賞點。

梁向影打扮得婀娜多姿來葉府赴宴，看見擺的是曲水流觴席面，臉色微變。

她拉住旁邊的一個閨秀問：「今日葉府擺的是曲水流觴宴？」

「是啊，妳不知嗎？」

梁向影轉身就想走。肚子裡有幾分墨水她自己最清楚，往日去赴宴，她會特地避開曲水流觴宴。

「影妹妹，妳來了，快進來。」葉黎到門口來迎接她。

梁向影尷尬轉頭，擠出個笑來。「黎哥哥。」

在高處八角亭上的蕭汐忍不住想哈哈大笑起來，可因為商胥之在，收斂了幾分。

「嘖嘖，葉黎這個糊塗腦子，有時候還是有些用的。」

蕭沂拆臺。「妳還有臉說別人糊塗？」

蕭汐瞪了他一眼。「我雖沒有你聰明，但比葉黎那個瞎子要強多了。」

他們這邊地勢高，蕭汐伸著脖子只能看見大致的身影，再遠一些就有些看不清了。

「試試這個。」

蕭汐抬眸，商胥之手裡拿著一個細長的圓柱體東西。「這是？」

「西洋的東西，能看清遠處的物體。」

商胥之指導著蕭汐使用，一時間兩人靠得有些近。蕭汐專注著找到梁向影，發出驚呼。

「真的看得很清楚！」

月楹認出來，這就是個簡易望遠鏡。她有些好奇，不由得多看了兩眼，古代的望遠鏡能做到什麼地步，能看多遠？

蕭沂冷不丁地靠近。「想要？」

月楹道：「想啊。」好東西人人都想要，雖然她只想知道望遠鏡能看多遠。

「想想就好。」

有意思嗎？難道他知道她那天偷偷罵他了？不知道他又哪根筋不對了。

蕭沂餘光瞥她，也覺得自己方才的舉動有些幼稚。

身為主子而且還是飛羽衛的指揮使，在月楹畫出那張圖紙後，他再次對她進行了調查，結果顯然還是一樣的，怎麼查都查不出問題來。這讓他很苦惱，也有些煩躁，甚至還有些窩火。

又不能直接質問她，那樣會暴露了他言而無信。

對著一個丫鬟，他竟然沒了辦法嗎？蕭沂不信。

八角亭四面通風，雪花飄進來，落在眾人肩頭，大家卻都不覺得冷，一齊俯視下方的某一處。

梁向影這個大雍第一才女幾乎是被眾人推著坐上了席。

「向影，這場面妳肯定得上。」

「我還記得梁姑娘當年一連十二首詩，每一首都精彩絕倫。」

「向影，可要好好殺一殺那邊郎君們的氣焰，讓他們知道，大雍也是有才女的！」

宴會還沒開始，眾閨秀就篤定了梁向影會拿個魁首。商嫦並未在八角亭上，她坐在最首端。

這齣戲，還得有人在場上。

梁向影硬著頭皮接下了這些讚美。「別這麼說，大家都很厲害。」

郎君們與姑娘們面對面坐著，鼓聲一響，好戲正式開場。

木盤子順著水流緩緩移動，梁向影臉上掛著得體的微笑，藏在衣袖中的手指甲都快被掐斷了。

梁向影心底默唸：不要過來，千萬不要停在她面前。

但事情就是這麼不遂她的願，鼓聲一停，木盤穩穩當當停在了她面前。

「是梁姑娘！」

「今日這木盤真會選，挑中了咱們大雍第一才女。」

梁向影硬著頭皮站起來。那邊由葉夫人從木箱中抽出題目，葉夫人展開紙條。「這題與今日情景相宜，請梁姑娘以雪為題。」

梁向影聽完題目，狠狠鬆了一口氣。還好還好，只是詠雪。作詩她並非不會，只是在這麼短的時間裡做出好詩有些困難，詠雪的詩從前閒暇時還是寫過幾首的。

她啟唇唸出了一首，帶著得意的笑。眾人拍手稱讚。「妙啊妙啊！」

葉夫人也向梁向影投去讚賞的目光。

梁向影落坐，輕撫自己的胸口，慶幸自己運氣不錯。

八角亭裡的蕭汐一拳打掉了旁邊積起來的雪。「第一輪算她運氣好！」

月楹道：「郡主少安勿躁。」

蕭汐舉著望遠鏡繼續看。

鼓聲再次響起，梁向影剛剛放鬆身子，卻看見木盤晃晃悠悠再次停在了她的面前。

第二次了！

未等她反應，葉夫人已經抽出了第二個題目。「請梁姑娘以江水為題。」

這個題目就有點冷門了。梁向影冥思苦想，眾人目光灼灼，她心急如焚。

「向影，快說呀！」耳邊是小姊妹的催促聲。

「碧草……碧草……陰陰……客有愁，將……隨波上……夜……悠悠……」一首詩唸得磕磕絆絆，好在還是首完整的詩。

這首詩與之前那一首的精彩程度，可不能相提並論。若作這首詩的是旁人，眾人還能誇上一、兩句，但作詩之人可是有大雍第一才女名頭的梁向影啊！

眾人再次看向梁向影的眼神有些不對味了。

梁向影滿臉通紅地坐下，恨不能找個地洞鑽進去。

葉黎替她說話。「作詩有好有壞，總不能苛求每一首都是千古絕句。」

葉黎是東道主，來赴宴的人都是想與葉家交好的，也願意給葉黎一個面子。

商婥可不能讓這事這麼輕描淡寫地揭過。「還記得當年梁姑娘一連十二首都是好詩，這才過去了幾年啊，梁姑娘這些年怕是將心思都放在了別的事情上，可不能忽略詩文呀！」

面對商婥的陰陽怪氣，梁向影怒火中燒卻不能發作，真真是憋屈死了。

「哈哈！」八角亭裡的蕭汐看見梁向影一陣青白的臉，只覺得無比暢快。白蓮精終於要現形了！

外頭的風雪漸大，八角亭四面透風，其實有些冷，蕭汐卻渾然不覺。

底下的好戲還在繼續。第三次，木盤沒有停在梁向影的面前，她慢慢按下心，前兩次應該是巧合。

第四輪也依舊不是她。直到第五輪，紅木雕花描漆的木盤又到了她的面前。

梁向影徹底不淡定了。第一次正常，第二次巧合，第三次絕對不正常，有人在害她！

梁向影是在曲水流觴宴上耍過把戲的人，自然知道控制木盤的關竅是什麼。

她一把撈起木盤，察看木盤底部。底部很平整，沒有動過手腳的痕跡。

怎麼可能沒有?!

葉夫人慍怒的聲音傳來。「梁姑娘，妳這是什麼意思？」

第二十七章

蕭汐見梁向影把木盤拿起時，呼吸一滯。她並不清楚是何種手法，還以為是簡單地在木盤上綁了細線。「竟不是嗎？」

蕭沂道：「妳能想到的，梁向影也能想到，在木盤上動手腳這法子不妥。」

蕭汐問：「那是怎麼控制木盤的？」

蕭沂不想直接告訴她答案。「仔細想想？」

「又讓我自己猜？」蕭汐故技重施，向月楹尋求幫助。

月楹剛想開口，卻被蕭沂一個眼神制止。

商胥之看不過。「動手腳的地方不是木盤，是水槽。」

蕭汐轉過頭。「水槽？」

「是，所以婠兒才須坐在上首。」

商婠不著痕跡就讓她坐上了事先動過手腳的位置，那位置的水槽有個高度比旁的地方要窄一些，水位低時，木盤可正常通過；水位高時，木盤就會被卡住。而商婠坐的位置有一個控制水流的機關。

曲水流觴宴上的木盤不能隨意挪動，這是規矩，梁向影此舉無異於在砸場子。

葉黎也有些不悅。「影妹妹，妳這是在做什麼？快放下。」

梁向影心如擂鼓，慌忙放下木盤。「方才彷彿看見有什麼東西絆住了這個木盤，想看個清楚而已。」

此話一出，葉夫人十分生氣。「梁姑娘是認為我葉府在這木盤上動了手腳，故意為難於妳嗎？」

「不、不，我不是這個意思，真的只是一時眼花。」梁向影向葉黎投去求助的眼神。

葉黎見她盈盈含淚，心下一軟。「母親，影妹妹應該真的只是眼花。」

「是啊！光線不好，眼花也是有可能的。」又有人開口幫腔。

梁向影表面功夫做得還是不錯的，生得又美，願意幫她說話的人不少。

葉夫人冷哼一聲。「既是誤會，梁姑娘便快些作詩吧。這次的題目是大雁。」

梁向影腦袋一時卡了殼，竟一個字也想不出來。她面色漸漸脹紅，眾人的目光都聚集在她身上。

她目光瞥向一旁的酒杯，自暴自棄地想，不然罰酒算了。

但大雍第一才女怎麼會作不出詩，而且還是在她一舉成名的曲水流觴宴上，她不能放棄，若放棄了，苦心經營的名聲就沒有了，她一定要作出來！

梁向影還是唸出了一首詩。

眾人聽了，都詫異不已。這……這哪稱得上一首詩啊，家中七歲小兒作的打油詩也不過如此。此時，大家都對這個大雍第一才女有了些許懷疑。

當年也並非所有人都在場，不在場的人不禁竊竊私語起來。「梁姑娘這水準，當年的詩真是她一人作的？」

「不會是沽名釣譽吧？」

「傳聞不可盡信。」

梁向影看著眾人小聲交頭接耳，懷疑的目光都在自己身上梭巡，氣血上湧，忽然有些頭暈。

她身子晃了晃，扶住了額頭。

在下一輪開始前，梁向影道：「葉夫人，我身子有些不舒服，先告辭了。」

她的臉色，確實算不上好看。葉夫人正打算答應，商婍又開口了。「梁姑娘身子不適嗎？巧了，我帶了個丫鬟，會醫術。」

梁向影一口銀牙幾乎要咬碎。這熟悉的話語……又是會醫術的丫鬟！

八角亭上，月楹訝然。「咦，還有我的戲分嗎？」

蕭汐看熱鬧不嫌事大，推了她一把。「快去快去！」

她道：「不急，再看看。」

那廂，梁向影卻不知道該不該裝病了。倘若被當眾揭穿她是裝的，豈不是更丟人，但如今這局面，她進退兩難。

她知道一定有人在害她，那木盤一定是被人控制的，她再留下來，可以確定下一個作詩的還是她。

梁向影環顧四周，蕭汐不在，那動手的就只可能是商嫦。但商嫦不似蕭汐那麼好拿捏，梁向影根本不能拿她怎麼樣。

「沒那麼嚴重，老毛病罷了，我歇一會兒就沒事了。」

商嫦淡淡道：「身體之事怎可馬虎，還是看過才安心。」

葉黎同樣擔憂。「是啊，影妹妹還是讓大夫看看吧！」

梁向影恨不能一拳打暈葉黎。「不必了……我覺得好多了。」

商嫦又道：「好多了那便入席吧，這曲水流觴宴沒了妳這位大雍第一才女可不行。」

梁向影看向她的眼神幾欲噴火。她知道是商嫦動了手腳，卻看不穿她的手法。

梁向影再次入席，這回可真是如坐針氈。果不其然，木盤再一次停在了她的面前。

梁向影狠狠看向商嫦，商嫦挑釁地笑了下。

「妳……」梁向影急火攻心，一口氣沒提上來，竟真的暈了過去。

看戲的月楹趕緊往下跑。雪天路滑，她有些急躁，沒注意腳下。她腳底一個打滑，臀部正準備與地面來個親密接觸時，腰間多了一隻溫熱的手。

「走路當心。」

熟悉的檀香味又圍住了她，月楹回頭看了一眼。「多謝世子爺。」隨即飛奔下去看病人，把過脈才安心。

梁向影年輕，氣血逆亂對她來說只是休息幾天的事情，不是什麼大毛病。月楹雖氣憤梁向影的歹毒，但罪不至死。

蕭汐問：「她沒事吧？」

「沒事，休息幾日便好了。」

商胥之慢慢走過來，蕭汐看著被抬走的梁向影，倏然問道：「胥之哥哥會不會覺得我太過分？」

商胥之坦然道：「她不仁在先，妳不過以直報怨。若妳真嚥下了這口氣，反而不像妳了。」

蕭汐聞言，止不住地竊喜。

蕭汐還想再說什麼，蕭沂面無表情地從他們倆中間穿過，並留下一句。「回府。」

蕭汐不悅地噘著嘴，回身戀戀不捨地看了商胥之一眼。

月楹莞爾。冷靜如蕭沂看見別人家的豬拱自己家的小白菜，也還是不能免俗啊！也只有蕭汐還傻乎乎地以為自己將少女心思掩藏得很好。

梁向影這一暈，這宴會也沒辦法正常繼續了，葉夫人只好提前結束。

來赴葉府的賓客們也都心照不宣。梁向影有幾分本事大家都心知肚明，今天這一場鬧劇也夠了。

今日只是開始，梁向影這個大雍第一才女沽名釣譽之事，想必不久就能家喻戶曉。

月楹忽然有點同情她。這般要面子的人，醒來發現自己成了茶餘飯後的談資，怕不是會再暈一次。

寒風陣陣，雪花飄揚。

明露剛從外面回來，隨意撣了撣身上的雪花。「不知要下幾日，路上濕滑得很。月楹，妳出門時記得小心些，我走到廊下時，差點就摔了一跤。」

月楹拿著棋譜，猛地回憶起那日蕭沂托了她一把的場景。當時要不是他，自己肯定摔得很慘。

這樣想想，他要她抄棋譜，似乎也沒那麼討厭了。

明露抱著護手上了炕。「世子罰妳抄書罰上癮了不成，前幾日是醫書，今兒改棋譜了？」

月楹舉著木尺，無奈道：「誰知道世子怎麼想的。」蕭沂的要求是要一模一樣，她最近畫棋盤格都畫吐了，都沒有時間去引起王妃的注意。

也不知道蕭沂什麼時候來考校她的棋藝，她屆時要表現到什麼程度，太蠢會不會被罵，太聰明會不會引起懷疑？她只想做個普通的丫鬟，怎麼就這麼難？

月楹抒發了一通感想後準備擺爛，暫時歇一天。蕭沂也不會像個老師那般天天抽查抄寫作業吧，隨即將筆一丟，抓起旁邊的酸杏乾吃了起來。
明露也拿出自己偷偷囤的果乾。「對嘛，成日抄書，我看妳遲早要變成書呆子。」開始和她說起今天遇到的八卦來。「白二小姐呀……就站在那臘梅樹後面，她以為我沒看見呢！她既想打聽世子的喜好，我便遂了她的意，說世子喜歡纖細美人。」
白婧瑤說不上胖，但也絕不是纖細美人，白婧璇興許更接近一些。
月楹塞了一個杏乾在嘴裡。「姊姊這麼說了，她不會真去變瘦吧？」
明露道：「那誰知道，又不是我叫她去的，我也沒當著她的面說呀！」
月楹抿嘴笑。不愧是做了多年大丫鬟的，有本事坑人於無形。
接下來幾日，明露打聽了一番，送去白婧瑤院子裡的食物好幾日都是原封不動送回來的。
月楹擔憂道：「她這樣一直不吃飯，身子撐得住嗎？」
明露說：「那也是她自找的。她的身子，自己都不當回事。別想太多，她也不是傻的，不會把自己生生餓死的。」
餓死是不會，但餓暈還是很容易的。
這日，白婧瑤、白婧璇又卡著點去給睿王妃請安，月楹跟著蕭沂出來，抬頭就看見了面前精心裝扮過的白婧瑤。
大雪的天氣，她只穿一件純白留仙裙，單薄的身子還確實有幾分嬌弱美人的模樣。

白婧瑤鼻頭凍得通紅，忍住想要發顫的聲音，嬌嬌地叫了聲。「世子表哥。」

蕭沂淡淡應了聲。「嗯。」

眼神都沒有多給她一個。白婧瑤不可置信，她明明就是按照世子表哥喜歡的模樣來打扮的呀，難道還不夠瘦？

「世子表哥……」白婧瑤往前追了幾步，忽覺眼前一黑，直直往前倒去。

月楹像是準備好了般，迅速轉身扶住。她抱住人時，只覺一股寒氣入體。

她就知道這姑娘要倒，零下的溫度又好幾天沒吃飯，純找死！

白婧璇也跑過來，驚呼道：「二姊，這是怎麼了？」

月楹抬眸看了她一眼。如果不是方才白婧瑤倒下來時，看見她往後退了半步，她興許還會相信白婧璇的關心是真的。

人暈倒在他面前，蕭沂即便再不願意搭理白家人，也得問問。「她怎麼了？」

月楹摸上白婧瑤的脈。「氣血兩虧，心血不足，汗失固攝，清宮失充。」

「樂珍，妳家主子多久沒吃飯了？」月楹問。

樂珍是白婧瑤的丫鬟，也是當初與月楹同一個牙行裡出來的人，她指甲扣著手。「姑娘她……她已經兩日沒吃飯了。」

月楹瞥她一眼，目光銳利。「說實話，她這個脈象，怎麼可能才餓了兩天，至少有五天沒有好好吃飯。」

樂珍縮了縮身子。「仔細算，應該是……七天。」

七天！還是在這麼低溫度的天氣，月楹實在搞不懂，這姑娘勾引蕭沂也太拚了吧！

白婧璇訝然。「這……怎會這樣，二姊為何餓了這許久，難不成是廚房怠慢？」

蕭沂出聲。「燕風，去廚房問問清楚。」

月楹從懷裡掏出油紙包，松子糖甜膩的氣息飄散出來。她餵了兩顆給白婧瑤，又叫樂珍幫忙將人扶穩。

月楹又用金針刺了白婧瑤的幾個穴位，白婧璇又湊過來。「月楹姑娘，我二姊什麼時候能醒啊，她沒事吧？」

「白四小姐既然這麼關心妳姊姊，煩請過來搭把手。」

白婧璇臉上有一瞬的僵硬，當著蕭沂的面，她又不能自打嘴巴，頓了頓還是去扶了把白婧瑤。

月楹繼續行針，神色認真，一絲不苟，下手又快又準，似乎這動作她已經做了千百遍。

蕭沂目光漸漸幽深。

白婧瑤悠悠轉醒，神志還有些混沌，嘴裡甜膩得厲害。「我……這是怎麼了？」

樂珍小聲地貼著她的耳朵道：「姑娘，您餓暈了。」

一聽餓暈兩個字，白婧瑤也不知哪裡來的力氣，倏地一下坐起來。「我沒事了。」

白婧璇高聲道：「二姊，妳怎麼就餓暈了，廚房那群人真是可惡，竟敢怠慢妳！」

白婧瑤恨不能堵住她的嘴。她這個妹妹向來不聰明，餓暈這事不光彩，偏她還這麼大聲。

蕭沂適時道：「廚房的人若真怠慢了妳，我自會為妳做主，睿王府不至於連個姑娘也養不起。」

「不不不，世子表哥誤會了，非是廚房不好，是我自己吃不下。」這話顯然漏洞百出，一頓、兩頓吃不下是正常，連續七天不吃，再沒有常識的人也該知道請大夫。

白婧璇道：「這怎麼可能是誤會，二姊妳都暈倒了，切不要包庇小人啊！世子在這裡，他會為姊姊做主的。」

「妳閉嘴！」白婧瑤惡狠狠地瞪了她一眼。

白婧璇被凶了，一臉無措。「二姊，我說錯什麼了嗎？」

白婧瑤深吸一口氣。「沒有，只是確實是誤會而已。」

她話音剛落，燕風便帶著李婆子到了。李婆子是掌管整個大廚房的掌事，也是王府的老人。

她膀大腰圓，看上去並不怎麼好相處，又是個火爆脾氣，站在蕭沂面前都嚎開了。「世子，這冤枉老奴是萬萬受不得的，這半月來，送去白二小姐住所的飯食也不知怎麼回事，總是沒動多少。廚房的人還當飯食不合白二小姐的口味，變著花樣給做菜，怎麼就成我們大廚房苛待人了？」

李婆子嗓門大，驚動了蒺藜院裡的人，睿王妃打發人出來看。

眾人移步內堂，睿王妃看見一臉虛弱的白婧瑤，沈著臉聽完了事情始末。

李婆子站得筆直。「老奴說的事情樁樁件件皆有證人！」

睿王妃問：「婧瑤，為何不吃飯？」

白婧瑤緊握著椅子上的扶手，慌張地轉著眼珠。「姑母……我、我只是嫌自己體態豐腴，想……瘦些。」

她聲如蚊蚋，垂著頭恨不能找個地縫鑽進去。

睿王妃想著白婧瑤不會無緣無故想瘦，看向兒子。蕭沂接受到母親的眼神詢問，輕搖了搖頭，他是真不知道怎麼回事。

睿王妃思忖道：「李嬤嬤，睿王府不會隨意冤枉下人，婧瑤也承認了是她自己的原因，妳先退下吧。」

李婆子沒好氣地瞪了白婧瑤一眼。她是知道當年白家的手段的，覥著臉來投奔睿王府還敢冤枉她，心裡憋了一口氣，回到大廚房吩咐了底下人。「白二小姐正在減重，以後魚啊肉啊都別送了！」

此時的白婧瑤還不知她接下來的伙食已經變了，誠懇地向睿王妃與蕭沂道歉。「是我思慮不周，怪不得旁人，以後我會好好吃飯的。」餓了這些日子，她快堅持不住了，蕭沂見著她也沒什麼反應，也是時候換條路走一走了。

白婧瑤想站起來行個大禮，眼前又是熟悉的黑暗。月楹眼疾手快按了下她手上穴位。「姑娘起身慢著些。」

「多謝月楹姑娘。」白婧瑤對救了自己的月楹還是很感激的。

「妳們都回自己的院子吧！」睿王妃開始下逐客令，又告誡白婧瑤。「養好妳的身子。」

白婧瑤怯怯地應聲，在快要出門時，轉身問：「月楹姑娘，我身子再有不適，可以去浮槎院尋妳嗎？」

月楹暗嘆，還真是賊心不死！

她恭敬道：「姑娘您是主子，合該奴婢過去才是，您若真的身體不適，讓樂珍來浮槎院喊人就行。」

話說得滴水不漏，白婧瑤算盤落空，一臉失望地離開。

「妳還會醫術？」睿王妃上下端詳著月楹。

咦，她這算成功引起王妃的注意了嗎？月楹連忙道：「是奴婢幼時學過醫，時常幫著教奴婢醫術的那位大夫照看老人或是懷孕的婦人；進府後又承蒙世子照顧，贈奴婢醫書。」

蕭沂眉頭一挑。

睿王妃來了興趣。「妳還照看過孕婦？」

「是呢，村子裡窮，懷孕的婦人又多，奴婢懂得些醫術，大家都樂意來尋，一來二去，照看的人還不少。」月楹絞盡腦汁，儘量說得更吸引人一些。「孕婦初期會出現害喜，食慾不振、頭暈、倦怠等症狀，都可以透過針灸緩解。」

睿王妃還真問起了問題。「妳方才說的症狀，還有可能是因為別的病引起的嗎？」

月楹道：「世上病症萬千，相似的症狀多如牛毛，譬如傷寒也可表現出這些症狀，具體如何，只有把脈才清楚。」

蕭沂插話。「娘是身子不舒服嗎？怎麼不宣太醫？」

睿王妃擺手道：「不是我，是你爹。」

蕭沂驚訝。「爹？」

睿王妃道：「也不知怎麼回事，最近這些日子啊，他沒來由得想吐，也吃不下東西，還總睏倦得厲害。我想著，這症狀不是與我害喜時很像嗎，但他一個男人，又不能是因為這個。我讓他宣太醫來看看，他死活不肯，說什麼大男人沒病看什麼大夫。」

蕭沂更加不解了。他這幾日見到父親，父親都是面色紅潤、容光煥發，怎麼也不像個病人。

「有可能的。」月楹聽完了描述如是說。「男性出現妊娠反應不是不可能，醫學上叫做妊娠伴隨綜合症，造成這病，大概是因為心理因素。」

睿王妃好整以暇。「怎麼說？」

月楹整理了一下思緒。「這種病並不罕見，不過多數發生在第一個孩子還未出生的父親身上。將為人父的喜悅加上等待孩子出生的焦慮，便會感妻子所感，出現害喜的症狀。」

「可我這也不是第一胎呀？」

月楹繼續道：「奴婢猜測，可能是因為您的年紀。」睿王妃當初生蕭沂時就已經滿二十，今年年近四十，放在現代也算高齡產婦了。這個年歲生產，大人和孩子都很危險，尤其是在古代這個醫療條件不好的地方。

睿王妃想起聽說過的兩起高齡生產的事故，一婦人四十產子，孩子生下來兩天就夭折，另一件也是高齡產子，大人、孩子都沒保住。能傳到她耳朵裡的，多數都是勛貴之家的事情，即便有太醫保駕護航，還是不能保證萬無一失。

蕭沂品出了味。「爹他是……擔心您。」

睿王妃眼眶發熱，嘴上還是不饒人。「現在知道擔心了，纏著我胡鬧時怎不知收斂一些。」

月楹睜大眼，這也是她能聽的？

蕭沂輕咳了一聲。

睿王妃也察覺了在孩子面前說這個不太合適，斂了神色。「我近來晚間睡不好，可有法子安眠？」

月楹福了福身。「能否許奴婢為王妃把脈？」

睿王妃從衣袖中伸出手，露出一截皓白的手腕。「來。」

月楹按住她脈門。「懷孕之人體溫本就比常人高一些，睡不好也是常有的事。您身子沒什麼其他的問題，若真睡眠有礙，點些安神香助眠即可。」

睿王妃看向她。「非要用香嗎？」

月楹感覺到了她對香料的抗拒，難道是怕有人在香料上動手腳？

「也不是，針灸一樣可以，或是吃點清涼解暑的東西，如蒲公英、金銀花泡水皆可。」

睿王妃點點頭，笑著對蕭沂道：「你這丫鬟，倒是有幾分本事，放在你院子裡埋沒了呀。」

月楹眼睛亮起來。她這是要成功了嗎？

蕭沂當頭一盆冷水。「她哪會什麼高深醫術，不過皮毛而已。」皮毛兩個字放重了聲音。

竟然拿她說過的話來堵她！月楹不悅地抿起唇。

睿王妃笑而不語。蕭沂的性格她最了解，若月楹真只會皮毛醫術，方才她要把脈時，蕭沂便會出言阻止。看這情況，莫非是捨不得這丫鬟？

睿王妃審視了月楹好一會兒，沒看出什麼異樣來。

回浮槎院的路上，月楹忿忿不平地踢著路上的雪。

蕭沂感受到了身後的動靜，驀地出聲。「月楹想留在蒺藜院？」

「當然……不是，世子對奴婢這麼好，奴婢怎麼捨得離開您。」她要敢說一句想，估計活不過明天早上。
蕭沂閒庭信步。「是嗎？平日裡也沒見妳這麼多話。」
月楹猶豫一瞬道：「王妃和善長得又美，一時話多了些……」她忽然意識到自己好像說錯話了，忙閉上嘴。
今日無風，雪依舊很大，蕭沂緩緩轉過頭，雪花輕飄飄地落在他的肩上，髮間，嗓音帶著點不易察覺的輕佻。「哦……原來是我不夠和善，也不夠……」
「不，您最好看，您很好看，您琨玉秋霜，仙人之姿。」月楹睜大眼睛，努力想讓他看見自己眼裡的真誠。
蕭沂偏愛月白色，今日穿的也是月白色，站在雪地裡的他濃眉秀目，清淡疏朗，任誰看了都說不出一個醜字。
蕭沂輕笑出聲，似是很滿意她的回答，繼續往院子裡走去。
回到浮槎院裡，月楹以為自己能回房歇息了，蕭沂卻把她叫去書房。
他坐在棋盤前。「學了這麼些日子，也該檢驗下成果了。」
也才不到半個月！
月楹走過去，看見他在棋盤上擺了兩個死活題，蕭沂做了個請的手勢。「解。」
還真教圍棋入門啊，死活題在初期時她不知解了多少。月楹剛想落子，猛然想起要藏拙。

滿級大佬屠殺新手村這種事，雖然很爽，但後果是蕭沂無窮無盡的懷疑，她掂量了下，還是覺得不划算。

月楹默默坐下，做出冥思苦想的樣子。

「這幾個題需要想那麼長時間嗎？妳這些日子都學了些什麼？」

莫名有種回到了小時候被爺爺訓的日子，月楹不再耽擱，迅速落子。

蕭沂道：「還算有救。」

月楹咬牙。

蕭沂一連給她出了三十幾道死活題，幾乎每次都是等他耐心告罄時，她立馬做出來。

蕭沂按了按太陽穴，這丫頭就是故意在整他。

月楹又解完三道，偏頭看他，故作懵懂。「世子，這樣對嗎？」

「對的。可以了，今日就到這兒吧，五日後再來。」蕭沂也不想浪費時間了。他已經確定這丫頭一定會棋術，這些死活題對她來說根本不是問題。

「奴婢告退。」月楹想，如果以後的考校都是這個程度的話，那還挺不錯。

蕭沂修長的手指有一下、沒一下地敲打著棋盤，問燕風。「看出什麼來了？」

燕風看完了全程。「月楹姑娘下棋的水準應該不只這樣。」

「還有呢？」

燕風想了想。「還有嗎？」就看見您一直露出無奈的表情了。

蕭沂丟給他一個眼刀。

「屬下無能。月楹姑娘的身世，屬下已經查過數次，甚至連當年接生她的穩婆都找來了，能查到的東西都查了一遍，確實沒什麼問題。」燕風知道蕭沂一直對這事耿耿於懷，派去江南的兄弟都開始向他打聽主子最近到底怎麼了。

其實破綻也不是沒有，原主是家中獨女，父母疼愛教導她讀書寫字，但也只是略識得幾個字而已。鄉下人不懂這個，知道月楹會寫字便說成了精通文墨，陰差陽錯倒是沒有露餡。

「還用你說？」因燕餾裝置一事，他又讓人去了一趟江南，結果還是一樣。每一次他快要對她打消懷疑時，她總會露出新的破綻。再這樣下去，他都要懷疑這丫頭是不是故意在整他。

燕風道：「接生月楹姑娘的穩婆道，月楹姑娘耳後和左胸前各有一顆紅痣，您要不……驗證一下？」

「你想進詔獄？」

第二十八章

「又鼓搗什麼呢，怎麼有草腥味？」明露經過，聞見一股不同於往常的味道。

月楹道：「給喜寶那丫頭做的蘆薈膏。」喜寶這丫頭不知為何，一入冬冷風一吹小臉就通紅，到了溫度稍高的室內，臉色也不會恢復，反而更紅，並且發癢。

一發癢，喜寶就忍不住去抓，好好一張臉蛋遲早被她抓花。月楹給她看過了，是皮膚有些敏感，俗稱季節性皮膚過敏。

她把做好的藥裝罐，便準備去滿庭閣。明露提醒道：「外頭冷，記得披件斗篷。」

「知道。」月楹將自己裹嚴實才出門。

滿庭閣裡，商嫦與蕭汐正坐著說話。「聽聞五皇子要與南興侯府那位訂親了，五皇子進宮求了一趟陛下，陛下本不同意，但後來還是允了，妳猜猜為何？」

蕭汐是來聽八卦的，不是來做題的，搖著她的手臂道：「快說快說！」

商嫦賣關子之際，月楹進來了。

「郡主，商姑娘安好。」月楹屈身行禮。

蕭汐看見她。「給喜寶送藥的吧，她在後頭。她那臉蛋啊，紅得活像猴屁股，妳再不來，她可就沒臉見人了！」

月楹笑道：「她年紀小，怕羞。」說著就進了裡間。說是裡間，其實也只隔了一道屏風，外面說什麼都聽得一清二楚。

商嫦繼續道：「妳知道七年前呂相家的孫女在上元夜走丟之事吧？」

「滿京城都知道的事情。」

呂相對褚顏如此疼愛，未必沒有這個因素在。丟了親孫女，所以更加寵愛外孫女，求得一些安慰。

「倘若呂家的親孫女找到了呢？」商嫦抓了把南瓜子在手裡。

蕭汐道：「不會吧？都找了七年了，就這麼巧，在五皇子與褚顏訂親的節骨眼就找到了？」

商嫦嗑了個南瓜子。「就這麼巧，而且人還是九皇子找到的。」

這就很微妙，五皇子娶褚顏不過是衝著呂相的支持，若呂家的這位親孫女找到了，情況便又不同。失而復得，呂家必定更加珍惜這位小孫女，如果誰娶了她，呂相定會幫扶，倘使這個恰好是九皇子。

屆時，親孫女與外孫女，呂相會幫誰呢？

蕭汐沈吟。「我記得呂家那位走失時不過三歲，今年應當只有十歲吧？」

「年歲小怕什麼，先訂親不就是了？」

蕭汐撐著下巴。「妳說陛下知道這事嗎？」

商嫦道：「祖父說陛下本不同意，等了兩天就鬆口了。」

蕭汐笑起來。「這是讓五皇子吃了個啞巴虧呀！」聖旨是他自己求的，再反悔可不成，蕭澈的正妃之位注定是褚顏的。

商嫦數著手裡的南瓜子。「妳說現在誰最氣呢？」

蕭汐試探道：「梁向影？」

兩人對視一眼，都笑起來。

梁向影真心喜歡的是蕭澈，蕭汐也是無意中知道的。葉黎到底是她兒時好友，她見不得葉黎被如此欺騙，告訴了他真相。

誰知葉黎這個木頭腦袋竟說她憑空誣衊，蕭汐說什麼也要讓梁向影把真實面目暴露出來，是以結仇，連梁向影也誤會她喜歡的是葉黎。

後來，這爭鬥與葉黎的關係已經不大了，純粹是她看不過眼兒梁向影的做派。

梁向影此次受了那麼大的委屈，將正妻之位讓了出去，如今卻被告知，她做的犧牲都可能是徒勞，那臉色一定很好看。

月楹早就給喜寶塗完了臉，只是蕭汐與商嫦討論的事情，讓她不好立時出去。

黨爭就是這麼殘酷，閨閣女兒家，都是工具。

睿王府書房內，燕風恭敬遞上一支玉簪。「屬下在馬車裡撿到的，不知是誰的。」蕭沂專用的馬車坐過的女子也就那幾個，並不難猜主人是誰。

蕭沂伸手接過。玉簪玉質溫潤，狀似竹節，他將玉簪收攏在掌心，垂眸道：「你繼續說。」

「陛下到底還是更喜歡九皇子一些。」燕風道。

蕭沂正在打譜。「何以見得？」

「他得知了呂家孫女被找到的事情，還給五皇子賜婚，這不是證明嗎？」呂家孫女被找到的消息還是他們查到的，蕭浴將這件事瞞得很好，若非把人送進京時露了行藏，連他們也要被蒙蔽。

蕭沂微笑。「蕭澈失了條臂膀，有些著急了。他要娶褚顏，誰不知道他打的是什麼主意？這不是明晃晃地對陛下說，他肖想帝位已久嗎？陛下喜歡有野心的皇子，但不喜歡把野心寫在臉上的。賜婚，不過小懲大戒。」

皇帝若真偏愛誰，早就立那人為太子了，東宮之位空懸，根本原因是皇帝對這兩位皇子都不是很滿意。蕭澈急功近利，蕭浴自作聰明。

「人到哪兒了？」

燕風輕皺起眉，面露難色。「凌風失去消息已經整整兩日了。」

「什麼？」

月楹揹著藥簍，提著小鋤頭上山。冰天雪地的，找藥更加困難。

她那日留下的一兩銀子已經花銷殆盡，那漢子實在可憐，他妻子帶著還在餵奶的孩子借遍了周圍。

月楹於心不忍，想著幫幫他們，而秋暉堂收藥材，藥材可以抵一部分銀錢。

「什麼味道？」

月楹皺起眉。這條路她之前走過一遍，沒發現什麼特別的東西，她往氣味散發的地方走了幾步。

是血腥味！難不成是什麼野獸受了傷？

月楹挪著步子，握緊了手中的鋤頭，見前面有個茅草堆，茅草堆上有什麼東西，黑糊糊的一大團，看不清模樣。

她放緩呼吸，湊近了些。那黑糊糊的東西忽然動了，茅草滑落下來幾根。

月楹看清了，那是個人，還是個受了重傷的人。

她蹲下身探了探他的鼻息，還有氣！

「在外面凍了一宿，竟然沒死，命真大。」也多虧這些茅草了，替他禦了些寒。

月楹以金針護住他的心脈，確定他短時間內不會有事，環顧四周，根據這山坡上的痕跡不難發現這人是從上面滾落下來的。

她循著痕跡往坡上走，一上坡，迎面而來的是讓人幾欲作嘔，更濃重的血腥味。林中橫七豎八地躺了數個黑衣人，屍體上都是刀傷，而那人身邊正好有一把長刀，這些人應該就是剛才那個男人殺的。

江湖人？月楹猜測著。

她找尋了一下，屍體身上並沒有能證明身分的東西，只好放棄。這種事情報官也沒用，反而會給她招來無盡的麻煩。

月楹將人帶回了竹屋，竹屋是鄒吏借她暫住的，基本用具一切都有，她積攢的一些家當也放在了這裡，在山腳下。

雖然無數前輩的經驗告訴她，路邊的人不要亂撿，但見死不救，她做不到。她始終覺得，自己能穿越到古代再活上一遭，與前世治病救人脫不了干係，就當給自己積德。

月楹俐落地剪去這人的衣服。腹部的傷口從左肋一直延伸到了腰間，皮肉猙獰地翻起。唯一慶幸的是外面溫度低，讓他的傷口不再流血。肩上、手臂上，甚至腳下都有傷痕，更別提還有數不清的舊傷。

殺手？護衛？鏢師？無論何種身分，多半是與人結仇，遭到追殺。治好了人得讓他趕緊走，她怕麻煩。

月楹給他的傷口做了消毒縫合，上藥包紮，又從藥簍裡揀了幾株藥草。還沒換成銀子倒要先進他的口了。

煮好了藥，灌藥的時候卻遇到了麻煩。這人深度昏迷，根本張不開嘴。
她端著藥碗，莫名想起從前看過的影視劇裡的經典場面：男、女主嘴對嘴餵藥。
平心而論，這男人的長相還不錯，五官端正，在大街上也是一眼能看見的人，但她日日對著蕭沂那張臉，再看這位，確實有些不夠看了。
月楹果斷找了根筷子來，在他唇齒間尋了個空檔撬開他的嘴，直接灌了下去。
要說這人身體素質確實不錯，才過了不久，脈象就有了好轉，只是失血過多，還太虛弱。
月楹糾結了一會兒，又給他餵了一顆丸藥。這是她新研製的補血丹，裡面的藥材可不便宜。
「要不是為了救人……」她有些肉疼，忽然摸到了他身上的錢袋，自言自語道：「救了人，拿些報酬不過分吧？」
月楹打開錢袋，裡面總共有五、六兩碎銀子和一塊令牌。
令牌背面有隻奇怪的鳥，鳥眼睛是用藍色琉璃鑲嵌的。月楹掂量了下這塊令牌，比一般鐵製品要重，看不出是什麼材質的。
「怎麼有些眼熟？」她滿腹疑問。怎麼好像在哪裡見過這個圖案，是在王府見過嗎？
月楹將銀子和令牌都塞進了自己兜裡，打算拿這令牌問問明露，打聽下這個男人身分，若真是什麼危險人物，得趕緊遠離些。

服下補血丹，男人的臉色看起來好轉了不少。

接近傍晚的時候，男人終於有了動靜。

凌風只覺自己被一片混沌包裹，被無盡的黑暗吞噬，被困在一個地方，又冷又餓又渴，嗓子疼得厲害。

倏然間，乾疼的嗓子淌過一陣溫熱。是水！有人在給他餵水！

凌風意識漸漸回籠，掙扎著睜開了眼睛。

「喲，醒了。」月楹驚訝於他驚人的體力。即便有她的補血丹，旁人受了這麼嚴重的傷，定要昏迷上一、兩日的。

凌風張了張嘴想開口說話，卻發現渾身沒有一點力氣。

月楹看出了他的意圖。「你現在還很虛弱，最好別說話。想知道什麼，我都會告訴你的。」她清了清嗓子。「我叫月楹，是個大夫。今日上山採藥時遇見了你，我知道你是與人打鬥受了傷，那裡的痕跡我替你清除了，現在這裡很安全，你不必擔心。至於你什麼身分，我不知道，我也不想知道。聽懂便眨兩下眼睛。」

凌風眨了眨眼。原來是個醫女，自己也算是命大，被凍了一夜沒死又遇上了好心人。

月楹道：「這段時間你可以在這裡養傷，但是要付銀子。你錢袋裡的銀子已經抵了醫藥費，還有些不夠。」一粒補血丹至少能賣十兩銀子。

凌風看向她。既然看見了銀子，想必也看見了令牌，這姑娘知道他是飛羽衛怎地一點反應都沒有？尋常百姓見了飛羽衛，不是退避三舍就是戰戰兢兢。

「把藥喝了。」月楹問：「能自己喝藥吧？」她已經習慣性地拿起了竹筷。

凌風瞥了一眼筷子，又望見地上還有幾根折斷的筷子，瞬間了然。怪不得總覺得後牙隱隱作痛。

第二十九章

月楹看見了他的視線，坦然道：「你不張嘴，無奈之舉，勿怪啊。」

凌風心道，這姑娘看著文弱溫柔，做出的事情卻果斷粗暴。

他乖乖喝了藥，月楹在收拾東西。這麼晚了，她也該回去了。

她揹起藥箱，囑咐他。「你至少要五日後才能下地，最好不要強行運功。你在這裡的這幾日，我會讓人給你送飯送藥，你若想走，隨時可以。我不清楚你的身分，你也別想著傷害我。你身上有我下的毒，一月後發作，若我們相安無事，我自會給你解藥。」

凌風抬頭。好謹慎的姑娘！

下毒這事當然是誆他的，自在褚家出了那檔子事後，月楹是想弄些毒粉、迷藥什麼的自保，但毒藥也貴啊，她做了補血丹就沒錢買製毒的藥材了。

月楹先去找了一趟夏穎，讓她給山上那人送東西，只說是有個孤僻的病人，交代完一切，她才回了王府。

臨近年關，王府上下也忙了起來，置辦起新年用物，給大家裁新衣、貼春聯、掛燈籠，到處都是紅通通的，洋溢著過年的喜慶，除舊布新，拜神祭祖。

明露坐在窗前，手裡正拿著一個繡繃，繡得認真。

明露難得有這麼安靜的時候，月楹湊過去逗她。「這布料的顏色似乎是給男子用的，明露姊姊是送給誰啊？」

明露臉一紅。「明知故問。」

月楹笑起來。「季同哥哥若是收到這個香囊啊，一定日日佩戴在身上，晚間還要放在枕頭底下藏著。」

季同是王府的一個管事，年紀輕輕就管著好幾間鋪子，也是明露的未婚夫。

明露被她調侃得有些羞赧。「妳這丫頭，也敢捉弄起我來，看我教訓妳！」說著就去捏月楹的腰間肉。她往後躲著，連連求饒。「好姊姊，不敢再說了！」

歡笑一陣，明露又拿起繡繃。「妳有空說我，不如想想自己。」

「怎麼？」

「做個香囊、荷包什麼的，送心上人啊！」

月楹輕笑。「別說我沒有心上人，便是有，我那繡花的本事，還是算了吧。」扎針她會，繡花針是真不會用。

兩人正聊著，外頭來了人喊她們去做事。

新年伊始，因睿王妃有孕，有些事情都派給了底下人去做，開年事情又多，難免會有手忙腳亂的時候，各院的大丫鬟都被借去分派了事情，月楹與明露也不例外。

眾人都到了蒺藜院。睿王妃的肚子越發大了，五個月已經小腹微凸，睿王爺小心得與易碎的琉璃一般，勞心勞累的事情都不讓她做。

睿王妃只看看年禮單子，他便說：「仔細眼睛少看些。」

睿王妃只好把年禮單子遞過去。「行，那你來。」

「這……還是程兒來。」各府錯綜複雜的關係，他一個只知道打仗的粗人哪裡能搞清楚這些。

睿王妃見他終於老實。「別添亂。」

睿王妃看過單子，大抵有了數，給哪府哪位回什麼禮，哪些不能收，通通列了明細，然後吩咐底下人去辦。

月楹接到的活還挺輕鬆，不用跑遠路，就在隔壁，給二房送年禮，與她同去的還有水儀。

她與水儀並不熟悉，因為明露的緣故，對水儀並沒有十分好的印象。水儀也不怎麼樂意搭理她，月楹也就懶得與她打交道，反正只是合作送個東西。

兩人帶著東西來到二房處，寇氏的丫鬟將她們帶到寇氏的臥房。

丫鬟道：「二夫人不在房中，還請兩位姊姊稍等。」

畢竟是代表王府送來的東西，寇氏得親自接了才算全了禮數。只是左等右等都不見人，帶路的丫鬟也有些急，留下一句話便出門尋人去了。

丫鬟走了沒多久，水儀放下東西，說了句。「妳看著東西，我要去解個手。」月楹應了聲，便獨自在屋內等。

約莫沒多少時候，寇氏與水儀先後回來了。睿王府的年禮年年都是差不多的，寇氏都收膩了，卻也得陪著笑，笑盈盈地把人送出門。

寇氏今日心情煩躁，沒空做表面功夫，讓她們倆放下東西就走。

蕭汾這個不省心的，大過年的還給她惹禍，正經媳婦不娶，偏看上了個粉頭，鬧著要銀子給她贖身，還要納人為妾。寇氏怎麼可能答應？他們家可是王公貴族，即便是納妾也得是身家清白的。

寇氏剛去罵了兒子一頓，但蕭汾顯然還沒有死心。寇氏想著火氣又開始上湧，幸好小兒子蕭湉來找她，才讓她平息了一會兒怒火。

小兒子可是讓她在娘家親戚面前長臉的，她怎麼看怎麼歡喜。

晚間，寇氏卸去釵環，正準備上床歇息。她看著梳妝檯，問了聲。「我的荷花攢絲金簪哪兒去了？」那支金簪雖不是什麼頂貴重的東西，但卻是蕭二老爺第一次送她的生辰禮，她幾乎日日都要戴。

丫鬟翻找了一番。「夫人，怎麼沒有啦？」

寇氏道：「再到處找找，讓所有人都去找！」

滿院子的人開始搜索，結果遍尋不著。

丟了金簪，寇氏的火徹底壓不住了，使勁一拍桌子。「誰敢偷我的東西！」

下人們撲通一聲跪倒在地，喊叫起來。「冤枉啊，夫人，誰敢拿您的東西呀，咱們可都惜命！」

寇氏一想也是，這些人最少的也在自己身邊伺候過兩年，沒必要為了一支金簪犯險，又問：「今日還有誰來過我的院子？」

丫鬟道：「只有王府來送年禮的丫鬟。」

寇氏像是捉住了睿王妃什麼把柄般，立馬站起來。「好呀！王府也有手腳不乾淨的人！」氣勢洶洶地往王府去了，到了睿王妃面前，她將來龍去脈一說，冷笑道：「嫂嫂懷孕辛苦，疏於管教下人也不足為怪。」

「弟妹可不要空口白牙誣衊人，說話是要有證據的。」睿王妃可不是任她拿捏的軟柿子。

寇氏道：「想要證據？那容易，一搜便知，想來這麼短的時間，偷東西的人還來不及銷贓。」

「妳要搜我睿王府？呵，不可能！」

寇氏笑得不懷好意。「嫂嫂這麼攔著，可是怕我真搜出些什麼來？」

睿王妃道：「只是覺得可笑，我睿王府的人，還會惦記妳一支金簪嗎？」

一直在睿王妃身後的水儀突然開口。「王妃，奴婢願意自證清白。左右清者自清，二夫人即便是搜了，也搜不出什麼來。去過二夫人院子的，只有我與月楹，那只要搜我們倆的屋子便可。」

「水儀——」

睿王妃的話被打斷，寇氏道：「嫂嫂，妳這丫鬟，可比妳通情達理。」

睿王妃實在不想與寇氏多加糾纏，水儀既然願意，她不好再多說什麼，寇氏今天明顯沒想善罷甘休。

寇氏鬥志昂揚地搜了水儀的院子，當然，並沒有搜到金簪。

「可有妳的金簪？」

寇氏臉上一凜。「嫂嫂別急，還有一個人呢。」

眾人便又往蕭沂的院子裡去。睿王妃身子笨重，想著有兒子在，也出不了什麼亂子，便沒有跟著去。

月楹看著這一群人闖進了浮槎院，全然不知發生何事。

明露站在她身前。「二夫人，擅闖浮槎院，是沒將世子放在眼裡嗎？」

寇氏得意道：「我今日來，可是嫂嫂允准的。」

寇氏身邊跟著水儀，明露不悅地問：「怎麼回事？」

水儀便將寇氏丟了金簪的事情說了一遍。「我去解手回來，二夫人已經在屋裡了。」

明露反應過來。「妳的意思是，月楹有單獨待在屋裡一段時間？」

「是。」

明露忍不了了。「水儀，妳這是什麼意思，不明擺著說東西是月楹拿的嗎？」

水儀淡淡道：「我可沒這麼說，只是實話實說而已。」

「妳……」

「明露姊姊！」月楹見兩人快要吵起來，忙拉住明露。「別衝動。」她上前一步。「二夫人想搜便搜，奴婢沒有什麼見不得人的東西。只是諸位下手時小心一些，萬一打碎了奴婢的東西，二夫人會賠的吧？」

「妳能有什麼貴重的東西，給我搜，打碎了我擔著。」寇氏料定東西就在月楹這裡，這番話就是在威脅她。

月楹就是怕那套蒸餾器具被毀，其餘也沒什麼。

幾人搜尋了整個屋子，連明露的東西也被翻找了一遍。「夫人，沒有。」

「這裡也沒有。」

「夫人，這裡有個帶鎖的小櫃子。」

目光觸及那櫃子，月楹的記憶回籠。糟糕，那東西一直放在裡面，她都忘了處理！

寇氏冷眼看著她。「打開。」

月楹頓了頓，捏緊掌心。「裡面只有一件衣服罷了，沒什麼好看的。」

「一件衣服還用上鎖？」寇氏顯然不信。

水儀也跟著勸了句。「月楹，既是一件衣服，給二夫人看看也無妨。」

月楹想著蕭沂的囑咐，遲遲沒有動作。

寇氏將她的猶豫當成心虛，覺得金簪就在櫃子裡。「快些打開，不然就一斧子劈了！」

「二嬸這是要劈誰？」蕭沂的聲音，冷冷地從外面傳進來。

第三十章

蕭沂身形頎長，外罩一件雪白狐裘，狐裘上還有未化的雪花。

「不知我這丫鬟做錯了何事，惹得二嬸這般不快？」他語氣平和。

寇氏道：「你的丫鬟偷了我的金簪。」

蕭沂瞥了月楹一眼。「可有證據？」

寇氏頓了頓，指向那帶鎖的木櫃。「她一直不肯打開木櫃，必有蹊蹺。」

蕭沂閒適地坐下來，把玩起了腰間玉珮。「那就是說，二嬸沒有證據。」

寇氏不悅地皺起眉。「只要打開了木櫃，證據自會有的。」

蕭沂笑起來。「倘若沒有呢？」

「沒有……沒有那便不是她偷的。」寇氏腦子裡壓根兒沒有這個選項。

蕭沂漫不經心摘下玉珮。「月楹，過來。」

月楹不知蕭沂喚她為何，乖乖走到他身邊。「世子有什麼吩咐？」

「賞妳。」蕭沂將玉珮輕輕拋給她。

月楹穩穩接住，深吸了一口氣。這翡翠玉珮是能扔的嗎？她沒接住掉在地上怎麼辦?!

這一個玉珮，贖身的銀子和開醫館的錢都有了。

月楹手裡的這塊玉珮通體冰透，是一塊高冰種的翡翠，還飄著雪花棉，雕刻這塊翡翠的人更是名家，總的來說價值不菲。

寇氏的臉色紅一陣、白一陣。蕭沂此舉，無疑是在打她的臉！她的金簪再貴重，比起這塊玉珮是不夠看的。

俗話說，黃金有價玉無價。蕭沂的意思便是，他都能把這麼貴重的玉珮賞給下人，他的丫鬟又怎會去貪圖她的金簪？

寇氏面上無光，鐵了心要月楹打開櫃子，即便裡頭不是金簪，也定是什麼見不得人的東西，否則這丫鬟不會這麼緊張，她丟了臉，別人也別想好過！

月楹瞟了眼蕭沂。那件衣服沾了血跡的地方都被她剪掉了，如今只是一件殘破的衣服而已，給大家看倒是沒什麼，就是怕蕭沂責罰。

如今箭在弦上，月楹捏著鑰匙走到了木櫃前。

水儀走過來。「妳若有不便之處，我可代勞。」

月楹側頭。「不必，我自己來。」說著便打開了櫃子。

寇氏伸著脖子看，一臉急切，哪裡還有個官家太太的端莊樣。

櫃子裡靜靜地躺著一件衣服。

月楹將衣服拿出來，為表示裡面沒有夾帶，抖開展示在眾人面前。

蕭沂目光掃過那件眼熟的衣服，眸光閃了閃。

「二夫人可看清了，可有您的金簪？」月楹語氣平淡。

聽在寇氏耳裡，卻顯得極其刺耳。「一件破衣服而已，妳如此緊張做甚？」

「這衣服是世子說了要丟棄的，奴婢瞧著除了肩膀上有破損，縫補一番還是能穿的，便沒捨得扔，只是到底違抗了世子的命令。」她的解釋合情合理。

寇氏鬧了老半天，小偷沒抓到，自討了一番沒趣，本是來洩火的，結果適得其反，裝了一肚子氣回去，走得心不甘、情不願。

蕭沂站起身，看向月楹。「跟我過來。」

月楹抱著衣服，暗叫不好。他肯定生氣了，自己這點小事都辦不好。

蕭沂回屋。「妳解釋解釋，這件衣服，為何還會在府中？」

月楹怯怯抬頭。「這……奴婢從前沒有處理過這些事，不知該如何做。」

「燒了，或是挖個坑埋了，或是帶出府，法子多得是。」

月楹當然知道有很多辦法，但最致命的一點是，她……忘了。

「奴婢知罪。」

蕭沂看她認錯爽快，驀地道：「妳不會是將衣服鎖進櫃子，然後忘了吧？」

月楹猛地抬頭，下意識否認。「當然……不是。」

蕭沂被她氣笑，還真是忘了。

「奴婢馬上處理了這件衣服！」她忙著將功補過。

蕭沂把她喊住，眉眼帶笑道：「別扔了，這衣服與妳有緣，便由妳將它補好。」
「啊？」月楹訝然。「世子要不換個人，奴婢不善於針線。」要她扎針行，拿繡花針，還是饒了她吧！
蕭沂挑了挑眉。「是嗎？那更好，正好磨鍊一下繡活。」
月楹一噎。「奴婢……遵命。」
蕭沂看見她鼓起的腮幫子，明晃晃地訴說著她的不滿，不自覺笑起來。這丫頭時而精明得可怕，時而又蠢得有點……可愛。
「等等。」
月楹轉身。「世子還有吩咐？」
蕭沂朗聲道：「玉珮留下。」
「不是賞奴婢了嗎？」月楹掙扎了下。
「妳想得美。」
小氣！
月楹抱著衣服回屋，朝明露撒嬌道：「明露姊姊，妳要幫我……」
「怎麼了？」明露關心。
月楹道：「世子要我把衣服縫補好，可我的手藝，妳也知道。」
明露也無奈。「我若幫妳，世子一眼便能瞧出來。」她從櫃子上拿了一本繡花的紋樣圖集。「妳找找裡面有沒有妳能繡的。」

她翻找了一圈，難度對她來說都太高。又翻過一頁，她的目光停住，嘴角漾起笑。

月楹想，這件衣服蕭沂應該不打算穿出門了吧，繡上去違和又怎樣，左右他只說縫補好，沒說要好看。

她打定主意，找明露借了針線，開始動手。

縫補衣服不是一天、兩天的事情，蕭沂不催，月楹也不主動提。

這幾日已不下雪了，開始化雪，是最冷的時候，明露把自己裹得嚴嚴實實。「隔壁今天又鬧起來了？」

「金簪的事情還沒完？」

明露笑了下。「且有得鬧呢！」

那日寇氏回去，將全府上下全搜了一遍。她在王府丟了醜，氣憤上頭，放話道找不到金簪就讓全府下人都挨板子。

有個小廝實在頂不住壓力，全都招了。原來是蕭汾去青樓沒了銀子，他近日花銀子太快，連一向心疼他的老王妃都不肯給錢，蕭汾便動了歪心思，偷他娘的首飾。他還特地挑不起眼的小件，沒想到那支金簪那麼重要。

小廝是蕭沂的貼身侍從，親眼見到蕭汾將東西當了。

寇氏簡直要氣死。查來查去，竟是家賊！

寇氏下了死力氣教訓蕭汾，蕭汾慣會賣乖，一路往老王爺、老王妃院子裡跑，那場面可好看了。

月楹笑道：「左右這火燒不到咱身上。」

「說得是。」屋外太冷，明露扛不住，呼出的氣都變白，不一會兒便進屋了。

月楹低頭掃著門前的積雪。在屋裡久坐不利於健康，還是得多動一動。

「鏘——」

從她懷裡，突然掉落出一個東西。月楹定睛一看，是那男人的令牌，這掉落的聲音好奇怪，也不知是什麼材質。

她正想彎腰去撿，有一隻大手卻比她更快。

「這東西怎麼會在月楹姑娘這裡？」燕風臉色微變。

這是飛羽衛的令牌，而且是飛鵠令，只有四塊。乘風與夏風都不可能出現在京城，他的在自己身上，唯一有可能的就是凌風了。

月楹面不改色。「撿的。」

燕風有些激動。「哪裡撿的？撿到時附近還有什麼人？」

月楹看他神情，確信燕風認識這塊令牌。那個男人，燕風也認識嗎？與燕風會是什麼關係，是敵是友？

月楹踟躕著要不要說實話。「這……很重要嗎？」

「當然！」凌風失去消息多日，他不回來，證人也不知下落，耽誤了事情還是次要，燕風需要確定他是否安全。「還請月楹姑娘告知。」

月楹緊握著掃把。「我能問問，這令牌的主人是什麼人嗎？」

燕風一頓。凌風的身分不是秘密，秘密的是他自己的身分，但這要不要告訴月楹，就不是他能決定的了。

燕風把月楹帶到了蕭沂面前。

蕭沂盯著桌上的飛鵠令許久。「上面有血跡，他受傷了？」

月楹答道：「是，受了很嚴重的傷。」

「妳救了他。」蕭沂抬眸看向她，語氣是肯定的。

觀蕭沂的反應，似乎並沒有對她救的那人有敵意，她便簡略說了說救人的事情。

「他應該是被人追殺，我在樹林裡發現許多黑衣人的屍體，林中有纏鬥的痕跡。他失血過多又凍了一夜，許是命不該絕，讓我遇上了。」

蕭沂拿著令牌。「救個來歷不明的人，妳膽子倒是大。」

月楹仰起頭。「奴婢也害怕，只是不好見死不救。」

蕭沂指尖摩挲著令牌，玄鐵觸感冰涼。她總有這麼多莫名其妙的善心，是醫書看多的後遺症嗎？

「他在哪裡？」

「城郊山上的竹屋裡。」
「帶路。」
月楹應聲，隨即幾人套車出門。
馬車上，她猶豫再三還是問了。「世子，那人是誰？是王府的人嗎？」
蕭沂道：「我的屬下。」
他的屬下。這話就有些微妙了，按理來說，他的屬下也是王府的人，但蕭沂卻跳過了這個問題。
月楹之前一直懷疑蕭沂還有別的身分，現下有些確定了。不過這些不關她的事，她只要知道那人對蕭沂沒有威脅就行。
燕風加快了速度，幾人沒多久就到了城郊。
山上不好走，馬車上不去，三人便改為步行。幸好蕭沂與燕風不是什麼嬌滴滴的身子。上了山，月楹如同回家一般，輕車熟路，步履輕鬆。
未幾，竹屋已在眼前。她正打算推門，蕭沂出聲道：「妳在外面候著。」
月楹抿抿唇，懂了，接下來聊的事情她不能聽。
蕭沂與燕風進門，卻見屋裡空無一人。
蕭沂沈聲道：「凌風，出來吧。」
話音落下，地上出現一個身影，單膝跪地，刀尖抵著地。「指揮使！」

凌風察覺到來人不只月楹時便躲了起來，不想竟然是指揮使。

「你身上有傷，不必多禮。」蕭沂眉眼低垂，周身氣勢陡然冷下來，面色嚴肅。

燕風上前把人扶起。「可算是找到你了。你這幾天都在這裡養傷？」

「是，多虧岳姑娘救了我。蕭浴的人下了死手，還請了江湖人參與。我身上飛羽信用盡，無法遞出消息，只好先養傷。」凌風又跪下來。「屬下失職，請指揮使責罰！」

「證人呢？」

「安置在城外驛站地窖中。」

蕭沂手扶著椅背。「既然人沒丟，責罰就免了。」

「多謝指揮使。」

蕭沂問道：「傷勢如何？」

凌風道：「岳姑娘醫術極佳，屬下的傷已經好得差不多，今日就能行動自如。指揮使不來，屬下也打算回去報信。」

「岳姑娘？」蕭沂唸著這幾個字。「你喚她岳姑娘？」

「有什麼不對嗎？」凌風怔了怔，才想著問：「指揮使，您是怎麼知道我在這裡的，還與岳姑娘一道來，您認識岳姑娘？」而且還是沒戴面具就來了。最後這句，凌風沒敢說出口。

燕風想開口解釋，卻被蕭沂眼神制止，只好將張開的口又閉上。

蕭沂沒有回答他，只將令牌丟給了他。「傷好了就回飛羽衛。」

凌風接下令牌。「是，但……」

「怎麼，捨不得走？」蕭沂目光不善。

凌風連忙道：「不是，不是。岳姑娘給屬下下了毒，屬下得向她拿解藥。」

「下毒？」

「是，岳姑娘說她一個女子，並不確定我是好是壞，下毒為求自保，我若沒有傷害她，她自會給我解藥。」

蕭沂微微翹起嘴角。確實是她能幹出來的事。

蕭沂道：「解藥會給你的。」

「還有……」

「還有什麼事？」他不耐。

凌風也有些不好意思。「屬下還欠岳姑娘銀子，是醫藥費和食宿。」

蕭沂抿唇。還真是一點虧也不能吃。

燕風沒忍住笑出了聲。「月楹姑娘的銀子，是該給。」

外頭的月楹也沒閒著，整理起了曬在這兒的草藥。夏穎定時會過來替她照看，竹屋雖偏僻，倒也整潔。

竹門吱呀一聲打開，蕭沂負手踱步而出。

他偏頭看去。月楹在不遠處侍弄草藥，不為外物所擾。她今日一身簡單的遠山藍上襖，配著月白馬面裙，秀髮綁成一根麻花辮，乖順垂在耳邊，恬淡溫柔，額頭偶有幾縷不聽話的碎髮翹起，平添幾分俏皮。

她神情認真，連蕭沂走到身邊也不知。

月楹的視線裡出現一雙長靴，才抬頭。「世子都處理完了？」

「嗯。」蕭沂坐下來。「解藥。」

月楹一愣，隨即反應過來。「他沒中毒，我唬他的。」

蕭沂漆黑的瞳孔染上一絲喜色。「騙他的？」能騙得了四大飛鵠的，她還是第一個。

「我不知其來歷，自然要防著點。萬一碰上個東郭，豈不自討苦吃？世子之前不也說讓我長個心眼嗎？」

蕭沂欣然道：「是該吃一塹、長一智。」

月楹問：「世子是要將人帶走嗎？」

「他自己會走。」蕭沂道：「他欠妳多少銀子？」

月楹倏地抬眸。她還以為這醫藥費要不到了呢，剛想開口，蕭沂又道：「不許獅子大開口。」

「奴婢在您心裡是這樣的人嗎？」月楹忿忿不平。她怎麼就會獅子大開口了！

蕭沂笑起來。「我可記著前幾日有人拿著我的玉珮不肯還。」

這人怎麼顛倒黑白？她還沒說他小氣，他倒先指責她不肯還東西。月楹氣鼓鼓的，朝他伸出手。「五兩銀子！世子要替他給嗎？」

她伸出的手掌，潔白細膩，食指與中指交界處微微有老繭。

蕭沂眼神暗了暗。他身為世子，出門一般是不帶錢袋的。

那廂，燕風二人剛從屋裡出來。蕭沂的眼神看過來，燕風忽覺有些不對。

「燕風，給她五兩銀子。」

凌風拍拍他的肩。「謝了，兄弟！」

回城的馬車上，依舊是他們三人，與出門時不同的是，燕風的錢袋癟了，月楹的錢袋滿了。

蕭沂在閉目養神，長而翹的睫毛如鴉羽，光照進來，在他的眼瞼上留下一片陰影。

即便看了這麼久，他的容貌依舊看不膩。蕭沂的三庭五眼生得很標準，有美人標配的一雙丹鳳眼，搭著挺而翹的鼻子，五官深邃，骨相極佳。

「看什麼？」

許是她的目光太過強烈，蕭沂睜開了眼，黑曜石般的瞳孔閃過一絲光。

月楹有些不知所措。「看……看相！」

「還會看相？」蕭沂饒有興致。

月楹道：「略懂，略懂。普通人的相也許不會看，但世子您這面相是極容易看的。一看就是貴極人臣，大富大貴的相貌。」

「繼續說。」蕭沂一聽就知道她又在瞎編，但看她抓耳撓腮，是他的樂趣。

「啊？」月楹摩挲著下巴。「相書是許久前看的了，有些記不太清了，您容我想想。」

正想著該怎麼編下去之際，馬車突然停下。

只聽「撲通」一聲，緊接著有人喊道：「不好了，有人落水了！」

「快救人啊！」

月楹掀開簾，燕風稟報道：「有個書生掉下去了。」馬車正要過橋，因有人跳河，本就擁擠的橋面擠滿了人，寸步難行。

又一聲高喝。「救上來了，救上來了！快送醫館啊！」

這書生運氣不錯，跳下去時，下面正好有一艘畫舫經過，立即就有人將人撈了上來。

月楹聞言坐不住了，看了眼蕭沂。

兩人目光相接，蕭沂不假思索。「去吧。」

「是。」她應聲，隨即跳下馬車，一路擠開人群。「讓讓，我是大夫！」

河岸上有人在給書生施救，只是不得要領，書生沒一點反應。月楹小跑過去，只見書生渾身濕透，額髮遮掩了面容，狼狽不堪。

「我是大夫，大哥您讓一讓。」

施救的漢子看了她一眼。「小丫頭是大夫？」

氣管進水是爭分奪秒的事情，月楹懶得與他詳細解釋，拔高聲音道：「大哥快讓一讓！」

她一臉焦急，生怕錯過救治時間，燕風突然出現，一把拉走了漢子。

月楹立馬占據最佳位置，開始按壓胸部。每按一下都用盡了全身力氣，不一會兒，額頭便出現了細汗。

「姑娘，妳這是要把人按死啊！」

「小姑娘逞什麼強！」

有人上來想拉月楹，都被燕風擋住。

蕭沂走到她身邊。「妳繼續，其餘諸事有我。」

「嗯。」月楹忽略耳邊的聲音，繼續按照自己的節奏按壓著，又做完一組，這書生終於從喉間嘔出一口水來。

「活了！」

「真的醒了，這姑娘是神醫啊！」

書生悠悠轉醒，只覺胸口疼得厲害。

方才救人的漢子道：「小兄弟，是這位姑娘和船伕救了你，你可得好好謝謝人家。」

哪知這位書生全然沒有感激之情，反而一臉怨恨。

「你們救我做什麼？讓我乾乾淨淨去了。世道艱難，竟連死也死不了嗎？」書生看著是及冠的年紀，說著竟當眾落下男兒淚。「我活著還有何用！」

那船伕道：「早知你不是失足落水，就不救你了！晦氣！」

圍著的眾人也都紛紛散開。活不下去的投河之人比比皆是，沒什麼好看的。

月楹對這種蔑視生命的人十分鄙夷。「你堂堂七尺男兒，又沒斷胳膊斷腿，怎麼就活不下去了？」

書生沒有說話，只動手撩開了額髮。「姑娘，妳看。」

月楹朝他額頭看去，睜大了眼。他額頭上，竟有個銅板大小的包！

「我名羅致，是今歲的趕考學子，寒窗苦讀十年，好不容易才能來京城參加春闈，卻在趕考的途中，額頭上生出了這個東西。」

面容有損者不得科考，這是自古的規定。

「這東西長哪裡不好，偏偏長在了頭上。我遍尋名醫，得知是個瘤子，於性命無礙，但開刀取瘤必會留疤。」

取不取都是一樣的結果，羅致回憶起讀書吃過的苦和父母受的罪，他除了讀書什麼都不會，不科考還能如何？頓覺人生無望，走到這橋頭，萬念俱灰，才想一死了之。

「糊塗！你尚有高堂，若真這麼死了，誰奉養他們?!」月楹罵道。

冷風一吹，羅致濕透的身子打了個戰慄。提起父母，他眼神裡有著哀痛，掩面痛哭起來，涕泗橫流。

月楹不曾見過一個男子哭成這樣。「不科考，你又不是殘廢，回鄉下教書，走街串巷賣力氣，只要捨得下臉面，總能有機會活下去。讀書人有傲氣，也不是你這樣的用法，遇上一點挫折就哭，你這樣即便當上了官，也不會是個好官！」她罵了一連串才覺爽快。

羅致第一次被個姑娘罵得面紅耳赤，偏她說得還十分有道理，他一句都反駁不了。

「姑娘罵得對。」若是名落孫山，他還能安慰自己是努力過了，但就這樣回鄉，他不甘心，他不甘心啊！

月楹站起來問他。「可還想死？」

羅致良久無言。冰冷河水入喉時，他不是沒後悔過，窒息的感覺不好受，真的面對死亡時，他害怕了！

羅致渾身冰冷，定了定神，搖頭道：「不想。」這姑娘說得對，一死固然簡單，家中雙親又該如何，他怎忍心讓白髮人送黑髮人？

月楹露出個笑。「不想死就行。你這個瘤子，我能治，不留疤的那種。」

羅致抬頭望向她，拽住她的衣裙下襬，像溺水的人抓住了最後一根救命稻草。「姑娘說的……可是真的？」

月楹拍拍他的手背。「當然。」

「如何治、怎麼治？」

月楹緩緩道：「能治，但不是現在。七日後，你去城裡秋暉堂醫館找岳姑娘。」她還需要一些工具。

羅致叩謝。「多謝姑娘、多謝姑娘！」

月楹受了他的禮。「快回去換衣服吧，記得喝些薑湯祛寒，不然我怕你沒等到我，反而因風寒去世。」

羅致有了希望，一改之前的頹廢，立馬從地上爬起來。「我定會好好等著姑娘的！」他再拜，也拜蕭沂和燕風。「多謝兄臺搭救。」

蕭沂頷首回禮。

羅致離開，月楹長吁一口氣，神情輕鬆，眉目舒展露了個釋然的笑，轉身卻見蕭沂目光灼灼。

她摸摸臉，睜著一雙單純無辜的大眼。「我……臉上有東西嗎？」

蕭沂有一瞬的失神，輕咳了聲。「回府。」

與此同時，有個消息傳遍京城，南興侯嫡女褚顏在進香的途中失蹤了。

第三十一章

綁架褚顏的山匪很快被抓，但褚顏已失去了清白。

「咱們的人趕到時，已經遲了。」

蕭沂平淡地聽著回稟。「釜底抽薪，不像是老五會做的事。」蕭澈做事，向來都喜歡給自己留一條後路。

他輕嘆了聲。沒料到蕭澈會做得這麼絕。一個不清白的姑娘，皇家不會要這樣一個皇子妃，即便是御賜的親事，蕭澈也能名正言順推了。南興侯府識趣，就該自請退婚。

「啪——」

蕭澈甩了梁向影一個巴掌。「誰讓妳毀了褚顏的清白?!」

梁向影不可置信。「澈哥哥，你居然……你居然為了那個醜八怪打我！」

蕭澈恨不得打死這個蠢貨。他本意只是擄走褚顏，並未打算動她。呂家的那個孫女還不能確定是不是真的，但他若退婚，為防止皇帝懷疑，褚顏出事必定要在呂家的宴會之前。

呂家孫女如果為真，他可藉著由頭退婚；如果是假，褚顏並未失去清白，他還可以演一出深情款款不負卿的戲碼。

可現在這一切，都讓這個蠢女人毀了！

梁向影尖聲道：「澈哥哥，我是在幫你啊！褚顏完好無損地回去了，褚家不肯退婚怎麼辦，我都是為了你著想啊！」

蕭澈煩躁不已。倘使沒有收到已經確定了呂家孫女是假的消息，他還能安慰自己。幸好那證人已經找到，如今這局面，呂家找回來的那位，即便是真的，也只能是假的！

他得不到的，也不會讓老九輕易得到！

「沒有褚顏，還有呂家那個小孫女呢！」

梁向影吵得他頭疼。

「夠了！」蕭澈吼道。

梁向影眼淚立馬就蓄滿了眼眶。「澈哥哥，你從來都不凶我的。」

蕭澈忍著惱火。若非梁向影還有用，她早就是一具屍體了。蕭澈也不懂葉黎究竟看上了她哪一點，美貌的皮囊嗎？

「影妹妹，我並非這個意思。妳莫要生氣，剛才一時情急。」蕭澈淡聲哄著人，撫上她臉頰。「打疼了嗎？我該死，真該死，怎麼就沒控制住自己的脾氣。」

說著裝模作樣打了自己幾巴掌，梁向影馬上就心疼了，抓住了他的手。「澈哥哥，我原諒你了，別打。」

蕭澈攬著人，直到哄著她高興了才離開。臨走前，他說了句。「呂家的春宴，妳就別去了。上次葉府的事情影響太大，妳還是避避風頭為好。」

呂家的春宴，就是為了將呂七娘介紹給眾人，讓大家都知道呂家的小孫女找回來了。春宴他都安排好了，絕不能出問題。

呂家與褚家兩府姻親，一家愁雲慘霧，一家喜氣洋洋，何其諷刺。

蕭澈走後，丫鬟如兒拿來冰塊。「姑娘，敷敷臉吧，五殿下下手也太重了。」

梁向影接過冰袋，捂著臉，勾唇笑起來。「不，這一巴掌，很值得。」

她愛蕭澈，也知道蕭澈最愛的不是她，是那至高無上的皇位。如今她名聲盡毀，蕭澈娶她的可能就更小了。

褚顏是御賜的五皇子妃，背後又有呂家，蕭澈以為幾句好話就能讓她相信皇后的寶座是她的？她沒那麼蠢。

褚顏是對她最有威脅的一個人，所以必須除掉。能配得上蕭澈的，只有她。

褚顏清白被毀，就算蕭澈想後悔，梁妃也不會同意。京城裡適齡的沒幾個，而她是最合適的……想到這裡，梁向影低低地笑起來。這一巴掌，簡直太值了！

「南興侯府那位，聽說投河了。」明露嘆道。

月楹追問道：「救上來了嗎？」

「救回來了，但有什麼用呢？好好的姑娘，一輩子都毀了。」

月楹道：「她才十幾歲，一輩子才剛剛開始，發生了那般事，又不是她的錯。」

「這話有理。」

有理卻堵不住眾人的悠悠之口，在這清白比命重的時代，褚顏一個小女子怎能承受得了閒言碎語。

月楹也只能在內心嘆幾聲可惜。

「那幾個糟蹋人的蟊賊還沒抓住，這幾日亂烘烘的，飛羽衛在到處尋人，還是少上街為妙。」飛羽衛的一個都衛是褚家的人。

「飛羽衛？是街上那些穿著黑衣的人？」月楹上街時見過幾回，路上人遇見了這些人都避之唯恐不及。

她沒瞧出什麼不同來，有一回直愣愣站在路邊，還是一個大嬸拉了她一把，說不要惹這些煞神。

「是，飛羽衛身上都有一塊令牌，見著有這令牌的人，記得躲遠點。」明露抬手就畫了令牌在紙上。

月楹看清圖案，倒抽了一口氣。怎麼與凌風的那塊令牌這麼像！

明露已經開始給她說明飛羽衛的種種事跡。飛羽衛是皇家親衛，擁有大雍最大的情報網，無人知道他們會在哪裡，一旦出現，便意味著有大事發生。

「尤其是那個指揮使，非常神秘，聽聞除了皇上，誰也不知其身分。」

月楹腦中天人交戰。如果凌風是飛羽衛，蕭沂又知道他的真實身分，卻還是說凌風是他的屬下，那蕭沂豈不也是？

蕭沂無官無職卻時常受皇帝召見，這本就不合常理，還有燕風也是見到那塊令牌才有反應。那蕭沂的身分豈不就是……

不能細想，只有聖上知道的事情能被她那麼容易猜出來？還是說，蕭沂只是以為沒有與她一個丫鬟保密的必要？

這夜，月楹沒有睡好，她得出的結論就是，路邊的人，還是不能亂撿！

立春到，枯黃的樹枝抽出新芽，小草頑強地從地底下探出頭來。

這七天，羅致日日都如熱鍋上的螞蟻般，吃不好、睡不好，祈求著日子快過去，又擔憂那姑娘是否在說大話。

等到第五日，乾脆搬到了秋暉堂旁邊住著。第六日，在客棧輾轉反側，還是忍不住進了醫館。

羅致進門也不找人看診，左顧右盼的。秋暉堂的小大夫看他舉止奇怪，上前問了句。「公子有何事？」

羅致不好意思笑笑，伸著頭看了看別處。「小兄弟，你家醫館有女大夫嗎？」

小大夫道：「我家醫館都是男大夫，沒有女大夫的。」

羅致聞言傻了，撓了撓後腦勺。難不成那日聽錯了？不是秋暉堂，是春暉堂？還是秋寧堂？

羅致不解，又問：「那小兄弟可知，誰家的醫館有女大夫啊？」

小大夫笑了。「這方圓百里的醫館就沒有我不知道的，沒聽說過誰家有女大夫啊。」

羅致急了。「這……這不可能啊？難道那姑娘騙我！」他的一顆心頓時沈到了谷底。他就說那姑娘年紀輕輕，怎會有把握治他這名醫都治不好的病？

他垂著頭，認定被人戲耍，步履沈重地一步一步往外挪。

小大夫見他由喜轉悲，還沒明白發生了什麼事，大概猜到這位公子是來尋人的。女大夫？難道他說的是岳姑娘？

「公子留步，您要找的那位女大夫，可是姓岳？」

羅致驀地抬頭，眼中重燃希望，握住了小大夫的手。「對、對，就是岳姑娘！」

小大夫笑起來。「岳姑娘不是我們這裡的大夫，她與我師父是好友，她來的日子不定，要找她有點困難。」

羅致定了定心神。「岳姑娘讓我明日來尋，我有些著急，想先來問問。」

「公子找岳姑娘看病？」

「是。」

小大夫心中有數，這位公子應是不信任岳姑娘的醫術。「您不必擔心，岳姑娘的醫術啊可是我師父都讚不絕口的，她說能治，就一定能治。」

有他這句話，羅致就像吃了一顆定心丸。當天晚上睡了這幾日來的第一個好覺，一夜無夢。

睿王府，月楹清點好東西，尤其是剛打造好的手術刀。她本還擔心這裡的煉鋼技術效率不高，誰料做出的手術刀與現代的也差不離。

她又想到了那位穿越的先賢。這位同鄉研究出來的東西，真的幫她解決了很多麻煩。

她揹著藥箱出門，門口卻已經停了馬車。駕車的人是燕風，裡面的人不用猜也知道是誰。

修長如玉的手挑起車簾，顯露出美人的半張臉來。「上來。」

月楹抱著藥箱乖乖上車。

馬車上溫暖舒適，車墊都是錦緞細棉，角落處點著炭盆，溫了一壺茶。車廂很大，行走起來卻並不搖晃，蕭沂的邊上擺了一個棋盤，上面零星有些黑白。

「世子要與奴婢一同去？」

蕭沂指尖夾著一枚白子，雲淡風輕道：「不行嗎？」

月楹想拒絕卻找不到理由。「行。」

「坐這兒。」他抬了抬下巴。

月楹挪過去，看著棋盤上漸漸成型的棋譜。這是又要抽查？

蕭沂指尖輕磕在棋盤上。「眼熟嗎？」

月楹點點頭，這局棋她在棋譜上見過。

「繼續。」蕭沂將棋簍移到她面前。「不許有錯。」

這就開始了？不給點課前復習時間嗎？

月楹指尖暗暗用力，似乎試圖捏碎棋子。課前沒有復習的下場就是，聽寫不及格。

「這就是妳打的譜？」蕭沂語調清揚。

月楹抿抿唇。「可能……可能……有那麼一、兩處錯誤。」

「一、兩處？」

「那就……三、四處？」

蕭沂哭笑不得，起碼有七、八處。

她低垂著頭，乖乖聽訓，像個做錯了事的孩子。從蕭沂的視線看過去，正好能看到她的耳後，他清晰地看到了，潔白肌膚上的一點殷紅。

她一側頭，小紅痣跳躍了下，似在訴說不服。

蕭沂眸光幽深。

月楹悄聲問，粉嫩的唇瓣一開一合。「能再給一次機會嗎？」

他嚥了嚥口水。「可以。」

「多謝世子！」她笑起來，杏眸彎成月牙。

下棋下得多了，便能看出下棋者的意圖，打譜也是同樣的道理。

棋局是一個整體，一步錯就可能步步錯。她已經想起來是哪一步出錯，改的時候也不難。

「好了！」她激動地邀功，笑得很甜。

蕭沂瞥了眼棋盤。「用時太長，還能再快些。」

月楹應道：「知道了。」

「不服？」

「沒有。」

蕭沂提起茶壺給自己慢慢倒了一杯茶。「衣服縫補得怎麼樣了？」

月楹眨了眨眼。「差不多了，還剩最後收尾。」過去了這麼多天沒催，她心安理得地摸魚，還以為他忘了呢。

「抓緊些。」

月楹突然很想吐槽。「奴婢要學醫術，還要學棋藝，又要給世子縫補衣服，這事情實在太多了，有些能緩一緩嗎？」

蕭沂淺淺飲了口茶。「嫌累？」

「也不是，就是沒那麼多精力一下子全部顧及。」

蕭沂潤了潤嗓子。「我怎麼聽聞，有人昨日還爬了院子裡的梧桐樹，摘了梧桐淚。」

月楹呼吸一窒。他竟然知道！他昨日不是不在府中嗎？

人類對於不想做的事情總會一拖再拖，對於月楹來說，只要不做針線活，幹什麼都是快樂的。

蕭汐得了一批胭脂蟲，想要她幫忙做成胭脂，她果斷丟開衣服跑去做了棉胭脂。

梧桐淚是做胭脂的一樣配料，家中有梧桐樹可以就地取材，便不必去外面買了。

「這個……偶爾也需要勞逸結合。」月楹努力找補。

「哦……需要上樹的勞逸結合。」蕭沂嘴角微勾。

為什麼覺得他在陰陽怪氣！月楹乾脆裝死，轉頭看向外面，心裡唸叨著燕風趕個車怎麼那麼慢！

外面的燕風沒來由地打了好幾個噴嚏。奇怪，著涼了嗎？等會兒找月楹姑娘開服藥吃吃。

馬車一停下，月楹幾乎是衝了出來，飛快地跑進了醫館。

「月楹姑娘怎麼這麼著急？」燕風擺好車凳。

蕭沂眼帶笑意。「救人心切。」

羅致一大早便收拾整齊，在醫館端坐著。

杜大夫給他送了杯茶。「公子別急，岳丫頭說來便一定會來的。」羅致猛灌了一口水。「並非著急，只是心下緊張。」他問過很多大夫，想要解決頭上的這個包，必須要在他腦袋上動刀子。

他是連隻雞都沒殺過的人，一想到有人要在他腦袋上刺個口子，就有些害怕。萬一那姑娘一個手抖，切歪了，削點頭髮什麼倒也罷了，戳到眼睛什麼的可就得不償失，且他是極怕疼的。

羅致將心中的疑慮與杜大夫一說，杜大夫安慰道：「岳丫頭的醫術我能擔保，至於疼痛也不必擔心，到時這麻沸散一喝，你只管沈沈睡去。」

羅致得了安慰，漸漸穩下心神，目不轉睛地盯著門口。

「岳姑娘！」羅致興奮地迎上來。

月楹把他拉到一邊把脈。「先做個檢查。」

蕭沂一直跟在她身後，杜大夫目光不善地看著他。「你便是岳姑娘的表兄？」

蕭沂瞟了眼月楹。「是。」他並不知道她在外面是如何說的，但顯然她沒坦承自己是個丫鬟，蕭沂只好順著杜大夫說。

月楹在杜大夫這裡扯的謊與夏穎那裡的說法是一樣的，都是被表兄欺凌，好不可憐。杜大夫見蕭沂與她一道來，年齡也差不離，便自然而然將蕭沂當成了月楹口中對她有些覬覦的表兄。

杜大夫皺起眉。長了個好相貌，怎麼不幹人事呢？杜大夫厭惡地看了他好幾眼，走開了。

那邊，月楹在認真給羅致檢查，她使勁按了按那個鼓包。「疼嗎？」

「不疼。」

她又繞著周圍摁了一圈。「這樣疼嗎？有別的感覺沒有？」

「不疼，沒有旁的感覺。」

「長出這個包的時候，你飲食如何？是否常飲酒？」

羅致點頭。「是，我喜歡小酌幾杯，這樣寫文章時更順暢。至於飲食，不瞞姑娘說，我就喜歡吃豬肘，每吃一個便詩興大發。」

這是什麼奇怪的靈感來源，和某位戲曲大家一樣，上臺前喜歡啃個豬肘子。

月楹又問了些其他的問題。羅致生了這個瘤之後，日常生活沒有問題，身體也無其他不良症狀。加上他平時的飲食習慣，月楹基本可以確定，這是個脂肪瘤。

脂肪瘤都是良性的，生長時也無其他的不良症狀，頭上長脂肪瘤雖然少見，但也不是不可能。

確定了病因，便可以手術了。不過手術之前，月楹寫了一份手術知情同意書。

蕭沂湊上前。她寫字很認真，寫的是文楷，不同於一般閨閣女子常用的簪花小楷，更有幾分豪邁。

羅致拿著筆，細細看完了每一條條款，看到那一條「手術中可能會出現意外」時，有些猶豫，但還是簽了。

這姑娘是唯一說能不留疤治病之人，他願意賭一把。

月楹請求杜大夫為她準備一間安靜明亮的房間。杜大夫早有準備，引她去了後堂。

月楹換了乾淨的外裙，做好一切消毒準備。

蕭沂想進去看，他來的目的就是為此，月楹卻將人攔住。「世……公子，請您在外稍候。」

「我不能進？」蕭沂緩緩道。

月楹搖頭。「誰都不能，有人在，我會分心。」她明亮的大眼中滿是真誠。

蕭沂點點頭。「好。」

杜大夫只以為他是月楹的表兄，抬手就把人拽走。「岳姑娘就在裡面，又不會跑，你就別添亂了，去前面坐一會兒吧。」

燕風心驚膽戰。這大夫膽子真大！

月楹進了這間臨時手術室，羅致已經服下麻沸散，安靜地睡著了。

她深吸一口氣，然後屏氣凝神，開始這場沒有助手的手術。這手術充其量就只是個微創，她一個人還能應付。

手術刀劃開皮膚，密布紅血絲的瘤露了個頭。她小心翼翼剝離皮膚與瘤的連接處，瘤被一層薄膜包裹著，透過薄膜，看得清楚裡頭有些脂黃。

約莫三公分大小的瘤，她只用了十幾分鐘便完全剝離。長時間的高度集中注意力讓她有些缺氧，月楹緩了緩，將脂肪瘤取出擱在一旁的木盤上，一鼓作氣開始縫合。縫合的線是用羊腸做的，可被人體吸收，也免得她再拆一次線。

月楹擦去額頭的汗水，呼出一口氣。大功告成！她喜孜孜地走出門。

蕭沂一直坐在門口，見她出來，遞上一杯茶。「這麼快？」才不過兩刻鐘時辰。

月楹摘下遮口的棉布，小臉紅通通的，眉眼都帶笑。「嗯，等麻沸散的藥效過了，他就能醒了。」她喝了口水，乾渴的嗓子得到了滋潤。

蕭沂進去看了眼。羅致還沒醒，果見其額頭不見了鼓包，光潔如新。他好奇道：「妳如何做到不留疤的？」

月楹瞇眼笑。「藏於髮間。」

蕭沂再仔細看一眼，羅致額邊鬢髮與另一邊確有些差距。不過這一點異樣，比起頭頂著鼓包的模樣，可以忽略不計。

月楹用過的手術刀還放在一旁，蕭沂見到這些不同尋常的刀具，伸手想去拿。

「別動，還沒消毒呢！」月楹阻止了他，趕緊將東西投入杜大夫準備的白酒中。手術刀上都是羅致的皮膚組織，看不見的細菌不知有多少。

蕭沂收回手指，眼神帶著探究。「這些工具，哪兒來的？」他當然知道是月楹畫了圖紙讓鐵匠打的，他想問的是，她為何會畫這工具，而且還知道如何使用。

月楹早在他要跟來之時就想好了說詞。「自己琢磨的呀，切肉不得用鋒利一點的刀嗎？大刀也做不了這樣的精細活呀！」

說得……也有那麼點道理。

月楹飛快洗完了工具，收拾停當，想快些回府，蕭沂就不會問她一些送命題了。

「公子，我們走吧。」

蕭沂偏頭。「不等他醒？」

「不用、不用，我做好事向來不留名！」

「七日前收了五兩銀子的，大概是妳的同胞姊妹。」

銀子這東西就是不經花，月楹明明感覺自己一直都有銀子收進來，荷包就是不見鼓。賺得多，花得也多，燕風給的五兩銀子還沒焐熱，就讓她買了手術刀。

不能再這樣下去了，蕭沂那裡雖然每次都糊弄過去了，總有穿幫的那一日，她必須在穿幫前趕緊離開。

上次做的面霜還有剩餘，月楹想著去找一趟白婧瑤。她人傻錢多，應該會買。

「嘶——」一心二用的她，不小心扎到了手指。

月楹手裡是蕭沂的衣服，拖了這麼多天，總算差不多繡好了。她滿意地看著衣服上的花紋。雖然簡單了點，但也還是好看的。

她拿著衣服去交差。「世子，補好了。」

蕭沂道：「打開看看。」

月楹抖開衣服。天青色錦袍的右肩上緩緩升起一輪明月，還有幾片祥雲紋與明月相襯。

「這就是妳繡補的衣服？」蕭沂看著那格格不入的月亮，對月楹的審美產生了一點懷疑。

「怎麼，哪裡不對嗎？」月楹絲毫沒有覺得哪裡不相配，她辛苦了半個月繡出來的東西，一定是好看的。

蕭沂頓了頓。「放下吧。」他也不指望她能繡出什麼驚天地、泣鬼神的東西。

月楹將衣服遞給燕風，功成身退，腳踏出房門，便聽到了蕭汐的聲音從院門外傳來。

「大哥！」

蕭汐跑進來，一眼就看到了燕風手裡的衣服。「這是大哥的衣服？誰的手藝，這等繡工的繡娘也敢給大哥做衣服？」

蕭沂眼都未抬。「比妳強。」

第三十二章

呂家的春宴辦得很熱鬧，京城裡有頭有臉的人物悉數到場。

呂相為了彌補這個離家多年的小孫女，送了無數奇珍異寶，憑呂相對這位孫女的疼愛程度，大家不難看出誰若娶了這位，將來定能青雲直上。

「喲，這便是七娘吧，生得真水靈，一看便知是呂家的嫡親孫女。」

「在外面那麼多年，規矩卻一絲都不出錯，不愧是呂家的血脈。」

「姑娘十歲也不小了，眼瞅著就及笄了，也該相看起來。」

呂老夫人笑著應承。「七娘還小，不急不急。」

呂七娘只甜甜地笑，提到她時，適時露出個羞澀的表情。

月楹陪著蕭汐與呂老夫人見了個禮，便去找商嫦了。

蕭汐倚在欄杆上。「若非我娘身子不方便，我才懶得來呢。」

商胥之沒有來，她也提不起興致。

「妳小聲些。」商嫦環視左右。

蕭汐瞥了眼眾人。「五殿下和九殿下都來了，為什麼我覺得今日有事要發生？」蕭澈與蕭浴就像她與梁向影，要麼都不出現，要麼只能出現一個，但凡兩人都在場，總要出點么蛾子。

商嫦抬了抬下巴。「不只，十一殿下也來了。」

蕭澄？他倒是鮮少出現在這種場合。蕭澄生母家世不好，與蕭澈、蕭浴沒法比，在眾皇子中就如個透明人一般。

「應當是呂大公子請來的。」呂家大郎是蕭澄的伴讀。

蕭汐沒把這放在心上，轉而問起。「為何只見呂老夫人不見董夫人？」董夫人是呂七娘的親生母親，這麼重要的日子竟然不在？

商嫦小聲道：「妳平素不在意旁的事，不知道董夫人在呂七娘丟失那一年，精神就已經有些不好了嗎？」

「知道一些，但呂七娘不是找回來了嗎？董夫人的病還沒好嗎？」

商嫦正了正身子。「這種病哪能一朝一夕就好。」

春宴是大場面，呂家怕董氏腦子不清楚，鬧出什麼事情來就不好了，便沒有讓她出來。

「也是，當年是董夫人帶著孩子上街才丟了的，這麼多年找不到，她沒有瘋已經很好了。不管怎麼說，呂七娘已經回來了，她的病也該慢慢好起來。」

兩人平淡聊著天，月楹在旁邊卻站不住了，偶爾扭動一下身子。

她懊悔，出門時就不該喝那口水。因為上次的意外，她不是很想單獨離開，所以只能憋著，但似乎有些憋不住了。

金寶發現了她的異樣。「月楹，妳怎麼了，不舒服嗎？」

月楹壓低聲音道：「想解手，又不認識路。」

商嫦耳尖聽見了，上次月楹在南興侯府出的事情她也聽說了，便道：「讓圓兒帶妳去吧，她來過呂府。」

圓兒是商嫦身後的圓臉丫鬟，月楹忙道謝。「多謝大姑娘。」

「隨我來吧。」商嫦與蕭汐交好，她們也算熟識。

圓兒帶著月楹九拐十八彎地穿過院子。「上次南興侯府出了意外，妳嚇壞了吧？」

月楹笑笑。「多謝姊姊關心，是有些後怕。」

「往後出來可得小心，咱們做丫鬟的人微言輕，有時候受了委屈，主子也不好出頭。」

月楹道：「我知曉的。」

圓兒是個熱心人，月楹之前與她接觸就發現了。解決完了問題，她渾身舒暢。

圓兒等在門口，忽然驚呼一聲。「呀——」

不知哪裡來的一個錦衣婦人倒在了花園中，圓兒上前去扶，月楹也剛巧出來。圓兒怕她有恕。

「誰家的女眷？」

「別管那麼多了，先將人扶到亭子裡去。」每次參加宴會都要出點意外，月楹都習慣了。

眼前這婦人通體水雲緞，髮間兩根紫玉簪不俗，非富即貴。婦人鬢間有些許白髮，下半張臉以輕紗覆蓋，看不清容貌，露出的一雙眉眼依稀能看出這是個美人。

扶起婦人時，月楹乘機摸上了她的脈。「只是有些貧血，休息會兒便無事了。」

這婦人貧血有些年頭，今日大概是累著了，才會暈倒在這花園中。只是衣著如此華貴的婦人，身邊竟沒個人跟著，月楹不解。

貧血者最忌諱呼吸不暢，月楹抬手摘去了婦人的面紗，讓她能呼吸新鮮空氣，又以手指按壓了婦人幾個穴位。

面紗摘下，貴婦人兩面臉頰紅紅，與喜寶一樣的季節性過敏，怪不得要戴面紗。

「咦，這不是董夫人嗎？」圓兒叫出聲。

月楹疑問。「她是董夫人？」那個據說腦子有點問題的董夫人？也是今日主角呂七娘的生母。

在穴位刺激下，董氏緩緩睜開了眼，她按了按眉心。「這是哪裡？我怎麼在這裡？」

月楹彎下身。「這是您家後花園，您不小心昏倒了。」

「是嗎？」董氏喃喃道，還真有些失了神的模樣。

「夫人是要去哪裡，我們喊人送您過去吧。」圓兒道。

董氏看向前面，沒有說話。前面就是擺宴的地方，圓兒猜測。「夫人是想去前面嗎？找七娘子？」

董氏神色懨懨。「我才不想去，那不是我的雙雙。」

月楹與圓兒對視一眼，都從對方的眼神裡看到了震驚。

這算意外吃瓜嗎？董氏竟然說剛找回來的呂家孫女是假的？

董氏似是自言自語。「我的雙雙與我一樣，她那張臉乾乾淨淨。」

月楹掩著嘴側身問：「呂家七娘臉上有胎記？」

「沒有啊，不曾聽說這回事。」圓兒立即否認。

沒有胎記，那董氏為何這麼說？還是她真的精神不正常說胡話？

董氏安靜坐著，坐姿端正又賞心悅目，一看便知是書香世家出身的女子，本該滿頭烏雲的年紀，鬢間卻是已生了白髮，她兩彎柳葉眉蹙起，有種病美人的姿態。

她忽然站起來。「茶花，我要給雙雙摘茶花。」

「夫人怎麼跑這裡來了，害得奴婢好找！」一個青衣丫鬟急急忙忙跑過來，見董氏衣衫上有泥土，一邊幫她整理、一邊唸叨。「您身子不好，又不記得路，就別亂跑了。夫人想去什麼地方，一定要讓奴婢陪著。」

青衣丫鬟動作輕柔，董氏淡淡回了句。「雙雙喜歡茶花，我想著這幾日快開了，不知怎麼就眼前一黑。」

「您想要茶花，等會兒剪了給您送去房裡。」青衣丫鬟又站起來，看見月楹與圓兒。

「多謝妳們幫了夫人。妳們是來參加春宴的丫鬟吧，這裡有我呢，妳們可以回去了，真是不好意思，耽誤了妳們的時間。」

「無妨無妨。」月楹與圓兒手挽著手一起走了。剛才得知的信息太大，她們要好好消化一下。還不等她們消化，前院也出事了，喧鬧的宴會此時安靜得落針可聞。

剛回來的兩人完全不知發生了何事，只看見多了一個穿著樸素的中年男子，與整個春宴格格不入，顯然這人不是來參加春宴的。

「怎麼回事？」月楹貼著金寶問。

金寶道：「不知道啊，宴會好好的，這男人突然衝出來說呂家姑娘是假的。」

這麼巧？方才聽董氏說呂七娘有問題，這兒又衝出來一個人說呂七娘是假的。

「把這胡言亂語的人給我拖出去！」九皇子蕭浴厲聲道，怒瞪向旁邊的蕭澈。一定是他五哥搞的鬼。呂七娘是他找回來的，現在有人指證是假的，豈不是在打他的臉？他不能讓這麼多天的籌謀付諸東流。

蕭澈淡笑著。「慢著！九弟，這事關呂家姑娘的身分，怎麼也要讓人將事情說完吧？你說是吧，秋陽。」

「五殿下言之有理。」

說話的是呂家大公子呂秋陽。尋找小妹多年，好不容易尋到，全家人都很開心，如今她的身分卻有疑，這讓他怎麼能不著急。

呂家認回呂七娘全憑一塊玉珮，那玉珮是呂家祖傳之物，極難仿製。而且也不是呂七娘自己拿著這塊玉珮找上門的，是他們發現有人典當這玉珮，提供玉珮下落的是蕭浴，順著這條線索一路查到了當年的人販子。

人販子將人賣給了一個戲班，戲班裡那年買回來的孩子只有呂七娘，恰好年紀又對得上，滴血認親也沒問題。

呂家自然而然就認為這姑娘是他家的七娘，而這個中年男子，正是那位戲班班主。呂秋陽還記得他的模樣，但才短短一月時間，這位戲班班主怎落魄成這樣？

蕭浴急道：「這廝胡攪蠻纏，大抵是想要銀子，秋陽萬不要受他的蒙蔽！」他攥緊了拳。這人竟然沒死！底下人都是怎麼辦事的！

他給呂七娘使了個眼色。

呂七娘淒然地扯著呂秋陽的袖子。「大哥，你要信我呀，當初是你將我找回來的，你不能不要我……」眼淚大顆大顆往下掉，哭得一抽一抽。

呂秋陽看向她的眼神柔和，畢竟當親妹妹相處了一月，怎會沒有感情。「雙雙莫怕，只是問個清楚，他若胡說八道，大哥定然不會放過他！」

「大哥，現在就把他趕走，我害怕！」呂七娘往呂秋陽身後躲著。

李班主哈哈一笑。「妳當然怕我，怕我揭穿妳的真面目，妳根本就不是呂家千金！」

呂秋陽怒道：「說話要有證據！」

「證據當然有，你們要找的呂雙雙今年十歲，而她今年已經十一歲有餘，年紀都對不上，怎會是你家妹妹？」

李班主買來的人，什麼年歲他最清楚。呂家把呂七娘帶走後給了他一大筆銀子，那筆銀子足夠他餘生安樂，他當即賣了戲班準備享福時，卻不想遭人追殺。

追殺他的不會是別人，只有呂七娘，因為只有他知道她的真實身分。

「妳既然不仁，也休怪我不義！」李班主死死地盯著呂七娘。

呂七娘瑟縮了下，顫聲道：「你……你撒謊，我今年就是十歲！」

作為吃瓜群眾的蕭汐小聲嘀咕。「呂家千金丟的時候那麼小，現在找回來，差個一歲、兩歲的也沒人知道啊？」

要驗證這點確實困難。月楹輕皺眉，或許……糊塗的董氏才是最接近真相的那一個。

呂秋陽還在質問。「她年歲不對，你當時為何不直言？」

李班主轉了轉眼珠。「小人聽聞呂家小姐丟了很多年，若是找到定會給許多銀錢，小人貪圖賞錢，所以就──」

「混蛋！」呂秋陽憤怒不已，一個酒杯擲在他腳下。「那為何你戲班眾人都說她是十歲？」

李班主繼續道：「當年她買進來已經五歲。學戲要從童子開始練，我們班裡有個脾氣硬的師傅，不是四歲以下他不教，嫌棄身子不夠軟，我便將這孩子說小了一歲，是以旁人都不知道。」

「大哥！你別信他，他從小對我非打即罵，我與他有舊怨，定然是他見不得我過得好，編些瞎話來糊弄你，我從未改過年紀！」

呂秋陽的腦子有些亂，一邊是妹妹的梨花帶雨，一邊是班主的振振有詞。

此時，一直沒說話的蕭澄插了句。「呂姑娘的年歲只有你知道，那說十歲也可，說十一歲也可，這都是你一面之詞，你想陷害呂姑娘也是一句話的事情。」

蕭浴急忙應和。「十一弟這話有理，你可還有旁的證據？」

李班主嗤笑一聲。「證據就是她這個人，呂家公子若不信，可滴血驗親。」

蕭浴又道：「呂家已經驗過，七娘身分無疑，還不快將這胡言亂語的傢伙拖出去！」

「且慢。」蕭澈攔道：「既然呂姑娘身分有疑，不如當著大家的面再來一次滴血驗親，也好滅了這人的心思。我想呂姑娘也不會介意用此法來自證清白。」

眾人都看向呂七娘。蕭澈說得在理，不過是刺破指頭取血這般小事。

呂七娘看向蕭浴，縮著手。「我……我不驗，憑什麼這人幾句話，就讓我再驗一次？我就是真的！」沒有人比她更清楚，她就是十足的假貨，當呂家人找來時，她也以為自己是真正的呂家小姐。

就在她沈浸在喜悅中時，忽然想起四歲時的模糊記憶——她有兩個姊姊，家裡很窮，實在過不下去了才把她賣了。

但她貪戀呂家的權勢，她不想留在戲班，小心翼翼地瞞著，直到那一天要滴血驗親，她慌了。幸好蕭浴找到了她，讓她不必擔心，條件就是讓她與他訂親。呂七娘不知道蕭浴是怎麼打點的，總之她過了滴血驗親那一關。

蕭浴簡直要被呂七娘氣死。她這表現，不明擺著告訴別人她心虛。

李班主見狀更加囂張。「不敢了吧？妳就是假的！」

「你……你胡說！我是真的！」

月楹瞇起眼。眼前這場面讓她聯想到真假美猴王，莫名有些可笑。何必呢，假的成不了真。

「笑什麼？」

蕭沂的聲音憑空出現，月楹嚇得往外退了半步。這人什麼時候來的，走路沒有聲音嗎？

蕭汐也才看到蕭沂。「大哥，你怎麼來了？」

蕭沂道：「娘讓我來看看，妳怎麼還沒回來，是不是又在哪裡受了欺負，躲著哭鼻子呢！」

「我才不會哭鼻子！」蕭汐反駁，那都多少年前的事情了。

蕭沂視線梭巡了圈。「沒事就好。」

那頭，呂秋陽終於聽不下去了。「夠了！」

「雙……七娘，咱們，再驗一次。」呂父奉皇帝旨意外出公幹未歸，不在府中，呂秋陽讓人將董氏請來。

呂七娘下巴微顫。「大哥，你不信我？」他不喚雙雙了。

呂秋陽眼裡的懷疑徹底擊碎了呂七娘的最後一絲希望。

蕭浴蹙眉低頭。該死！呂七娘這步棋，算是廢了。但他又想到已經被毀了清白的褚顏，又開心起來。這一局他沒有贏，蕭澈也沒占到便宜！

董氏很快被帶過來，面上仍戴著輕紗，望了眼眾人沒什麼情緒波動，直到看見呂秋陽，她搖著兒子的肩膀。「陽兒，快去找雙雙，雙雙被我弄丟了！」

呂秋陽眼中閃過一絲悲痛。平時他都將娘的話當成胡話，如今再聽，卻有些微妙。娘一直不肯承認呂七娘就是雙雙，原來娘早有察覺嗎？

呂老夫人走過來。「快扶著你娘滴血。」她急切地想知道呂七娘的真假。

呂秋陽親自打了水，刺破了他娘的手指，董氏也沒什麼反應。

「七娘，該妳了。」

呂七娘猛地一下把手藏到身後，不住地搖著頭，一步一步往後退，彷彿前面有吃人的惡魔。「不，不……我不驗！」

到底年紀還小，呂七娘的心幾乎要被擊垮。誰能幫幫她……誰……九皇子……九皇子可以！

呂七娘在人群中找尋蕭浴的身影，卻遍尋不見蹤跡。

蕭浴離開了，沒有人能救得了她。

呂七娘像被人抽走了力氣般，一下跌坐在地上。

呂秋陽看她這模樣，心裡已然有了判斷。但還是要驗過為準，讓丫鬟扶了呂七娘過來。血滴入碗，眾人都屏氣凝神。

「沒有相融！妳是假的！」

呂七娘哭都哭沒了力氣，鐵證如山。「我、我不是故意要騙人的，大哥，你信我……」

呂秋陽一把甩開她的手。「哪個是妳大哥！我只有一個妹妹！」

呂秋陽一想到被這小姑娘欺騙了這麼久，就氣不打一處來。一月時間，足夠他找很多地方，說不定雙雙在哪個地方受苦，若因為這個假貨而錯過了尋找雙雙的時機，真是萬死難辭其咎！

董氏倏然間掉下淚來。「我就知道，妳不是我的雙雙。陽兒，找雙雙，找雙雙……」

眾人都伸著脖子看，兩滴血不曾相融。

「還真是個假貨！小小年紀，看不出心腸如此歹毒！」

「一臉的尖酸刻薄，怎會是呂家的種。」

「沒福氣的模樣，還妄想魚目混珠！」

方才還覥著臉要訂親的夫人們，變臉之快速令人咋舌。

月楹輕嘆著搖了搖頭。滴血驗親並不科學，不過呂七娘的反應已經說明了一切。

呂七娘徹底崩潰，嚎啕大哭起來。「我是十歲，不是十一歲！」她跪著向呂秋陽與董氏挪動。「大哥，娘，我是雙雙啊！」

董氏掙開她的手往後退。「妳不是雙雙，妳不──」倏地，董氏話說到一半神情痛苦，捂著右下腹部難受起來，劇烈的疼痛讓她站也站不住。

呂秋陽驚恐地接住母親。「快、快請太醫！」

呂七娘還想做最後的掙扎，喊著母親撲上去，又被呂秋陽推開。

呂秋陽怒火中燒。這姑娘將他娘氣成這樣，還有臉貼上來？他抱起董氏往屋裡去，讓下人把呂七娘綁了。

董氏突生急病，呂老夫人匆匆結束了宴會。

「我們也走吧。」蕭汐道。

月楹卻頻頻回頭。董氏的症狀似乎是……

「月楹，怎麼還不走？」金寶叫了她一聲。

「來了。」

她沈吟片刻，若能再給她一些時間，定能確定董氏的病症。

蕭沂睇了眼月楹，對蕭汐道：「我還有些事，妳先回去，月楹留下。」

蕭汐困惑。「哥哥留下月楹做什麼？」

「哪來那麼多問題？記得回去給娘請安，順便想想法子讓白家的那兩個少往娘那兒去。」

蕭汐抿嘴。「我哪管得了她們。」

「所以是讓妳想辦法。」蕭沂定定看著她。

蕭汐連忙逃跑。

「世子有什麼事需要奴婢做？」月楹以為他有吩咐。

蕭沂緩緩眨眼。「不是妳想留下來嗎？」

有那麼明顯嗎？月楹乾笑起來。「董夫人的病自有太醫操心。」

蕭沂嘴角漾起笑。「我有說妳是因為董夫人的病想留下來嗎？」

不打自招！月楹的笑容僵在臉上。

「奴婢只是……」

「行了，既不放心，就去看看。」蕭沂算是發現了，這丫頭沒有大夫的命，卻有大夫的病，見著病人就挪不動腿。

她在醫術上的造詣實在難得，蕭沂已問過太醫，月楹給羅致動的手術，即便是行醫數十年的老太醫也不敢斷言能做得那麼完美。她身上奇怪的地方很多，但都在可接受範圍之內。尤其是當她的可利用價值巨大時，其他一切問題都成了小事。

蕭沂想看看，她還能做到何種程度。

第三十三章

董氏畢竟是女眷，蕭沂身為外男，不能進到屋裡。

聽著屋內的一聲聲痛呼，月楹焦急得像個在等待生產的家屬。

太醫不一會兒就到了。呂秋陽領著太醫進門時，與月楹打了個照面。巧得很，是個熟人。

等到她想躲時已經來不及了，劉太醫匆匆一瞥，已然看到了丫鬟打扮站在蕭沂身後的她，險些以為自己看花了眼。

那丫頭怎麼可能會出現在這裡？他明明找師弟問過那丫頭的身分，是個寄居在表伯父、伯母家的可憐孩子，怎麼成了個丫鬟？

劉太醫又看了一眼，卻見月楹在朝他笑，這下他非常確定，就是那丫頭！

月楹見躲不過，索性大方朝他露了個笑。

蕭沂沒有錯過劉太醫的震驚之色。「認識？」

月楹點點頭。「世子還記得秋暉堂嗎？」

「妳上次治病的醫館。」

「對，秋暉堂的杜大夫與劉太醫是師兄弟，我在醫館治病時，遇見過他。」月楹摸了把鼻子。

蕭沂瞇起眼。「只是見過？」

「還……爭執了一番。」她補充道：「但不能怪奴婢，劉太醫說得不對，奴婢當然要反駁。」

劉太醫是太醫院出了名的火爆脾氣，無奈他醫術絕佳，有人不爽也只能憋著。蕭沂可以想像，月楹說的爭執，絕不是像她描述得雲淡風輕。

蕭沂莞爾。「妳吵贏了？」

「算……贏了吧。」懟得劉太醫說不出話，應該是贏了吧？雖然劉太醫試圖轉移話題。

屋內，董氏捂著腹部輾轉反側，冷汗頻發，整個人像從水裡撈出來一般。劉太醫檢查了董氏的小腹，右下有包塊，六腑不通，脈弦數，瘀滯於內。劉太醫心中一緊。

又是這樣的脈象，與那日那人的脈象有九成九的相似。

呂秋陽侍立在床前。「劉太醫，我娘得了什麼病？」

劉太醫沒有說話，而是又檢查了一遍，結果並無二致。他額頭微微發汗，面色沈重。

呂秋陽心急如焚。「劉太醫，到底怎麼了？我娘的病很嚴重嗎？」

「令堂得了……腸癰。」

「什麼，腸癰？那不是絕症嗎？」呂秋陽頓覺希望渺茫，七尺男兒也不禁落下淚來。

董氏睜開了眼，絕症二字刺激了她的心神。「不，我不能死，還沒有找到雙雙！」

呂秋陽聞言更是心如刀割，抱著母親號哭。「娘！劉太醫，求您救救我娘，您會有辦法的，對嗎？」世家公子低聲下氣的哀求。

劉太醫皺起眉又鬆開，慢慢道：「的確還有辦法。」那丫頭上回已經寫了這腹部有腫塊的腸癰該如何處置，只是……他到底該不該相信？

「劉太醫、劉太醫……您快說呀，什麼法子？」呂秋陽的呼喚讓劉太醫回神。

對了，那丫頭不就在外面嗎？劉太醫一拍膝蓋，站起來往外走去，快出房門時又停住了腳步。他真要拉下臉去求那丫頭幫忙嗎？

呂秋陽跟過來。「劉太醫，可是需要什麼藥材？無論您要什麼，我呂家都會盡力找到，只要您能救我娘。」

呂秋陽的話猶如當頭棒喝。只要能救人，求那丫頭又如何！

劉太醫道：「大公子稍等，我找個幫手。」

他徑直往蕭沂所在的地方走去，繞過蕭沂對月楹道：「丫頭，董夫人得的是腸癰，還請妳幫忙。」

劉太醫恭敬鞠躬，月楹懷疑他是不是被奪舍了？「您請我幫忙？」

劉太醫以為她不願。「丫頭，行醫便應當救人，這話是妳說的。妳我雖有私怨，董夫人是無辜的。之前多有得罪，還請妳救人。」

月楹笑起來。「劉太醫，我在您眼中便是這麼小心眼的人嗎？」

這老太醫也不是十分沒救，至少救人的心是真的，就是對她還有偏見。不過這偏見也不是一朝一夕的，月楹懶得計較。

「我答應您。」

劉太醫釋然一笑。是他太小人之心，人家姑娘壓根兒就沒將此事放在心上。

一直被忽略的蕭沂說了句。「劉太醫，治病時還請不要有旁人在場。」

劉太醫應下。蕭沂這反應，顯然是知道月楹醫術不凡。

月楹轉身，溫柔看向蕭沂。他記得她說過的話，有旁人在場，她會分心。

蕭沂也在看她，兩人目光相撞。她異於常人的醫術還是不要暴露在外人面前為好。

呂秋陽走過來。「劉太醫在這兒做什麼？」他母親還在鬼門關，劉太醫卻在這裡與蕭沂閒話，他自是不解。

劉太醫眼珠轉了轉，忽然高聲道：「世子從小長在白馬寺，又是了懷大師弟子，福澤深厚，身有佛光，有他在此，董夫人轉危為安的機會能大大提高！」

不愧當了這麼多年太醫，說起瞎話來真是有一套。

呂秋陽是真擔心母親，也沒時間去思索劉太醫話中的破綻，連忙向蕭沂作揖。「還望世子救一救我娘。」

蕭沂扶起人。「秋陽不必行此大禮，我答應就是。」

蕭沂與他只是點頭之交，呂秋陽喜不自勝。「那就多謝世子了。」

劉太醫道蕭沂只須站在外堂，佛光便可佑人。

內室，劉太醫屏退了左右，房間裡只留董氏，無人知道蕭沂身後的小丫鬟進了房間治病。

「舌質淡，苔薄白，脈沈細，內有膿腫，要抽膿。琉璃針管您帶了嗎？」

「有的。」劉太醫趕緊遞上。

董氏是女眷，有些用藥劉太醫多有不便，基本都是月楹在操作。她下針又快又準，時刻觀察著董氏的病情變化。「煎犬黃牡丹湯加敗草醬。」

劉太醫依言開方，藥煎煮好了就給董氏喝下。董氏還未昏迷，照理來說是可以自己喝藥的，但房裡只餘他們二人。

不見熟悉的人，藥汁又苦，董氏忽然鬧起來，不想喝藥。「不喝。」

她手一伸，險些打碎藥碗，還好月楹及時縮手。藥汁在藥碗裡晃了一圈，濺出幾滴在她手背上。

「岳丫頭，沒事吧？」

「沒事。」月楹搖頭。這藥並非滾燙，只是手背紅了些許。

月楹哄著董氏喝藥。「夫人，快將藥喝了，喝了病才能好，好了才能找雙雙呀！」

聽見雙雙二字，董氏眼睛亮起來。「找雙雙！對，我要找雙雙！」捧著藥碗就喝了起來。

董氏喝了藥，平穩了些，然而高燒依舊不退，過了一會兒竟乾嘔起來。

劉太醫焦急道：「這是何故？不都好轉了嗎？」

月楹再摸脈，觀察董氏腹部，有腹脹之勢，她冷靜道：「董夫人經年貧血，體質陰寒，陽氣不足，方才的藥損陰過重，不適宜她的身子。」

「那便要溫陽補陰……」劉太醫腦子轉得飛快。

月楹忘了這一點，暗自懊悔。「換藥方，薏苡附子敗醬散合參附湯，量減半。」

「有理、有理。」劉太醫下去吩咐。

月楹以金針助她清腹，換了新藥。再一個時辰，董氏高熱退散，面色恢復常色，冷汗退去，漸漸安眠。

聽說再多，都沒有親眼見證來得更令人信服。劉太醫負手挺胸，誰說腸癰是絕症來著，這不是治好了嗎？以後誰要再說治不好，就讓他來呂府看看！

看見恬靜睡去的董氏，月楹才坐下來喝了口茶。端起茶杯時，手都險些拿不穩，手指痠軟得厲害。月楹揉著手指骨節。

「回去拿這個泡水浸手，能舒筋活絡的。」

月楹抬眸，劉太醫一臉的彆彆扭扭。她眉眼彎起笑道：「多謝。」

劉太醫見她一雙糙手，不免埋怨起蕭沂來。「醫者的手最是矜貴，妳家世子既知妳有本事，怎麼還叫妳做粗活？」

月楹伸手翻看了下，這雙手確實不怎麼好看，掌心有好些硬繭，皮膚粗糙。不過粗活這事實在是冤枉了蕭沂，除了前兩個月，她是一點粗活都沒幹了，手又非一朝一夕能養得回來的，她在王府快半年，才養成這個樣子。

「養養就好了。」

劉太醫也坐下來。病人已經度過危險，他有些話還要問清楚。「丫頭，妳不是寄居在表伯父家，為何成了睿王府的丫鬟？」

月楹見瞞不過，也就說了實話。劉太醫知道後，對她隱瞞身分這點倒是很理解。王府是非多，她不暴露是對的。

他沈吟片刻。「岳丫頭，我替妳贖身如何？妳來我身邊做個醫女，我知曉妳有師承，不會強逼妳拜我做師。妳的天賦，實在不該做個奴婢。」

劉太醫不願見明珠蒙塵。

月楹垂首沈思。劉太醫所言，讓她有些心動。她看得出來，劉太醫是個醉心醫術的，跟在他身邊總比在蕭沂身邊提心弔膽得好，還能脫了奴籍。

但劉太醫行走於內廷，她若答應，怕免不了與內廷人接觸。宮門深似海，她不願靠近。

「劉太醫，怎樣了？」蕭沂的聲音，隔著屏風傳來。

外頭也只有他一個，劉太醫扯了謊，戲總得做足。

他的聲音並不高，月楹聽得很清楚。她反應過來。蕭沂的聲音她聽得清楚，反過來她的聲音，蕭沂肯定也聽見了。
方才的對話……月楹頓時有些尷尬，就如想跳槽去面試，意外遇見了前任上司。
劉太醫賠笑道：「煩勞世子，已無事了。」
蕭沂清冷的鳳眸挑起，微笑道：「那我的丫鬟，劉太醫可以還給我了嗎？」
蕭沂語氣平常，獨獨在「我的」二字上加重語氣。
「能，能。」
劉太醫想起曾經聽聞，大家族總會培養些有本事的人放在身邊，各行各業，不拘什麼。莫非月楹的丫鬟身分只是表面？
這一細想，他驀地出起了冷汗。撬牆角撬到了睿王府頭上……不敢細想……
月楹趁他們聊天時又去看了眼董氏。她兩靨紅暈，月楹看著難受，喜寶用的藥膏她還剩一點，便給董氏塗在臉上，將剩餘的藥膏留在了床頭。
月楹收拾齊整，又站在了蕭沂身後。
蕭沂垂眼。「走吧。」
呂秋陽在門外等得心焦不已，劉太醫與蕭沂出來，總算給了他一顆定心丸。
呂秋陽再三謝蕭沂幫忙，蕭沂只淡淡回應，並不十分熱絡。
出了呂府，坐上馬車，馬車內暖意一烘，加上神情放鬆，月楹有些昏昏欲睡。
行了沒幾步遠，她便垂著腦袋，靠在車廂上睡著了。

月楹的睡姿很安穩，安靜地合著眼眸。馬車緩緩轉了個彎，她似有所感，腦袋也歪向一邊，眼看就要失去重心，歪倒下來，一隻骨節分明的大手穩穩地托住了她的腦袋。

蕭沂不知何時坐了過來。他動作輕柔，將月楹的小腦袋放在自己肩上。

「有這麼累？」他低言自語。

燭光融融，她睡顏恬靜，耳垂上墜著一顆小珍珠，正隨著馬車的行走一晃一晃，圓潤可愛。

任誰看了都只會覺得這是個小姑娘，偏生頂著這張臉，做了許多不可思議之事。

蕭沂低垂著眼。從他的視線看去，正好能看見她耳後的小紅痣，暗紅色，在雪白肌膚的映襯下顯得格外晃眼。

他倏地想起燕風說的話來，她胸口與耳後各有一顆紅痣，視線不自覺向下來到起伏處。

「嗯……」

蕭沂呼吸一窒。

月楹悶哼了聲，像是睡得不舒服，在蕭沂的肩頭拱了拱，換了個舒服的姿勢繼續睡。

蕭沂眼中的笑意漾開來。還當她要醒了，睡得真安穩。

呂府到睿王府的距離不遠，沒有多久，馬車停穩。

燕風掀起車簾，朗聲道：「世子，到了！」

馬車內，月楹靜靜地靠在蕭沂的肩上，眉頭輕皺，將將要醒。蕭沂僵直著手臂，顯然是保持這個姿勢多時。

蕭沂目光不善地掃過來，燕風忙低下頭裝瞎。

月楹迷迷糊糊睜開眼，半夢半醒地聽見有人喊到了，還當是車到站了，下意識站起來。

「咚——」她腦袋沒有撞上車頂，取而代之的是蕭沂的左手。「呀！」雖沒撞疼，剩下的瞌睡算是全跑了。

月楹清醒過來，拉過蕭沂的手。「沒事吧？」左手紅了一大片。

「無事。」蕭沂唇角帶笑，反手輕彈了下月楹的額頭，柔聲道：「這麼迷糊？」

蕭沂站在車凳上，恰好與她平視。

兩人目光相接，蕭沂鳳眸清冽，月楹捂著吃痛的額頭，心忽然漏跳了一拍，遂移開視線不敢看他。

這張臉生得太過勾人！

進了浮槎院，蕭沂忽然叫住了她，嗓音清潤而有磁性。「月楹。」

月楹微愣。「世子有事？」

蕭沂狀似無意。「贖身的銀子攢夠了嗎？」

劉太醫的話他果然聽到了。蕭沂會是什麼反應？倘使她答應了劉太醫，他又會放自己走嗎？

月楹老實回答。「還差些。」

「還是想走？王府便這麼不好嗎？」蕭沂輕聲問。

她回答。「奴婢初心不改，不是因為王府不好，正相反，這裡很好。想離開的緣由，奴婢也已經說過了。」

月楹不知為何他問起這個，真是被劉太醫刺激了嗎？

「不想當個奴婢。」

「是。」

蕭沂負手而立。「假若我讓妳脫了奴籍，可還願意留在我身邊？」

留在他身邊，而不是留在王府。

「留在……您身邊的意思是？」她很快發現了蕭沂用詞的區別。

蕭沂唇角微翹，並沒有直接回答她。「妳可知凌風的身分？」

月楹頓了頓。「之前不知道，後來知道了。」

「有什麼想法？」

「沒……沒有想法。」月楹偷瞄了他一眼。因為自己的猜測過於離譜，她下意識不去想那件事，見蕭沂重新提起，是與飛羽衛有關？

蕭沂輕笑起來。「不必緊張，妳猜到也不稀奇。」他那日原本就是試探，也幸好月楹之後的那幾天並沒有什麼動靜，該吃吃、該睡睡，不然早已身首異處。

蕭沂釋放著溫柔，月楹只感覺到危險。

「世子有什麼旁的身分也好，奴婢只知道您是王府世子。」月楹覺得還是表忠心安全些。

「我自知妳忠心。」蕭沂道：「所以問妳。」

月楹思索一會兒。「您是想讓奴婢加入飛羽衛？如同燕風、凌風一般？」

「沒錯。」蕭沂很滿意她的機敏。

她攤手。「可奴婢並不會武功，幫不了世子什麼。」

蕭沂看著她道：「飛羽衛選才不拘男女，更無論武功，只要有一技之長。妳的醫術，便是進門的敲門磚。」

原來是這樣！月楹瞬間想通了蕭沂給她醫書的原因，還當他大發善心，原來打的這個主意。

等等！蕭沂為什麼會認為她醫術卓絕？她明明在蕭沂面前掩飾得很好啊，所顯露的不過是皮毛醫術。

今日劉太醫找過來時，蕭沂只問了是怎麼認識的，絲毫不認為劉太醫要找她這個丫鬟醫治腸癰有什麼不對。這病是絕症，蕭沂對她能治好絕症這事情一點都不驚訝，除非是知道了她替夏穎醫治過。

而她替夏穎醫治，府裡知道的人只有喜寶。喜寶是不會與蕭沂有什麼接觸的，剩下的唯一可能，就是蕭沂一直在監視她。

月楹倒抽一口氣，越想越心驚。自以為掩飾得很好，原來不過是別人眼中的跳梁小丑嗎？

她定定地看著蕭沂。「世子為何認為奴婢能憑醫術進飛羽衛？」

蕭沂抬眸。「想通了？」

月楹身子往後退了半步。真的是這樣！

蕭沂卻雲淡風輕地拿起了一旁的摺扇。「妳是想通了，可我還有許多想不通的地方，但那都不要緊。」譬如她的醫術為何進步迅速，譬如她不低的棋藝從何而來。

月楹不是朝中人派來的人，他很確定。利益相關的人，只要知道他的身分，必定會有所動靜，月楹卻一點也沒有，反而對飛羽衛稱得上一無所知。

與朝中人無關又身懷技藝，便是他想要的人，旁的都可以不計較，畢竟誰都有秘密。

「加入飛羽衛，便可脫奴籍。」蕭沂似乎覺得還不夠，又加了一句。「月俸翻倍。」

她看起來是能為雙倍月俸就妥協的人嗎？攢銀子不過為了贖身。月楹手指摩挲著衣襬。

「若我應了，然後呢？」

「我會安排妳出府，妳將有自己的院子與田地，想開醫館可以，但須隨時聽宣。」

月楹聽罷，這和當丫鬟也沒什麼區別，只不過另一個沒有身分上的束縛，而且還是簽了終身協議的那一種。

她有自己的志向，她想行醫救人，不為名利，只為濟世。她想開一家自己的醫館，再收幾個小徒弟，等徒弟們長成，她便可放手當個游醫，行遍天下，遇見病症就治，能治好當然歡喜，治不好便嘆一聲命運無常。

她不想成為誰手上的刀。

「奴婢不願。」

「妳不願？」不知為什麼，蕭沂並不為她的回答意外。

「是，我不願。世子開出的條件固然很令人心動，但付出的代價也很大。」月楹沈聲道。

蕭沂沈吟許久。「退下吧。」

她詫異。「奴婢……可以走了？」

蕭沂挑眉。「不然妳還想在這裡過夜？」

「不是、不是。」月楹沒想到蕭沂會說這話，畢竟她白拿了那麼多醫書，還以為蕭沂會威逼利誘一番。

月楹立馬轉身回房，沒有一絲留戀。她覺得劉太醫的提議實在不錯，明日就去秋暉堂。

燕風睇了眼月楹。「世子，真就這樣了嗎？」

蕭沂緩緩掀起眼皮，黑曜石般的瞳孔幽深。「你覺得呢？」

「屬下覺得月楹姑娘可堪大用。」

「是呀，但她倔得很。」蕭沂淺笑。「這樣性子的人，不能操之過急，需徐徐圖之。」

他的眼中有著志在必得。燕風對此表示懷疑，如果沒有看到馬車上那一幕，他大概是深信不疑的。

他在世子身邊這麼多年，世子那樣溫柔的神色除了對著王妃與小郡主，再沒有見過。而且世子似乎沒發現，他對月楹姑娘格外縱容，甚至可以說是寵溺。

但世子這般性子，他若點破，怕是討不了什麼好，所以還是閉嘴，等著當事人自己發覺。

月楹回屋便翻身上了榻，蕭沂會那麼好說話？她不信。

從他的棋局看來，蕭沂是個謀定而後動之人，雖沒到未達目的、不擇手段的地步，但也差不離了。

他的試探潤物細無聲，簡單的幾句話，恰到好處，保證她可以猜到，又不過分顯露。

月楹意識到，自己和他玩心眼，實在是嫩了點。

上位者都是無情的，蕭沂溫和的皮子披了太久，她都快忘了他是皇室中人。

他現在願意問她的想法，只是因為她有利用價值。沒有利用價值的人，下場如何，她光是想都能作起噩夢來。

她把被子當頭一蓋。不行，明日一定要去秋暉堂，即便不是假期也要想辦法出去，遲則生變！

第三十四章

翌日，憂思了一夜的月楹頂著黑眼圈醒來。

「呀，妳怎麼了？睡不好嗎？」明露見了有些心疼。

月楹一照鏡子，自己都被嚇了一跳。「沒事沒事，休息幾日便好。」她拿出脂粉遮了遮才敢出門。

今日不是她的假，明露是能出去的，她想了想道：「明露姊姊，我有些事想出府，咱們能換換嗎？」

明露很好說話，她也沒什麼大事，就是想買春衫了，讓月楹帶也是一樣的。

「行啊。」明露道：「但世子房間妳還是得打掃的。」

「是是是，明露姊姊最好了。」月楹喜不自勝，誇讚了她一通。

蕭沂的房間每日都打掃，沒什麼困難的，月楹提著雞毛撣子就進去了。

蕭沂並不在屋裡，讓月楹鬆了口氣，隨後細細打掃起來。博古架上的玉器、花瓶簡單擦上一遍，這些活都是她做慣了的。

只是有一點不同，平日裡都放在第二層的汝窯花瓶被擺在了第三層，月楹沒有多想，將花瓶拿起來放回原位。

怎料她剛剛握著花瓶瓶頸提起，這個汝窯花瓶便碎了一地，碎瓷片濺起來砸在她的鞋面上。

好東西即便是碎了，聲音也格外悅耳。隨著這陣清脆的聲音，月楹的心也碎成了一片一片。

她被碰瓷了！

她就知道蕭沂沒那麼容易放過她！

月楹蹲下身撿起一地碎片，碎片邊緣有明顯膠水的痕跡。她憋著一口氣，鬆開了手，碎片再次四分五裂。

居然是這麼低級的手段?!

花瓶碎了的聲音很快將其他人都吸引過來。明露是最快跑過來的，見她直愣愣地站在那裡，抓著她的手察看。「沒傷著吧？」

「沒有。」

「沒事就好，碎了個花瓶而已，與世子認個錯哭求幾聲，他不會計較的。」王府裡矜貴的瓷器多得是，沒有十箱也有九箱。

月楹苦笑。事情真能那麼簡單就好了，這明擺著是陷害她的。

「怎麼了？」蕭沂搖著摺扇，款款而來，一副人畜無害的貴公子模樣，這樣芝蘭玉樹的公子，怎麼就是個黑心的呢？

「月楹不慎打碎了花瓶，但她並非有意。」明露使眼色，讓月楹趕緊道歉。

月楹低頭道：「奴婢一時失手，還請世子責罰。」

蕭沂慢慢走過去，看了眼地上的碎瓷片，語調可惜。「這可是上好的汝窯花瓶啊，價值千金。」

月楹等著他的表演。

「世子，月楹做事向來穩妥，這次只是一時失手，您就看在從前的分上，饒了她吧！」明露勸了句。

蕭沂收起摺扇，笑起來。「好，那便不打妳板子了，這汝窯花瓶少說也值兩、三千兩，月楹好歹是我的大丫鬟，賠個一千兩也就是了。」

「一千兩……」明露驚呼。月楹一個小丫鬟怎麼可能賠得起，她還想再說什麼，卻被月楹拉住了手。

「多謝世子寬恕，奴婢會還的。」月楹咬著牙擠出這幾個字，強壓下心底的憤怒。

她知道蕭沂的目的就是把她留在這裡，一千兩鉅款，劉太醫一個太醫怎麼可能一下子拿得出這麼多銀子？

這招釜底抽薪，徹底斷了她的贖身路，偏生這個罪魁禍首還在這裡扮好人，真是好憋屈！

月楹拽著明露就走，也不管地上的碎瓷片。

明露還在說：「一千兩銀子妳去哪裡籌，再求求世子，他向來心軟的。」

那是因為沒惹到他！

「沒用的。」明露這麼著急，月楹索性攤牌。「我昨日惹了世子不快，那花瓶我剛拿到手裡就碎了。」

明露張著嘴，眼裡有著不可置信。「妳的意思是，世子故意的？」

月楹點點頭。

明露的眼中好像有什麼碎裂了一般。「不會吧？」世子那麼小心眼嗎？「我在世子身邊這麼多年，沒少犯錯，他也沒重罰過我，妳是怎麼惹他了？」

月楹惆悵地嘆氣，故作深沈。「明露姊姊，別問了，都是我該受著的。」

她蹙起眉，一張包子臉就如受了極大的委屈似的抿著唇。明露看著心疼。「妳倒說個緣由，世子也不能欺負人！」

月楹心道，蕭沂平時的偽裝真的太好，明露這都有給她討說法的趨勢了。

她連忙道：「總之是我的錯，姊姊就別管了。」

她不說，明露也不好去問蕭沂。「算了，世子真要為難妳，我也管不了。還出府嗎？出什麼府，不用去了，這平白無故多出來的一千兩債務，她根本不可能還完。

月楹心頭生出一股火。蕭沂這招實在是太過分了！他們本就是不平等的，蕭沂想拿捏她就如弄死一隻螞蟻簡單，這種命運不被自己掌握的感覺，真的好難受！

蕭沂就沒把她的拒絕當一回事，居高臨下的皇家子弟，又怎會考慮她一個小人物的悲喜？他們理所當然地理解成，只是為自己博得更高條件的一種手段罷了。

必須要逃。可出城要官籍，逃跑第一需要的就是銀子，她還得細細籌劃一番。

接下來的幾天，月楹始終冷著一張臉，對蕭沂也是淡淡的，沒什麼好臉色。

面對蕭沂的吩咐，她盡職做著自己的事情，整個人就如冰冷的機器一般。

這日蕭沂正在寫字。「月楹，將櫃子裡的硯臺取來。」

月楹亦步亦趨，輕手輕腳地打開櫃子，將硯臺捧出來。

蕭沂見狀，嘴角含笑。「硯臺是石頭做的，碎不了。」

月楹冷眼看他。「一朝被蛇咬、十年怕井繩，奴婢小心些沒錯。」

氣性還挺大。蕭沂也知道她內心有氣，可這都幾天了，也該消氣了吧？

他道：「一千兩足夠妳還許久，暫時不會有別的。」

還暫時！聽聽這是人話嗎？

這話不僅沒讓月楹消氣，反而更加氣，陰陽怪氣道：「是啊，奴婢要還許久，您只要勾勾手指就能解決。」

蕭沂只當是時間不夠久，再過兩日應該就想通了。

他抬了抬下巴。「磨墨。」

還要壓榨她的勞動力！月楹將怒氣全部撒在了墨條與硯臺上，墨條被她磨得咯吱咯吱作響，甚至書桌都在抖。

蕭沂淡淡一句。「徽墨價值不菲。」

咯吱咯吱的聲音立馬消失，書桌也恢復平靜。蕭沂唇角微翹，繼續揮毫。

蕭沂的字很好看，他寫的是行書，瀟灑風流，還隱隱有一股傲氣。

月楹抬眸看了看牆上的字畫，都是蕭沂寫的，風格卻相差甚遠。蕭沂每一次練完字，似乎都會燒毀。

也是，字如其人，若是讓人看到他今日的這一幅字，恐怕沒人會相信他只是個富貴閒人。

燕風走進來。「世子。」

「有事？」蕭沂並未停下筆。

「呂家的事。」燕風瞥了眼月楹。

「說。」

月楹其實並不想聽，知道得越多，代表與他糾纏越深，她情願什麼都不知道。

「玉珮是真，人確實是假的。當年那人牙子一共賣了兩個孩子去戲班，其中一個在賣的途中被人看上了，另一個就是現在的呂七娘。」

「人被誰買走了？」

「賣家是對農門夫婦，他們子嗣艱難，一直沒生育，只想著買個孩子能送終，不料家中意外失火，夫婦倆一同殞命。真正的呂七娘又被發賣，再接下來線索便斷了。」
蕭沂只一句。「繼續查。」
沒有找到真正的呂秋雙，蕭澈與蕭浴也不會放棄。一旦讓他們倆其中一個率先找到，又會掀起一陣暗湧。
「那……呂七娘呢？」月楹突然問。
燕風知道她問的是那個假的呂七娘。「流落街頭。」
呂秋陽將董氏的病全部怪罪在她身上，把人趕出了呂府。她一個小姑娘，又回不去戲班，只能在街頭遊蕩。
月楹眼中閃過一絲不忍。一個才不過十一歲的小姑娘，即使愛慕虛榮卻也罪不至死，這樣被趕出家門，遇到危險的機會實在太大。
月楹指甲撓了下掌心。「沒有人管她嗎？」
燕風道：「她被趕出呂府後想去找蕭浴，但蕭浴哪有空理她。」一個沒有利用價值的人，蕭浴不會浪費一點時間。
「妳想幫她？」
她還沒開口，他便猜到了她的意圖。
月楹沈思道：「她終歸只是個小姑娘。」
「可惜妳幫不了她。」蕭沂好整以暇地看著她。「為什麼想幫她？」

「幫人需要什麼理由嗎？」

蕭沂啞然。

只是她心有餘而力不足，月楹垂著頭。他說得沒錯，她現在也自身難保，空有善心，卻無能力。

小姑娘垂頭喪氣了一會兒，倏然抬起頭。

她幫不了，但蕭沂可以呀！

但月楹轉念一想，蕭沂與蕭浴其實也沒什麼不同，骨子裡都是一樣的人。呂七娘對他們沒有利用價值，蕭沂又怎會出手相幫？

若拉下臉求蕭沂，他會幫忙嗎？月楹抬眸，又想起他的惡劣行徑來。算了吧，他不會幫忙的。

怎麼不問？蕭沂正等著她開口。這姑娘總有許多莫名其妙的善心，於她是累贅，卻是他可以大做文章的地方。

只要她提起，他便可順理成章提出些要求。

然而她好像不太配合，一副欲言又止的模樣，卻又不說出口。

蕭沂看過去。她輕蹙眉，手中的墨塊抓得死緊，掌心都染了墨跡。

蕭沂本很有耐心，慢條斯理練著字，只是等到宣紙用盡，眼前人還是沒有開口的意思。

「世子……」

還是忍不住了。蕭沂勾起唇角，停下筆尖動作。

他微笑道：「有事？」

月楹猶豫了一瞬。即使他救人的機率很小，她問都沒問，怎麼知道他不會答應呢？她心道，可他不幫呂七娘也是理所當然。人是她想救，與蕭沂無關，不能慷他人之慨，她再想想別的辦法吧。

「無事。」月楹像什麼事都沒發生一般，繼續研磨。

接下來她便真的一句話都不說，盡職盡責地做一個丫鬟該做的事。

蕭沂彷彿一個後背發癢之人，被抓撓了幾下緩解癢意，卻並沒有被根治，反而越來越癢，以至於抓耳撓腮，心煩意亂。

蕭沂將筆一丟，一枝上好的狼毫毛筆應聲而斷。「停下。」

月楹詫異。又怎麼了？

她明顯感覺到了他的不悅，難道她剛才把腦內想法說出來了？沒有吧？她帶著疑問的眼神試圖從燕風那裡找到答案。

燕風也是一臉懵。世子最近的情緒，有些變化無常啊……

「退下。」蕭沂朗聲道，重新從筆架上拿了枝毛筆。

月楹走得爽快，沒有一絲留戀。

剛拿到手中的毛筆迅速捐軀。

她聽見聲音，回望了一眼。上好的狼毫質量這麼不好的嗎？

她關好門，並沒有看見蕭沂慍怒的臉色。

燕風覷了眼蕭沂的臉色。「世子是有什麼吩咐嗎？」

「她為何不開口？」

「什麼？」

蕭沂甩開斷裂的筆。「她為何不求我？」

燕風腦子飛速轉動。「您是說，月楹姑娘？」

蕭沂不耐煩地睇他一眼，似乎覺得這個屬下有點傻。

燕風趕緊又道：「可月楹姑娘求您了，您就會幫忙嗎？」

「不一定。」蕭沂雙手環抱。這當然要看她的表現。

「既然您不一定會救人，月楹姑娘為何要開口？」

蕭沂自然懂得這個理由，但就是……不爽。送上門的機會就這麼溜走，他很不爽，尤其是她的態度。

他居高臨下道：「又想去詔獄？」

「不想。」

「那就閉嘴。」

不是您讓我說的嗎？燕風抹了把不存在的虛汗。

蕭沂越想越煩，連帶著看燕風也不順眼起來。碰瓷這餿主意便是他想的。他當時只想快速留住月楹，燕風便出了這個主意，他也沒多想就同意了。現在看來，不僅沒將人留住，反而把人推得更遠。

夜涼如水，春風還夾雜著一絲寒意鑽進來，附加了黏稠的濕意。

下雨了，春雨細而密，溫和也來勢洶洶。

蕭沂來回踱步，站定在窗前，沈聲道：「去把人帶回來。」

沒頭沒尾的一句話，燕風聽懂了。「是。」

蕭沂負手而立，看向東廂未滅的燈影，忽然笑了。

他怎麼也心軟了起來，這可不是好現象。

一元復始，大地回春。正月十五，元夕佳節，天上月圓，人間月半。

今日不宵禁，街上到處都是燈影重重，五花八門的燈籠都掛了出來。睿王府的小丫鬟們做完了事不當值的，熙熙攘攘的都去街上逛。

月楹本不當值的，但喜寶運氣不好，恰好她今日當值。月楹對看花燈沒什麼興趣，索性與明露換了個班。浮槎院的事情處理完了，便去滿庭閣找喜寶。

喜寶坐在廊下，百無聊賴地數著星星。「一顆、兩顆、三顆……好無聊啊，怎麼今日偏是我當值？」她也想出去看燈。

喜寶旁邊還坐了個小姑娘，她道：「也沒什麼好看的。」

喜寶反問道：「妳見過？」

小姑娘愣了愣，搖頭道：「沒有。」

「一會兒月楹姊姊就來找我了，幸好還有她陪我……」喜寶正唸叨著。

月楹提著食盒出現。「給妳帶了元宵。浮槎院的牛嬤嬤，做元宵可是最好吃的。」

喜寶小跳著過來。「我要嚐嚐。」

她身邊的小姑娘也從陰影中走出來。屋簷上掛滿了燈，月光也格外亮，月楹很清晰地看到了那個小姑娘的容貌。

她心神微震，這不是……呂七娘嗎？

喜寶拉著呂七娘的手介紹。「姊姊，這是我們院裡新來的丫鬟，叫釧寶。」

釧寶顯然沒認出月楹來，跟著喜寶喊了聲。「月楹姊姊。」

月楹怔了好一會兒。「哦……我只帶了一碗，妳們分著吃吧。」

月楹將食盒遞給兩人，心頭冒出疑問。她怎麼會在這裡？燕風不是說她流落街頭，難道被王府的人撿了？

即使是這樣，蕭汐應該認得出她是誰，怎會讓她待在自己的院子裡？

月楹斟酌著問了句。「釧寶，妳是怎麼到府裡的呀？」她語氣儘量平和。

釧寶眼神警惕起來。「我在路上暈倒了，醒來時，就在府裡了。管事嬤嬤說，是個侍衛大哥救了我。」

釧寶不想回憶那一天，太絕望了，求助無門，還遭人追殺！

蕭浴本沒有想要她的性命，只是她一直徘徊在府門前不肯走，他又怕她去對呂家說出他有意欺瞞的事情，才決定斬草除根。她不是呂家千金，那便無人在意，讓她悄無聲息的死去，很容易。

那是她第一次體會到瀕臨死亡的滋味，冰冷的匕首泛著寒光，險些就要刺進她的身體。她驚嚇過度，竟然直接昏倒了。

醒來時已經到了王府，說是有個侍衛路過時救了她，管事嬤嬤將她分到了蕭汐的院子。蕭汐是小郡主，釧寶對她還有些印象，見到蕭汐時，她非常害怕被認出來，然後趕出去，流落街頭的滋味，她不想再體會一次了。

釧寶現在什麼想法都沒有，千金小姐不是她的命，只要能活下來，有口熱飯吃，做什麼都行。在滿庭閣的這幾天，她很安心，沒有人知道她的過去，她又可以重新開始，尤其是還交到了喜寶這個朋友，初次見面，她倆便一見如故。

月楹思考著。侍衛？誰的侍衛？能讓蕭汐配合，也就那麼幾個人了。排除掉一些可能太低的，就只剩下了一個人。

「不會吧？」她反問自己。

「姊姊，什麼不會？」喜寶問了句。

月楹敷衍道：「沒什麼。妳們接著吃，我先走了。」她必須去問個清楚！

蕭沂沒有出門，書房的燈還亮著。月楹還躊躇著要不要敲門，怎料手一碰到，門就自動開了。

蕭沂從裡面打開了門，正要出來。「有事？」

月楹一偏頭。「奴婢方才去了滿庭閣，見到了……釧寶。」

「所以？」蕭沂神色沒有什麼變化。

她直接問了。「她是您帶回來的嗎？」

「是。」

月楹沒想到蕭沂承認得如此快速，脫口道：「為什麼？」

「幫人需要理由嗎？」蕭沂將她的話又還給了她。

月楹笑起來。「不需要。」雖然不知道蕭沂為什麼大發善心，總歸結果是好的。

總算露了笑臉。這幾日看她的冷臉是看夠了。蕭沂鳳眸微挑。

「奴婢告退。」

「等等。」蕭沂叫住她。「去加件衣服，上街。」

「上街做什麼？」

蕭沂理所當然道：「自然是看燈。」

月楹眉梢一動。他還有這閒情逸致？蕭沂不愛湊熱鬧，元宵燈會可熱鬧得很。

主子有吩咐，她也不能置喙什麼，回屋加了件外衫。

街上滿目都是燈火，到處都是亮堂堂的一片，小商販變著法子趁節日多賺一些，用精巧的燈作為頭彩，然而需要一下猜中十條燈謎。

許多人為精巧花燈駐足，更有小娘子央著身旁的小相公去試試，無一不敗興而歸。

月楹卻只顧跟著蕭沂，本來就路癡，現在這各色燈籠一妝點，她更是看哪兒，哪兒都一樣。

蕭沂丰神俊美的外貌吸引了不少妙齡女子，有些膽子大的，躍躍欲試往他身邊倒，月楹險些被擠開，只能再跟得緊一些。

蕭沂忽然停下，月楹猝不及防撞上他的背，結實的脊背撞得她鼻子生疼。

「啊——」她捂住鼻子喊疼。

蕭沂轉身，手中摺扇往她腦袋輕敲。「看路。」

月楹不滿。

「很疼？」蕭沂看見了她眼角的淚光。

「嗯。」是真的疼！淚蓄滿眼眶。

蕭沂柔聲道：「走我身邊來。」

月楹照辦，揉著鼻子道：「公子停下來做什麼？」

蕭沂神色淡淡，努了努下巴。「妳看前面。」

月楹望過去，前頭的攤位上站著不少人，眼熟的只有兩個，蕭汐與商胥之。

兩人似乎在猜燈謎，盯著一個燈籠看了許久。商胥之冥思苦想，蕭汐笑意融融輕搖著他的手臂，軟聲催促。

過了年，蕭汐就十四了，到了該議親的年紀。

蕭汐表面上經常被父母、大哥懟，其實是團寵無疑。月楹完全能體會蕭沂的大舅哥心理，看一切出現在自己妹妹身邊的適齡男性都不爽，即使是自己的好友。

「胥之哥哥，答案是什麼呀？」蕭汐滿目星光地看著他。

商胥之淺笑。「紅袋子，打一中藥，是赤包。」

看攤位的是個有些年紀的老掌櫃。「不錯，公子答對了。但要這盞凌華木宮燈可須一下子答對十個題目才行，還有九題。」

老掌櫃說著遞上下一題的謎面，謎面是三個字「起宏圖」，照樣是猜一種中草藥。

「遠志。」商胥之不假思索答出第二題。

蕭汐笑著拍起手來。「胥之哥哥好厲害！」

「兩題而已，便算厲害？」蕭沂搖著摺扇過去。

月楹抿嘴笑。這話酸得都沒邊了。

蕭汐眼中閃過一絲慌張，往商胥之背後躲了躲。「大哥，你怎麼出來了？」她今日出門說的是和商婂一起逛街，現下被抓了個正著，有些不知所措。

蕭沂道：「怎麼，只准你們上街？」

「不是、不是。」

商胥之倒沒什麼被發現的窘態。「不言，你難得有雅興。」

「比不上商大老闆大忙人。」蕭沂陰陽怪氣了一句。

蕭汐上前一步。「大哥，婻兒沒空，才請胥之哥哥來陪我的。」

「哦……」蕭沂眼神在他倆間梭巡了一番。

他這個傻妹妹，到現在還沒看出來。商胥之正月事忙，連找他下棋的空檔都沒有，卻單獨抽出時間來陪她逛燈會，心思昭然若揭。

「公子，還解題嗎？」老掌櫃催促了句。

第三十五章

「解，當然要解！」商胥之道。

似乎因蕭沂在側看著，商胥之快速地一連解了三題。

蕭汐樂不可支。「還有五題，胥之哥哥一定行的。」

商胥之笑道：「小郡主想要的宮燈，一會兒就能拿到了。」

蕭汐重重地點了一下頭。「嗯。」

蕭沂對他們倆這種旁若無人的狀態很不開心，輕咳了一聲以示自己的存在感。

「請再解這題。」

第六題，謎面是四個字，快快鬆綁。商胥之思索良久，沒有立即開口。

蕭汐道：「快快鬆綁？這謎面也太奇怪了，又是猜藥材。」

「不奇怪，妳瞧瞧後面是什麼？」蕭沂提醒了一句。

蕭汐往攤子後面看去，是家醫館。今日街上攤位大多數都是原本在這裡的商戶在門前支了個攤位，賣布的便出些與衣物相關的題目，賣飯的便出些與食物相關的題目。

「這一題，我猜不出。」他不擅醫藥，一連猜出五題已是僥倖。

蕭汐安慰道：「猜不出便不猜，那宮燈我不要了。」

商胥之沈吟片刻，抬眸道：「不言，你可猜得出？」

蕭汐接話道：「對呀，大哥剛才還說猜中兩題不算什麼，現在胥之哥哥猜中了五題，第六題你可會？」

沒見過這麼坑哥的妹妹！蕭沂對蕭汐胳膊肘往外拐的行為十分譴責，面上卻不顯，關鍵是他還真不會。

若非專業大夫，誰能記得上百種藥材？

大夫……蕭沂瞥了眼月楹。「我是猜不出，但有人可以。」

「誰？」

「月楹。」

蕭汐看向月楹，笑咪咪的。「對啊，月楹姊姊會醫術，想必對草藥也十分了解。」

月楹被趕鴨子上架。「奴婢不一定行的。」

「妳若猜不出，就是丟了我睿王府的臉。」蕭沂話是對著月楹說，但眼神看的卻是商胥之。

需要上升到這個高度嗎？月楹視線在兩人之間轉了一圈。蕭沂這是與商胥之鬥氣呢！有必要嗎？

她還在為前幾日的事情記恨他，即便釧寶的事情讓她氣消不少，心底還是有芥蒂，蕭沂想做的事情，她偏不讓他順心。「奴婢猜不出。」

蕭沂看她神情便知在撒謊，就是故意不想答。但他話都已經放出去了，堅決不能在商胥之面前丟臉。

蕭沂拉著月楹去了一旁。「要怎樣才肯？」

月楹乘機要挾。「一題怎麼也得一百兩吧？」

好個獅子大開口！蕭沂道：「最多十兩。」

這砍價比大媽都厲害，直接降十倍。月楹道：「五十兩。」

「成交！」

虧了，不該對半降價的。

「拿不到宮燈，一分都沒有。」

月楹道：「您等著瞧便是！」

兩人商議好後，月楹改口道：「奴婢盡力一試。」

老掌櫃卻不幹了。「換人就得重來啊！」

她淡笑。「沒問題。店家出題吧，或者您可以將十道題都攤開來，我一併答了。」

老掌櫃笑起來。「姑娘可不要說大話。」

月楹莞爾。「是不是說大話，您一試便知。」猜中藥字謎是她小時候常玩的遊戲，對外行來說興許有點難度，對於她卻是手到擒來。

「姑娘看好了，這是前五題的謎面。滿盤棋，方法論，攔水壩，偷梁換柱，百歲老人。」

只見月楹不假思索道：「無漏子，白朮，川斷，木賊，白頭翁。」

老掌櫃訝然。「姑娘，再看這四題。」

「請。」

老掌櫃又在桌上擺出四張謎面，滔滔不絕，五月既望，三省吾身，人間四月芳菲盡。

「長流水，半夏，防己。最後一句詩文嘛……」月楹故意頓了頓。「春不見。」

老掌櫃剛升騰起的喜悅瞬間消失。「姑娘實在厲害，想必是杏林中人。」

月楹微微頷首。

老掌櫃道：「最後一題可有些難度，姑娘還要繼續嗎？若不繼續，那盞紫藍蓮花燈可以拿走，雖及不上凌華木宮燈，可也不是凡品。若答不對，前面的可都不作數了。」

月楹擺手，態度從容。「不必，店家出題吧！」

老掌櫃深吸了口氣。「姑娘我這最後一題並非燈謎，而是一個上聯，姑娘能對出下聯便可將燈拿走。」

對聯與燈謎不同，燈謎的謎底是固定的，且不需什麼文墨。對聯講究平仄，工整，難度高了不止一點。

老掌櫃開口道：「我這上聯是白頭翁戰海馬，舞大戟，與木賊草寇戰百合，旋復回朝，不愧將軍國老。」

月楹沒有立即作答。

蕭汐有些擔心。「月楹姊姊能對上來嗎？不然就拿了紫藍花燈走，那盞也挺好看的。」

商胥之道：「這上聯大致意思是稱讚一個年邁將軍，英姿猶在，仍可建功立業。但方才月楹姑娘說白頭翁是藥材，這對聯中怕是嵌進了藥材名，不好對呀！」

蕭沂清冷的眼眸浮現笑意。攤位前的姑娘，春風撩起她的髮絲，顧盼生輝，勾唇巧笑，顯然成竹在胸。

「噤口，稍等會兒。」

商胥之輕笑。「不言對月楹姑娘這麼有信心？」

蕭沂道：「即便答不出也沒什麼，我家月楹已答對了九題，比之某人，強上數倍。」

某人指的是誰，不言自明。

那廂老掌櫃又道：「姑娘，我這上聯有白頭翁，海馬，大戟，木賊，草寇，百合，旋覆，將軍，國老九種藥材。」

「呀，九種藥材，好難啊！」蕭汐踟躕了會兒，往前幾步，與月楹耳語幾句。「月楹姊姊，咱們不答了。」

月楹一笑置之。「哪有半途而廢的道理。」隨即從容對出下聯。「紅娘子插金簪，戴銀花，比牡丹芍藥勝五倍，從容出閣，宛若雲母天仙。」

老掌櫃一聽，眼睛登時亮了，竟是工工整整，九味藥材一樣不差！

「妙！妙！妙！」老掌櫃連喊三聲妙，驚喜地從後面繞出來，鄭重取下那盞宮燈交到月楹手裡。「三年以來，姑娘是唯一對出下聯的人，還請留下姓名。」

月楹接下宮燈。「為何要留下姓名？」

「此上聯乃我家少主人所出，他交代若有人答出下聯，還請留下姓名。」

少主人？聽起來又是個有身分的。

「萍水相逢，還是不留了。」

蕭汐挽著月楹便走，那老掌櫃追了幾步。「姑娘……」

蕭沂擋住他的去路，冷聲道：「女眷之名本就絕密，老丈是否太冒失？」

老掌櫃見他打扮便知其身分不俗。「老夫失禮了。」

蕭沂冷哼一聲，轉臉和顏。「我們走。」

老掌櫃望著幾人離去的背影，直嘆可惜。

月楹得了宮燈沒在手上拿多久，便交給了蕭汐。

「月楹姊姊真厲害，比胥之哥哥和大哥都厲害！」蕭汐還是小孩心性，誇獎的話不吝言辭。

「是，月楹姑娘是厲害。」商胥之附和。

月楹無奈。這要是度量小一點的主子，不知會被針對成什麼樣，不過蕭沂的度量，似乎也不是很大。

她打量了蕭沂一眼。蕭沂似有所察，轉過臉來，抓了個正著。

月楹若無其事移開視線。明亮的燈照下，她的小動作無所遁形。

「不言、胥之？」不遠處傳來一聲輕喚。

眾人抬頭，見一白衣公子從長街的另一個方向走來，身邊跟著幾位僕從。

蕭沂拱手行禮。「十一殿下。」眾人也跟著行禮。

「在外不必多禮。」蕭澄只比蕭汐大一歲，按年紀還要叫蕭沂一聲哥哥。

蕭澄眉目靈秀，頭戴金冠，是個俊俏的小郎君。月楹只在呂府匆匆見過一眼，便記住了他的容貌。

「殿下怎的獨自一人？」蕭沂道。

蕭澄笑起來。「本想約秋陽逛一逛這元宵燈會，然他小妹正是元夕走失，為恐其觸景傷情，故而一人上街。」

蕭沂緩緩點頭。「原是這樣。」

蕭澄垂下眼瞼。「汐兒手裡的這盞宮燈好精巧，是胥之為妳贏來的？」

蕭汐忙道：「不是、不是，是大哥贏下贈我的。」

「哦……」蕭澄這一聲應得意味深長。

蕭澄左右看了看。「商大姑娘沒有與汐兒一塊兒出來嗎？」

商胥之道：「我那小姪兒有些不適，媂兒掛礙，所以未出門。」

蕭澄點點頭，他轉而看向蕭沂。「不言可有空一敘？」

蕭沂微愣，眼神晦暗不明，隨即笑起來。「殿下相邀，不敢辭耳。」

明明無風，月楹卻覺得眼前有風雲暗湧。

蕭澄哈哈笑了兩聲。「不言，你我之間，何必如此。」

蕭沂頓了頓，回頭囑咐道：「胥之先送汐兒回去吧！我與殿下再走一走。」

商胥之頷首，帶著蕭汐離開了。

蕭沂與蕭澄相顧無言，似乎都在等著誰先開口。

月楹被這種奇怪的氣氛搞得有些緊張，捏了捏掌心。剛才就該跟著蕭汐一起走的。

蕭澄與蕭沂並肩而行，來到了一處酒樓的二樓。酒樓名曰香滿樓，酒樓臨江，坐在窗前便可看見滾滾江水。廂房內燃著木香，蕭沂與蕭澄相對而坐。

「殿下是餓了？」蕭沂問。方才蕭澄吩咐小二點了幾道菜，故有此一問。

蕭澄淺笑。「晚膳用得早，是有些餓了。」

蕭沂鳳眸微斂，飲了口茶。無事不登三寶殿，蕭澄定是知道了什麼，否則也不會點那三道菜了。

蕭澄嘆了口氣，眉目間帶著落寞。

「殿下有心事？」

蕭澄抬頭道：「不是我，是我一位友人。不言也算半個佛門中人，不知能否幫我這位朋友解惑？」

蕭沂道：「願聞其詳。」

月楹聞言，豎起耳朵。蕭澄這話不就是後世的經典開頭「我有一個朋友」。

蕭澄站起來踱步到窗前。「我這位朋友自小悲苦，本打算賦閒安穩一生，不料其父某日忽對他言，令其繼承家業。他不明白，家中尚有出色兄長，為何選他？他實在惶恐，怕其父乃心血來潮。不言說說，我這位朋友該如何？」

蕭沂閉了閉眼眸。「其父選人，必有其考量，既其父已對殿下的朋友明言，想來不會出爾反爾。有出色兄長在前，其父無必要來哄騙您……的朋友。」

蕭澄鬆開眉頭，坦然一笑。「不言對我這位朋友父親的心思，猜測甚準啊。」

蕭沂將茶碗蓋上。「不過隨口一猜，殿下不必放在心上。」

「哈哈哈，不言不必自謙。」

月楹看他們這麼一來一回打啞謎，越來越心驚。他們的對話帶入蕭澄的身分一推，不就是……

她訝然。五皇子與九皇子相爭半生，都是在給這位鋪路？看蕭澄的反應，他似乎知道蕭沂的真實身分，也並不怕蕭沂清楚他已經知道了蕭沂身分的事情。

所以蕭澄得知消息的管道，必然是蕭沂所允准的，那麼只有一種可能——

月楹睜大了雙眼。她好像知道了了不得的事情，現在裝聾還來得及嗎？

蕭澄坐下來，感嘆似的說了句。「雖如此，卻是身不由己。」

蕭沂臉帶淡笑。「世上諸事，多身不由己。」蕭澄定定地看著他。

「是啊，不言不也一樣嗎？」

蕭沂手指撥開摺扇，淺笑不語。

屋子裡一時沒人說話，有些沈寂，只餘滔滔江水聲。

月楹琢磨著蕭澄的話是什麼意思。蕭沂身不由己？王府世子，天子驕子，又是皇帝寵臣，哪裡身不由己？

她瞄了眼蕭沂，看不出來半點身不由己的模樣。

香滿樓的小二送飯菜進來，蕭澄卻站起來。「不言，我還有事，先行告辭，這一桌便算我請你的。」

「送殿下。」蕭沂行了個叉手禮。

月楹眼中疑惑加深，久久凝視著蕭澄離去的方向。

「在想什麼？」蕭沂忽然問。「但說無妨。」

她說出了自己的疑惑。「十一殿下好奇怪，菜是他點的，上了菜卻不吃，彷彿這菜是專程為您點的。」

蕭沂低眉淺笑。「聰明。」

他捧得都讓月楹有些自豪了，但一想到這背後還有意圖，就高興不起來。

面前三道菜，鹽水鴨，椒鹽排骨，鹽竹筍，鹽——再加上兩淮傳來的消息，蕭沂微微瞇起眼。看來這位十一殿下，也並非如他所說的身不由己。

皇帝日漸年老，卻還未立東宮，眾大臣都在猜測會是蕭澈與蕭浴之間的哪一個，連他都曾這樣想過。

然而最後皇帝選擇的卻是平日裡毫不引人注目的十一皇子蕭澄，或者說並非不引人注目，而是蕭澄年紀尚小，現在是時候讓他出來磨鍊了。

蕭澈與蕭浴在朝中的勢力錯綜複雜，皇帝故意放任不管，讓他們鬥得兩敗俱傷，再讓蕭澄適時出現，交給他一個肅清的朝局。

不得不說，皇帝真是好謀算。

蕭沂本還以為呂家的事情只是皇帝在試探，現在看來是在給蕭澄鋪路。皇帝連他的身分都告訴了蕭澄，便說明心中已經認定了太子。

可笑，蕭澈與蕭浴還在為掙得皇帝的一絲寵愛而纏鬥不休。

蕭沂之前還在奇怪，兩淮的事掌握的證據已經夠多，皇帝卻下命令秘而不發。現在想來，皇帝在等一個時機。呂家的事情已經讓蕭澈、蕭浴都吃了個虧，便該趁熱打鐵，一旦兩淮的事情爆發，得利的還是蕭澄。

蕭澄若真如他自己說得一般不理俗事，便不該知道兩淮的情況。

蕭沂勾唇淺笑，耳邊驀地傳來一聲輕響。

月楹捂著胃部，暗罵這肚子怎麼這麼不爭氣！

「餓了？」蕭沂一擺手。「坐下吃吧。」

她嘴硬。「不想吃。」她是真餓了，今日晚飯沒吃多少，就是留著肚子吃元宵的，誰知半道被蕭沂拉出來看花燈。

香滿樓是有名的大酒樓，飯菜香味撲鼻，月楹噎了噎口水。不行，嗟來之食不可吃。

蕭沂抵唇輕笑。「不收妳銀子。」

房中只有他們三人，月楹心想賭氣也不能餓肚子，餓著自己多不划算，反正都是他的錯，吃點也沒事。

於是她坐了下來，一邊吃、一邊點評道：「菜是不錯，但似乎單調了些。」

蕭沂聞言。「燕風，讓小二送碗元宵上來。」

「我可沒說想吃元宵。」這是他自己說的。

蕭沂莞爾。「行了，我付帳。想要芝麻的還是豆沙的？」

月楹眉眼彎起，兩頰鼓鼓，像隻囤滿了東西的小倉鼠。「世子請客，能要兩碗嗎？」

蕭沂看她一眼。「妳能吃得下兩碗？」

月楹道：「還有一碗是要給燕侍衛的，他應當也餓了。」

燕風推卻。「不，屬下不餓。」

他話音剛落，肚子發出聲響。「咕嚕——」燕風面色尷尬。

月楹噗哧一聲笑出來。

「你也去要一碗吧。」蕭沂頓了頓，又道：「一碗興許不夠，你想要幾碗就幾碗。」

「多謝世子。」燕風領命出門。

月楹繼續扒拉飯菜。鹽水鴨真好吃！

蕭沂語氣亦喜亦嗔，還帶著些許不為人察的寵溺。「慣會拿我做人情。」

月楹淺笑。「您要是能將奴婢的銀子減免了，才真是天大的人情。」

蕭沂正色道：「我可以給妳減免，還可以贈妳黃金千兩，只要妳願意……」

「加入飛羽衛。」月楹接話。

他道：「妳一直都清楚我要的是什麼。」

「奴婢不願意。」

月楹專心低頭扒飯。小二進來送元宵時，險些被房裡的氣氛冷到。

轉眼元宵已過數日，摘了門前的大紅燈籠，這個年才算過去了。

「才發了月例，別悶悶不樂呀！」明露數著剛領到手的銀子。

正月第一次領月錢，管家都會包個大紅封送給各房下人，寓意這一年都有好兆頭。

月楹依舊低頭，一言不發。

明露也明白她是在為欠蕭沂的一千兩銀子苦惱。「俗話說債多不愁，世子爺不會催妳立刻還，他不缺銀子。」

月楹托腮凝神。蕭沂想要的當然不是銀子，是她這個人啊！可惜這話不能對明露說，不然不知得被歪曲成什麼樣。

苦惱之際，夏穎為她帶來一個好消息。

月楹缺錢這事，夏穎一直在替她想辦法，她的醫術便是能賺錢的法子。

「前幾日，翁婆婆來找我，說是有一樁事要請妳幫忙，若成事，銀錢之事不必愁。」

月楹欣喜之餘，與夏穎來到了翁婆婆的住所。

到了翁婆婆家，來開門的是個小婢女，引著人進來。「婆婆今日腰疾犯了，精神不是很好。」

人上了年紀，身體多少都會有些毛病，早年在宮裡，翁婆婆連日操勞落下了腰疼的毛病。

月楹來到翁婆婆床前，替她推拿了一番。翁婆婆舒爽多了，倚著軟枕與她講話。「岳丫頭以後的造詣定然比我要高。」

「您言重了。」

翁婆婆打了個哈欠，問小婢女。「什麼時辰了？」

小婢女答。「剛過巳時。」

月楹問：「您是有事嗎？」

「岳丫頭，這事也只有妳能幫我了。」

「請我幫忙？」

翁婆婆笑起來。「是幫忙。於妳也是一樁不錯的差事，只看妳介不介意了。」

「請您細說。」

春風夾雜著冬的涼意，今日沒有太陽，陰沈沈的天空並不明亮。

月楹裹緊了披風，看著面前這漂亮的樓。當中掛了個匾額，匾額上有兩個紅底金漆的字——瓊樓。

現下正緊閉著門，這個時辰，這裡是不開門的。

月楹深吸了一口氣。活了兩輩子，還是頭一次來這種地方。想著翁婆婆的囑託，她繞到後面敲了三下門。

來開門的是個小姑娘，見月楹揹著藥箱。「妳是翁婆婆的徒弟？」

月楹手抓著藥箱的背帶。「是。」這個藥箱是翁婆婆送她的。

小姑娘道：「跟我進來吧。」

月楹跟在小姑娘身後，進到了內堂。她鼻子靈敏，還未進門就聞見了數不盡的脂粉味，各式各樣都有，玫瑰、百合、海棠、牡丹……沒忍住打了個噴嚏。

小姑娘聽見動靜回頭。「別是傷風了吧，樓裡的姑娘可不能被傳染。」

月楹揉了揉鼻子，不好意思道：「不是，我聞見脂粉味有些嗆鼻子，適應一下就好。」

小姑娘笑起來。「那得盡快適應，這裡最不缺的就是脂粉味。」

月楹繼續往前走，首先映入眼簾的是層層疊疊的淡粉色紗幔，進入大堂，面前就是一個高起幾個臺階的臺子，臺子上鋪了地毯，臺前有數張雕花紅木圓桌，兩邊各有交錯的樓梯通往二樓。

小姑娘帶她到了圓桌前。「姑娘稍坐，我去請媽媽來。」

月楹頷首，環視了一圈。瓊樓共有三層，房間眾多，眼下這些房間個個房門緊閉，完全無法想像到了晚間會是個怎樣的熱鬧場面。

瓊樓是京城有名的青樓，這時候的青樓與後世理解的有些不同，青樓裡多數都是清倌兒，賣藝不賣身。這裡的姑娘大多都有才情，是以有不少文人雅士也會來，一品大員、世家公子中也有常客。

本朝不明令官員禁入青樓，只對單純賣身子的妓館有明文規定。但不管怎麼說，都是做生意的地方，男女共處一室，若雙方願意來一場露水情緣，屋子裡也有備好的床。

明面上，青樓與妓館地位不同，在有些人眼裡區別還是不大。

青樓裡的姑娘生了病，有些病難以對外人啟齒，男性醫者也總有不方便的地方，便想法子請了翁婆婆這般的醫婆來定期給姑娘們把脈。

鄭媽媽從二樓下來，明顯是剛睡醒，臉上還帶著惺忪，看見月楹一張稚嫩的臉，左右打量著。「妳是翁婆婆的徒弟？翁婆婆人呢？」

第三十六章

月楹站起來道：「師父年歲大了，今日又犯了腰疾，往後都是我來。」

鄭媽媽顯然對年輕的月楹有點不太信任。「小丫頭這點年紀，行了幾年醫啊？」

月楹並不惱，看了眼鄭媽媽，抓住了她的手。「媽媽近日來是否覺得四肢冰涼，腰膝痠軟且伴有腹脹？」

鄭媽媽神色開始認真，反握住了她的手。「對，對。」

月楹繼續道：「癸水要麼不來，要麼成崩漏，我說得沒錯吧？」

鄭媽媽坐下來道：「是呀，之前它不來我還當是停了，也沒有在意，不料上個月來了，足足有十天。」

月楹手指按在她的脈上，故作深沈道：「媽媽的病，有些棘手啊。」

鄭媽媽急了。「大夫，不論需要什麼矜貴的藥，您儘管開。」鄭媽媽很是惜命，做這一行本就是豁出臉皮賺銀子，若沒了命，賺那麼多銀子又有什麼用。

「媽媽不必擔心。」月楹不過逗一逗她。鄭媽媽面色浮腫，手掌冰涼，典型的更年期導致的腎陽虛，不算什麼大病。寫了張藥方給她，又囑咐了句。「這病最重要的就是心情舒暢，切不可隨意動怒。」

鄭媽媽笑得眼角的細紋都彎起。「都聽大夫的。」說著便讓身後的小婢女去叫姑娘們都下樓。

未幾，一群打扮得花枝招展的姑娘們便下了樓，個個妝容精緻，貌美如花。

月楹還沒見過這麼多美人聚在一起的盛況呢，美人們有清秀、有豔麗，各式各樣，看著美人，心情都好了不少。

其中有個穿綠衣、性子活潑的和月楹開起了玩笑。「這是媽媽新買來的姊妹嗎？媽媽這回可走眼了。」

鄭媽媽不高興地瞥了說話之人一眼。「這是岳姑娘岳大夫，放尊重一些。」

綠衣女子呵呵一笑。「喲，人不可貌相啊，小姑娘竟是個大夫。」說著便伸出手臂坐下來。「給我看看可有什麼毛病沒有？」

月楹把脈。「這位姊姊近來睡眠可好？」她臉上妝粉太重，月楹無法從面容獲得更多訊息。

綠衣女子愣了愣。「確實有些多夢。」

月楹道：「爪甲不華，肌肉跳動，口中還有怪味？」

綠衣女子捂住口鼻。也不知何時開始，她口中確實有股味道，平日裡見客時都口服香丸，即便如此，還是有些客人嫌棄。

「岳大夫能治好嗎？」琴韻輕聲問，語氣已經沒了玩笑的心思。

月楹笑道：「當然可以。此乃肝之陰血虧損，連藥都不用吃，多喝些酸棗仁湯便可。」

琴韻謝過月楹。她淡聲道：「下一位。」

琴韻是個刺頭，姑娘們見月楹連她也搞定了，都對月楹有了幾分看重，自覺排成了隊伍。

除去不在瓊樓的，總共三十多個姑娘，大病的沒有，小毛病倒是有不少。

月楹一一給她們開了藥，末尾時對眾位姑娘道：「姊姊們，往後我來看診之際還望不要塗脂抹粉，以免我診斷有誤。」一個個臉都那麼白，還有香粉胭脂，太干擾她看病了。

鄭媽媽高聲道：「都聽明白了沒有？」

姑娘們紛紛應聲。

月楹收拾起了東西，又問了句。「可還有人沒來嗎？」

人群中有人道：「晚玉還沒下來，昨兒她陪趙公子到深夜，許是睏倦還沒起。」

「快去把她叫起來，哪好讓人家大夫等人的。」鄭媽媽沒說兩句就要發怒。

月楹一個眼神，鄭媽媽想起醫囑來，閉上了嘴。

「無妨，晚玉姑娘累了，我上門去就是。」

這個時辰沒有客人，她也沒什麼不方便的。這些姑娘也都是苦命女子，鄭媽媽方才這行為放現代就是打工人加班到深夜，第二天還被老闆催著起床。

琴韻正好住在晚玉的隔壁。「岳大夫，我帶妳過去。」

月楹點頭道謝，跟著琴韻上了三樓。

月楹好奇道：「三樓的裝飾似乎與二樓不同？」

「岳大夫沒來過瓊樓吧？」琴韻笑道：「我真是糊塗了，岳大夫妳一個姑娘怎會去青樓？」

月楹搖頭。「沒有。」

琴韻耐心給她講起青樓的規矩來。「這二樓住的姊妹都是無甚出色的，能上三樓的，都是有本事的。」

青樓裡的姑娘也分三六九等，頭牌受到的待遇與普通姑娘自然不同。琴韻與晚玉都有一技傍身，琴韻擅棋，晚玉擅詩，都是瓊樓裡有些名氣的姑娘，賺的花紅也多。

琴韻一身簡單開胸裝，胸前一隻赤蝶展翅欲飛，行走之間自有一股風流態度，讓人見之難忘。有技藝還不行，皮相也是極重要的。

月楹上到三樓，看見最裡間門口的花草有些與眾不同，多看了兩眼。琴韻也看到她的視線，解釋了句。「那是花魁娘子的房間。她出門去了，不在瓊樓。」

月楹挑了挑眉。花魁娘子，不知是怎樣的絕色？

「就是這間了，岳大夫自己敲門吧。」琴韻打了個哈欠。「趁著還有工夫，再休息會兒。」

月楹抬手敲了幾下門，屋裡柔柔地傳來一聲詢問。「誰呀？」

她道：「我是媽媽請來給姑娘們請脈的大夫。」

然後是一陣起床穿鞋的聲音，門吱呀一聲開了。

「請——」來開門的姑娘看見外面的人，想說的話瞬間都堵在了嗓子眼。「是妳！」

「妳怎麼在這裡?!」

兩個姑娘面對面，同時發出了驚呼。

晚玉的疲倦一掃而空，眉眼彎起。「沒想到在這兒見到妳。」她熱切地挽著月楹的胳膊。

月楹也沒想到在這裡見到熟人。晚玉是她在牙行認識的。那是京城最大的牙行，不僅賣丫鬟也賣妓人，還有戴罪的官眷。

認識晚玉的時候，她還姓宋，在牙行昏暗的屋子裡面，不吃不喝，發了高燒。牙婆花了大錢把她買來，當然不想吃虧，請了大夫來醫治。但宋晚玉已經沒有了求生的意志，她知道，她是官奴又有才情，等待她的一定是青樓楚館。

宋晚玉本是戶部尚書千金，金尊玉貴，卻因父親貪污獲罪。連坐之罪，誰也逃不脫，偌大一個家倒了，父親被砍頭，家中女眷悉數被賣，十歲以上男丁發配。

宋晚玉一夜從天堂到了地獄，她自知父親做錯了事，淪落至此也沒什麼好指責的，但讓她去青樓，她的驕傲不允許，寧死不想受辱。

那時的宋晚玉一心求死，是月楹救了她。

彼時的月楹剛穿過來不久，聽見牙婆在為宋晚玉的事情煩惱，便自告奮勇。她是重新活過來的人，最見不得有人糟踐自己的性命。

她生病時，為了活下來吃了多少的苦頭，好容易才活過來，如今遇見個不想活的，覺得宋晚玉分外奢侈。

月楹把不願意喝藥的宋晚玉救了回來，宋晚玉不但不感激，還怨懟道：「為何不讓我死？」

她淡淡道：「死很容易，活著才艱難，為什麼想死？」

宋晚玉了無生氣。「不想進青樓，想清清白白地去死。」

「青樓又如何，不都是憑本事吃飯嗎？」

「妳不懂。」宋晚玉的眼睛沒有神采。

月楹問道：「死去的人會得解脫，徒留活著的人傷悲。妳沒有牽掛的人了嗎？」

父親已死，母親在抄家的當日懸梁，弟弟不知生死……宋晚玉忽然痛哭起來。她的弟弟才滿八歲，被官差拉走前死死抱住了她的腰，淒厲的哭聲，她現在都還記得。

月楹見她情緒波動，繼續道：「想想妳尚在人世的其他親人，他們不捨得妳死的。或是，還有誰在等著妳？」

宋晚玉想到了弟弟。弟弟臨走前淒厲地哭喊。「阿姊，救我！」

那時她是怎麼答的？「謙弟，等著阿姊，阿姊會找到你！」

思及此，宋晚玉淚水決堤。弟弟還在等她去找他，她不能就這麼死了！她的人生被毀了，但她弟弟還有機會，他那麼小，合該平安喜樂一生的。

再抬頭時，她眼中已有了希望。

思緒回籠，月楹嘆了聲。「沒想到會在這裡見到妳。」

晚玉哂笑。「我本就應該在此。倒是妳，為何來此，還成了大夫？」

月楹與她說了一遍這幾月的境遇，隱去了被買入王府這一細節，只說自己被賣到了一個大戶人家，意外救了夏穎，然後認識了翁婆婆。

月楹知道她能活著全為著弟弟，肯入青樓也是因為青樓魚龍混雜，能找到她弟弟的機會更大。

偌大一個京城，要找一個人談何容易？宋家十歲以下的男丁充做罪奴，不知被賣到了何處。

「可有妳弟弟的消息？」

晚玉搖搖頭。「打聽了許久，不曾有。」

月楹安慰她道：「也不必急於一時。茫茫人海，只要有心，終歸有希望。」

「是。」晚玉像是給自己鼓勁般。「當初牙行一別，也沒想過再與妳相遇。我們能再相逢，不正是證明了弟弟也有機會與我相遇嗎？等找到了小弟，我要教導他讀書，不為當官，只求明理，不讓他與爹爹一樣。」

晚玉活著只為弟弟，全然沒有了自我。月楹忽有些懷疑，當初勸她活著，究竟是對是錯？

月楹給她把了脈。「妳身子沒什麼問題，就是有些元氣不足，乃長時間熬夜所致，開幾服藥溫養著也就是了。」

晚玉笑道：「月楹本事不俗，不該只當個丫鬟。」

月楹嘆了聲，想到蕭沂。又不是她不想走，是有人不放她走。

月楹見她眼底有些青黑，拿出一盒面霜。「老友相見，沒什麼好送妳的。這是我自己做的雪顏霜，妳每日睡前抹上一些，膚質會更好。」

晚玉欣喜接過。「妳這可算幫了我大忙，我怎能白拿妳的東西。」說著她便去梳妝檯上拿了一支銀簪。「我也沒什麼好送妳的，這支銀鈴極襯妳，還望月楹不要嫌棄我的東西。」

「怎會？」

晚玉笑著將簪子送入她的髮間。銀簪工藝並不複雜，尾部墜了兩個小鈴鐺，行走時鈴鐺碰撞起來，發出清脆的銀鈴聲。

月楹淺笑，撫了撫鬢間。怎麼一個、兩個都喜歡送她簪子，上次蕭汐送的竹節玉簪自南興侯府回來就不見了，想必是掉了，她雖不捨但遍尋不見，也只好安慰自己無福消受那麼貴重的東西。

這次晚玉送的，可不能再丟了。

第三十七章

南衙飛羽司，詔獄內。

蕭沂指尖摩挲著一支玉簪。玉質溫潤，玉簪表面光可鑑人，想必是長時間摩擦所致。

凌風走過來，蕭沂將東西收回袖中，銀質面具遮了半邊臉。「怎麼回事？」

凌風道：「抓住十餘個北疆的細作，看情況潛進來已經有好些日子了，可惜剛問了兩句就咬了毒囊，弟兄們及時施救也沒能救回來。」

「北疆？」北疆與大雍向來不合，近來更是屢屢聯合西戎人在西北邊境搞小動作。

但凡細作一般都單線聯繫，絕不會這麼集中一下子派出很多人，除非他們有大動作。

北疆、西戎表面俯首稱臣，然暗地裡對皇帝的暗殺從未停止。他們的行為定然是配合著皇帝來的，而最近唯一能下手的地方，便只有皇帝一年一度在木蘭圍場的春獵。

「怎麼發現的？」

凌風說：「那北疆人是一個商隊，來大雍販賣香料，卻不想遇上了奸猾之人，誣告他們的香料是假的。事情鬧上公堂，細查之下這才知道商隊的身分、文牒都是假的。」

「一點消息都沒問出來？」

凌風汗顏。「沒有。」

「無能！」

「屬下知罪。」

「但願你是真的知罪。數十北疆人潛入我大雍京城，竟到今日才發現，安逸的日子過久了，都沒用了不成？」蕭沂語氣不怒自威。

凌風連忙下跪。「屬下失職，定然好好敲打底下人！」

蕭沂微瞇起眼，手指一下一下敲著底下的案桌。良久，他才道：「起來吧，繼續查，務必要活口。」

「是！」

此事只是一個缺口，且這次發現北疆人純屬意外，若沒有那奸猾商人，這麼多北疆人，豈非悄無聲息都進入了大雍？北疆人不知用了多少次這法子將人送進來，他們發現的只不過是一角。

他本以為密不透風的京城，在北疆人眼裡，似乎也只是篩子罷了。

凌風順藤摸瓜，將商隊所經之地仔細查找了一遍，結果令他大吃一驚。

商隊所住的客棧老闆是北疆人，而且是數年前便已入京城，甚至在京城娶妻生子，可憐那店老闆娘，渾然不知枕邊人有異心。

客棧老闆被抓時還一臉無辜，被蒙著頭帶進詔獄。「你們做什麼？我可是良民，私自抓人有違大雍律法，我勸你們速速放了我！」

「大雍律法？烏木爾，你還懂大雍律法。」這聲音冰冷得沒有一絲溫度。

烏木爾強烈掙扎的身子瞬間冷靜下來。「你是誰？怎麼會知道我的名字？」

蕭沂示意凌風摘掉烏木爾的頭套。刺眼的燭光瑩瑩，他身處暗室，旁邊擺滿了刑具，周圍人皆著玄黑暗紋飛羽服，眼前人卻是白衣，臉上的銀製面具，泛著陣陣寒光。

烏木爾瞳孔微縮，猜到了自己在哪兒。「你是飛羽衛指揮使？」

「還不算太笨。」蕭沂淺笑。「說說吧，你們此次的目的是什麼？」

烏木爾嗤笑一聲。「指揮使認為我會告訴你嗎？」

蕭沂並不著急，舉起手輕拍了兩下，右側黑布被揭下。那側也是一間牢房，烏木爾的妻子與兩個孩子被綁縛了手腳、遮住眼睛，丟在那裡。

「你不說，你妻子與孩子的安全我便不能保證了。」

烏木爾眼含怒意。「早聽說飛羽衛做事不擇手段，竟連無辜之人也不放過！」

「無辜？」蕭沂輕笑。「此女被你所污，便是你的人，算不得我大雍子民。至於兩個小兒，都流有你的骨血，也算不得無辜。飛羽衛的手段想必你聽說過，進了詔獄的人有什麼下場，你應該清楚，如果不想妻兒受苦，便趕緊交代。」

烏木爾放聲大笑。「哈哈哈，我北疆男兒何懼嚴刑？你們休想從我口中知道一個字，即使我死，我北疆鐵騎終有一日會踏破大雍國門！」

「敬酒不吃吃罰酒！」蕭沂一擺手，那邊立即有人將烏木爾一家架在刑具上。

帶著倒刺的蒺藜鞭就要打在他妻子身上，烏木爾目眥盡裂，忽然暴起，掙開了身上的繩索，發出數道暗器。

卻不是朝著蕭沂，暗器直往另一間牢房而去。

「他要滅口！」凌風想攔，速度卻是不夠快。

暗器穩穩地插進了兩個孩子的咽喉。烏木爾的妻子一個側身躲開了暗器，飛鏢釘在了十字架上。

電光石火之間，蕭沂飛起一腳踹在烏木爾臉上，烏木爾應聲倒地，口吐鮮血，幾顆碎裂的牙齒也滾落下來。

倏然間，烏木爾渾身痙攣起來。凌風飛快上前，之前那幾個北疆人都是這麼死的，他明明已經檢查過了他唇齒間，卻不想還有。

凌風走到烏木爾的身旁，他口中的鮮血顏色漸漸變黑，凌風探了一下他的鼻息。「還有氣，想必是您踢斷了他的牙齒，使其不能咬破整顆藥囊。」

「還有救？」

凌風道：「醫術高明的或許能救，我不行。」

夏風從隔壁的牢房走過來。「這等無情無義的男人，救他做什麼？」夏風是四大飛鴿裡唯一的女子，方才蕭沂讓她扮作烏木爾的妻子演一齣戲。

牢房昏暗，再加上距離遠，她又擅長偽裝，烏木爾驚慌失措下，果真沒有分辨出來，卻不想他如此狠得下心。

「自己的親生骨肉，說殺就殺。」為求真實，那兩個孩子的確是烏木爾的孩子。

夏風甩出剛拔下的飛鏢，扎在了烏木爾的大腿上。

燕風嚇了一跳，看見血是正常顏色才安心。「妳還真不怕有毒！」飛鏢上若有毒，那可是毒上加毒。

夏風道：「我剛才看過了，沒毒。這等無情無義的北疆人，死有餘辜。」

蕭沂淡淡開口。「意氣用事，他現在還不能死。」

夏風懨懨道：「是。」

蕭沂又道：「燕風，去把月楹找來。」

燕風訝然。「找月楹姑娘到這裡來？」

「你的理解什麼時候這麼差了，還要我說第二遍？」蕭沂臉上一凜。

「不用，屬下領命。」燕風連忙遁走。

疑惑的不只燕風一人，還有凌風。他先前只以為月楹是蕭沂的朋友，現在看來似乎並不是。「月楹姑娘也是飛羽衛中人嗎？」

蕭沂道：「現在還不是。」

這意思就是，以後會是的嗎？

凌風斂眉不語。夏風走過來，趁著蕭沂不注意，悄悄問：「月楹姑娘是誰？」怎麼她才去西北幾個月，就多了點她不知道的事情。
凌風撇了撇嘴。「實話說，我也不清楚，我還沒燕風知道得多。」
燕風時刻不離指揮使，他們任務繁多，一年之中在京城的日子都很少。蕭沂身邊出現了什麼人，他們還真不清楚。

月楹揹著自己的小藥箱站在詔獄門口，有些望而卻步。
燕風笑咪咪地請她進去。「月楹姑娘，這邊。」
月楹心裡七上八下。進去了可真就沒有退路了，蕭沂絕不會放她走。但不進去，她覺得自己的小命可能會當場不保。
她乾笑道：「不用蒙個眼什麼的嗎？」
「不必。」其他人也許要，但月楹連蕭沂的身分都知道，也就沒有必要欲蓋彌彰。
詔獄裡濃重的血腥味與腥臭味對月楹來說是個折磨，她默默將前幾天做的香囊拿在手裡，時不時聞一下，才好受了些。
「還有句話要囑咐姑娘。」燕風道：「這裡沒有世子，只有指揮使，姑娘明白嗎？」
「明白。」就是不能揭穿蕭沂的身分唄。
月楹被帶進來，七拐八彎地似乎來到了詔獄的最深處。路上路過的牢房不計其數，耳邊慘叫聲不絕如縷。

燕風偷偷觀察她，月楹只輕皺著眉，眼中並無懼色。

指揮使看上的人，果然不是池中物。尋常姑娘，哪會如此鎮定自若。

「月楹姑娘，就在裡面。」燕風打開一扇厚重的大鐵門。

月楹一眼就看見了負手而立的蕭沂。

那是她從未見過的模樣，皚皚如山間雪，清冷疏離，給人一種生人勿近氣勢。

燕風叫了聲。「指揮使，月楹姑娘到了。」

「妳來了。」銀製面具遮不住他的眼，明明是熟悉的聲音，她卻不知為何感到陌生。

月楹回道：「指揮使有令，莫敢不從。」

蕭沂隱在面具下的眉頭一皺。她用著最標準的下屬語氣與他講話，為什麼他卻沒有一絲喜悅呢？

「來看看這人還有救嗎？」

——未完，待續，請看文創風1098《娘子別落跑》2

將軍百戰死，壯士十年歸／途圖

2022年8月出版

夫人好氣魄

前世的她早已習慣自己承擔一切，也不太習慣與人親密相處，
自小照顧她的奶奶去世後，她的心更是沒有對別人打開過，
直到入了將軍府，她才慢慢試著接受身邊的人，
老夫人總讓她想起奶奶，而和藹的婆婆則彌補了她缺失的母愛，
這些沒有血緣的親人，讓她更加堅定了想護住這個家的決心……

文創風 1091 1

意外發生前，沈映月是獨力掌控百億業務、手下菁英無數的高階主管，
豈料一睜眼，她就穿成了大旻朝赫赫有名的鎮國大將軍莫寒的夫人，
原來大婚當日，將軍接到了邊關急報，於是撇下新娘，率軍開赴邊疆，
然而世事無常，幾日前將軍戰死的消息傳回了京城，原身便傷心得一命嗚呼。
將軍夫人是嗎？這頭銜倒是新鮮，也算是史無前例的跳槽了，那便試試吧！
說起這莫家，確實是忠臣良將，門前還豎立著一座開國皇帝親賜的巨大英雄碑，
碑上刻著的一個個名字都是為國犧牲的莫家兒郎們，包含將軍及其父兄、姑姑，
但，如今的將軍府竟只剩好賭的二叔、酗酒的四叔及流連青樓的堂弟等廢柴？

文創風 1092 2

當真是虎落平陽，瞧著將軍不在了，如今連個熊孩子都敢欺到頭上來！
小姪子是莫家大哥留下的獨苗，這些年來大嫂一直將他保護得無微不至，
然而卻因為很少磨練他，以至於他在外也不懂得如何保護自己，
在學堂受了同窗的欺凌，回家後大嫂也只叫他忍耐下來，不要聲張，
倘若沈映月不知情也就罷了，既然知曉，便沒有裝聾作啞的道理，
她雖然冷靜自持，但向來秉持著人不犯我、我不犯人的信念，
即便對方是個熊孩子，該打回去的時候她也不會手軟，
不過小姪子太嬌弱，得找個武師父教導才行，只有自己強大了，別人才不敢欺！

文創風 1093 3

莫寒生前一直率領莫家軍與西夷作戰，如今這支軍隊尚有十五萬人之多，
從前手握兵權對將軍府是如虎添翼，而今若還抓住不放恐要招來殺身之禍了，
然而龍椅上那位也不知是怎麼想的，遲遲不肯解決這燙手山芋，
所幸的是，莫家此輩中僅剩的男丁、將軍的堂弟莫三公子一向是紈袴的代言人，
雖說沒有人把他當成兵權繼任者，但難保平時眼紅將軍府的人不落井下石，
還好她這人向來不知何為難事，執掌中饋後就一肩挑起將軍府內外的大小事，
三公子有心疾不能習武無妨，改走文臣仕途一樣能帶領莫家走出康莊大道，
即便他莫老三再是坨爛泥，她也會把他穩穩地扶上牆，成為莫家的頂梁柱！

文創風 1094 4 完

莫寒懷疑朝中出了內鬼，以至於南疆一役中了埋伏，己方死傷慘重，
為了查出真相，他詐死回京，還易容化名為孟羽，成了小姪子的武師父，
一開始沈映月只是懷疑他的來歷，畢竟他說解甲歸田前曾待過莫家軍，
但除了將軍左臂右膀的兩大副將外，其餘同袍似乎都不認得他？
再者，他一個普通小兵，為何兩大副將都如此聽從他的指揮？
後來漸漸與他接觸後，又發現他文韜武略無一不精，實在非常人能及，
果然，他根本不是什麼副將的表哥、平凡的路人甲乙丙，
他根本就是將軍本人，是她素未謀面的夫君啊！

為流浪貓狗加油 和貓寶貝 狗寶貝

廝守終生(一定要終生喔！)的幸福機會

對人來說，貓寶貝狗寶貝只是生活的一部分，但妳（你）對牠們來說，卻是生活的全部，領養前請一定要考慮清楚——

▲ 腳上風火輪「勁」如疾風 Jen寶

性　　別：女生（取名自美國殘障表演者Jennifer Bricker）
品　　種：米克斯
年　　紀：約2歲
個　　性：開朗慢熟、親人親狗親貓
健康狀況：曾感染犬小病毒已痊癒，因車禍開刀，左後腳截肢、右後腳僵直，但能完美使用狗輪椅。其他各方面都非常健康！
目前住所：屏東縣（中途家庭）

本期資料來源：柯先生

『Jen寶』的故事：

去年初，因車禍截肢的Jen寶，即使身體有點不完美，但活潑、愛玩、愛撒嬌，不喪志且樂觀看待狗生的牠，如同美國的雜技演員Jennifer Bricker，是勇敢的生命鬥士，上天賜予的「Jen寶」。

牠元氣滿滿、親人愛玩，個性不服輸，不認為自己肢體殘缺，坐上狗輪椅後總是電力飽滿健步如飛，偶爾導致後腳被輪子卡住，或是敏銳察覺到周遭有異樣而煞車警戒的反應，令人捧腹大笑。

至於生活習慣方面，Jen寶會善用特技——利用前腳撐起後半身，在尿墊上定點大小便，成功機率頗高；行走快跑沒問題，會上下樓梯，行動自如；玩累了就熟睡如幼犬型睡眠，夜晚可獨立空間睡覺；餵飼料、鮮食皆可，也愛零食，沒吃過的食物會慢慢淺嚐適應。

Jen寶渴望得到全心的愛與關照，適合偏愛一個毛孩子剛剛好的家庭。送養人Jerry先生提供手機號碼0932551669及Line ID：kojerry，很樂意與您分享更多關於Jen寶的大小事，期盼勇敢的孩子有一個永遠的家。

認養資格：

1. 認養人請先確認生活空間可讓Jen寶的輪椅自由活動，
   初步聯繫後填寫認養意願表單，再進一步與Jen寶互動。
2. 須同意簽認養寵物切結書。
3. 須同意送養人日後定期之追蹤家訪，對待Jen寶不離不棄。

來信請說明：

a. 個人基本資料：姓名、性別、年齡、家庭狀況、職業與經濟來源等。
b. 想認養Jen寶的理由。
c. 過去養寵物的經驗，及簡介一下您的飼養環境。
d. 若未來有結婚、懷孕、出國或搬家等計劃，將如何安置Jen寶？

文創風 1097

娘子別落跑 1

國家圖書館出版品預行編目資料

娘子別落跑 / 折蘭著. --
初版. -- 臺北市 : 狗屋出版社有限公司, 2022.09
冊 ; 公分. --（文創風 ; 1097-1099）
ISBN 978-986-509-356-3（第1冊 : 平裝）. --

857.7　　111012471

著作者	折蘭
編輯	張蕙芸
校對	沈毓萍
發行所	狗屋出版社有限公司
地址	台北市104中山區龍江路71巷15號1樓
電話	02-2776-5889～0
發行字號	局版台業字845號
法律顧問	蕭雄淋律師
總經銷	知遠文化事業有限公司
電話	02-2664-8800
初版	2022年9月
國際書碼	ISBN-13　978-986-509-356-3

本著作物由北京晉江原創網絡科技有限公司授權出版

定價280元

狗屋劃撥帳號：19001626

網址：love.doghouse.com.tw　E-mail：love@doghouse.com.tw